U0534040

清风三叹

曹乃谦 / 著

人民文学出版社

图书在版编目(CIP)数据

清风三叹/曹乃谦著.—北京:人民文学出版社,2017
ISBN 978-7-02-013273-7

Ⅰ.①清… Ⅱ.①曹… Ⅲ.①散文—中国—当代 Ⅳ.①I267

中国版本图书馆 CIP 数据核字(2017)第 207391 号

责任编辑　付如初　马林霄萝
装帧设计　李思安
责任印制　王重艺

出版发行　人民文学出版社
社　　址　北京市朝内大街 166 号
邮政编码　100705
网　　址　http://www.rw-cn.com

印　　刷　三河市鑫金马印装有限公司
经　　销　全国新华书店等

字　　数　205 千字
开　　本　880 毫米×1230 毫米　1/32
印　　张　10.125　插页 9
印　　数　1—10000
版　　次　2018 年 1 月北京第 1 版
印　　次　2018 年 1 月第 1 次印刷

书　　号　978-7-02-013273-7
定　　价　36.00 元

如有印装质量问题,请与本社图书销售中心调换。电话:010-65233595

1964年秋天，睢阁考入山西公安学校。临走前，我俩到照相馆合影留念。当时他比我高半头，一年后我比他高半头

1971年冬季，我在铁匠房工作时，与昝贵（左）和段连进合影。当时我们都未婚

1986年，与汪老在大同的九龙壁合影

1988年2月，我与老周接受了写《大同公安史》的任务后，到武汉市公安局取经。图为游汉阳古琴台

1989年秋天，大同地震。防震那几天，我带母亲、玉玉、军军、二子他们到西门外拍夜景。最高的女孩是改蛋（二表姐的二女儿）

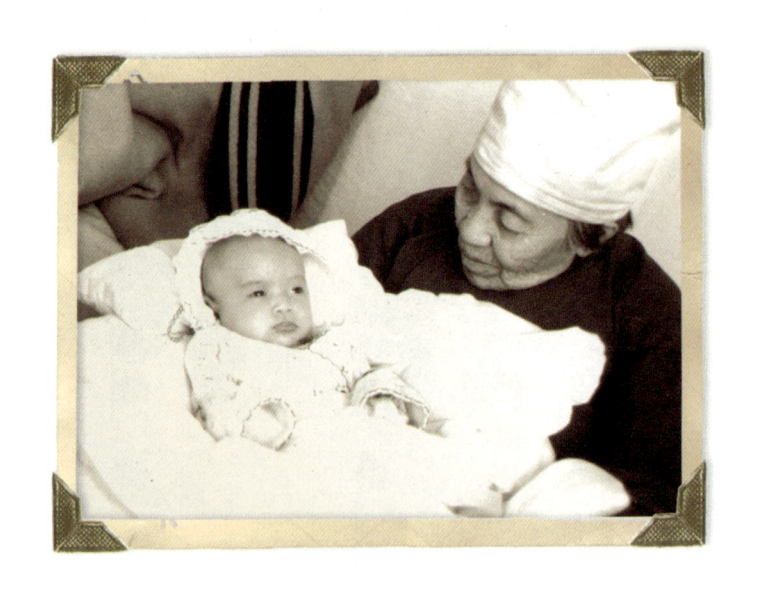

2000年4月，外孙女陈安妮出生。图为我的老母亲抱着安妮

表妹丽丽请我和母亲到新家吃饺子,我喝多了,眼睛红红的。这是我们唯一的一次合影

表嫂和冬儿。表嫂原来很苗条,后来从内蒙古调回大同,又有了正式工作,慢慢就富态起来

母亲得病期间我们搀她到西门外广场散心,
可她的表情仍是很恐慌的样子

写本书的后记时，我又发作了脑血栓，闫老师女儿闫莉到病房探视我。我一有病，就先给她打电话

岳母一家:(右起)大哥、大姐、二哥、岳母、二姐、四女儿、三姐。二姐是我的文学导师,她教导我说,写生活写自己。她还说,故事淡忘之后,有些细节往往会让人永远留在记忆中

重建后的圆通寺。我九岁时,我们家搬到这里住

目　录

序　母亲就是故乡 …………………………… 陈文芬 001

工矿科九题 ……………………………………………… 001

　1. 死相 ………………………………………………… 001

　2. 工矿科 ……………………………………………… 013

　3. 认错 ………………………………………………… 028

　4. 馅饼 ………………………………………………… 038

　5. 组织问题 …………………………………………… 051

　6. 境界 ………………………………………………… 059

　7. 案例 ………………………………………………… 069

　8. 猫儿园 ……………………………………………… 075

　9. 移风易俗 …………………………………………… 088

宣教科九题 ……………………………………………… 097

　1. 北小巷 ……………………………………………… 097

　2. 世界名著 …………………………………………… 109

3. 忙乱 …………………………………………… 118
4. 书柜 …………………………………………… 128
5. 推理小说 ……………………………………… 140
6. 打赌 …………………………………………… 149
7. 灰灰 …………………………………………… 158
8. 宣教科 ………………………………………… 169
9. 公安史 ………………………………………… 180

编辑部九题 ……………………………………… 196
1. 地震 …………………………………………… 196
2. 挂职 …………………………………………… 205
3. 编辑部 ………………………………………… 215
4. 圆通寺 ………………………………………… 224
5. 三表姨 ………………………………………… 240
6. 东关 …………………………………………… 252
7. 钗锂村 ………………………………………… 262
8. 丽丽 …………………………………………… 270
9. 伺母日记(摘抄) ……………………………… 281

后记 ……………………………………………… 305

序　母亲就是故乡

陈文芬

曹乃谦终于完成大作"母亲三部曲"：《流水四韵》《同声四调》《清风三叹》。

乃谦常常与我跟悦然联系。陆续写书，他就寄来，我一本本看。

头两本《流水四韵》《同声四调》，读了十分的诧异，竟然有狄更斯《大卫·科波菲尔》那种古典英国文学缓缓悠悠的味道。我忍不住写信告诉乃谦说，简直写得跟《大卫·科波菲尔》一样好。随后我写《同声四调》序文，没来得及提出这个看法。

我留意到乃谦写《母亲》，选择了跟《到黑夜想你没办法》完全不同的语言技巧。《到黑夜想你没办法》极简微型，一个篇章能说完一个人物的一生，一个字不浪费，每个篇幅的艺术张力极大，经常踩到故事的地雷，情感就爆炸了。像初次听闻斯达文斯基的音乐，音符有欢愉也必须享受艺术的痛苦。《母亲》文字朴雅日常，故事细水长流。我猜，这个语言艺术的启发可能跟他常年阅读曹雪芹先生的《红楼梦》有关系。

我们头一次知道乃谦能把一个真实发生的故事写成这样纯洁的语言,是在2005年秋天,悦然跟我在乃谦的家里订婚。当时是给了他一个惊喜,有李锐、蒋韵在场。以后他给香港《明报月刊》写了一篇文章《好日子》,说这个事。悦然读了说,噢,一种很天真的、孩子气的写法,那也是只有真心纯洁的人才能写出的文字。

读过头两本书我常常想,有这样的语言艺术作为基础的《母亲》,其实是寻常百姓家的贾母与宝玉。而百姓家的寻常故事,我们却越来越不容易知道了。写实主义不是那么简单的事情。

读到第三部《清风三叹》这个完结篇,我不由地想起鲁迅的《故乡》。

鲁迅是现代文学中的巨人,所有鲁迅作品,马悦然最欣赏《故乡》。他认为那是鲁迅作品当中最为至情至性、也最为伤感的一篇作品。

故事读者耳熟能详,几乎不需要重述。

少年时代的朋友闰土来探望返乡的主人翁。年轻的闰土,像个小神仙一般地无所不能,是一部小百科全书,认识生活周遭所有的东西,夏天能在金色沙土刺一只獾,冬天可在雪地猎到罕见的鸟儿。此刻再见到闰土,闰土表现得谦卑怯弱,唤他"老爷"。迅哥的后辈宏儿,闰土的儿子水生,他们一见面就一起出去玩。主人翁(应该是鲁迅自己)眼看着他们,心里想着是一种希望,也许将来的后生能够在多年以后见面,并不有这种隔膜。然而,这个愿望一旦升起,他又嘲笑自己,这不就像闰土执着于崇拜偶像,想着庇佑自己的家庭事业与健康,那么迅哥的这种希望,岂不也是一种毫不可能的想望吗?为什么闰土想要那些偶像时,心里觉得那想法不切实际,而自己的这般愿望,岂不是更加不切实吗?

2012年莫言获得诺贝尔文学奖,在瑞典他只接受了瑞典广播电台书评家、汉学家夏谷的专访。莫言回国发表新书《盛典》,记录夏谷访谈。夏谷问莫言的作品《白狗秋千架》是不是也属鲁迅《故乡》这样的题材,是不是也想过自己与故乡同一辈人之间的关系。这个问题太有意思了。夏谷是马悦然的学生,也许马悦然在课堂讲过鲁迅与《故乡》对他有一点影响。莫言说都是从一个角度,写一个在外边成为知识分子的人,或者一个成为作家的人,总之是一个有学问的人回到故乡,遇到童年的伙伴,然后发现彼此之间已经有很多精神上的隔膜。莫言的回答好极了,"鲁迅所开辟的题材或者这样一种思路一直延续到现在。"莫言以前接受一些书评家访问,曾经说过插队的知青写作的农村跟他本身是农民出身的作家写出来的作品是完全不同的。

由于历史的缘故,许多知识青年有了机会下乡,过了一些年他们回到城市,而莫言的根底就在农村。我觉得莫言早意识到自己跟其他作家的区别,按照台湾社会的新词语,一个人的"原生家庭"决定了一切。莫言、贾平凹、阎连科以及曹乃谦,悦然所说的"乡巴佬作家",各自乡巴佬的等级程度不同,他们笔下的"故乡"也生出不同的细节。

为什么乃谦写完《母亲》，我却想到鲁迅的《故乡》。

原来我想象的是一个孝顺的男儿写出一部关于母亲的大书，可是事情竟然不仅仅是这样。

乃谦是母亲的独养子，母子一直相依为命，因此乃谦写《母亲》不仅是写母亲，也必须把自己的人生包括在内。那么受到母亲一生的庇佑，用他自己的话说仅有"初中四年级"学历，没有拜师学艺，仅仅靠着身边的朋友、亲戚、表哥、同学，再加上自己的天赋，学会各种乐器，加入文工团，就这样踏上自己的职业生涯。

我们不妨再把故事说一遍，因为演奏《苏武牧羊》这么一个"政治不正确"的曲目，从此被惩罚到了铁匠房，在那儿遇到一个贵人，把他引上警察之路。全面爱好文艺的乃谦从没减少过对阅读的热爱，他收藏世界文学名著多达三千多本，收藏的方法竟然也只是靠着各方的朋友，就像他学会下围棋是跟着圆通寺的老和尚，学会做包子能够兑咸水连他母亲也佩服。作为一个能连连破案的警察，为了写作案例，最后竟靠着一个儿时朋友的激励，对着满屋子的世界文学名著打赌——书架上缺少一本他自己写作的书。三十七岁的他于是有了作家梦，开始写作。

这不只是一本《母亲》的大书，书里也充满"闰土"，不只是母亲成就了曹乃谦，各种各样的"闰土"也成就了曹乃谦。乃谦的母亲是捅过狼的女英雄，在《灰灰》跟《地震》两个章节，晚年版的母亲依然不减当年威风。

通常"原生家庭"在底层的人发表著作成功,也等于完成了"阶级旅行"。狄更斯的时代如此,鲁迅的时代如此。

狄更斯之所以成为英国人景仰的国民作家,他不只能描写上层阶级,他也写身边的闰土,这两个阶层都有他挚爱的良好的人品。阅读狄更斯的著作,我们往往能成为更美好的一个君子。这段话写出来好像在鼓励高中学生。而事实确实如此,在《清风三叹》里乃谦写他怎么样阅读怎么样收藏世界文学名著,以及怎样一步步开始写作。看起来就像一个得到诺贝尔文学奖的作家应该回顾的文学之路,可他写得非常自然。

乃谦的亲友形容他的人品"死相",由于不懂得"研究研究(烟酒烟酒)",又是个"不跑不送,原地不动"的人,他创造了一个不可能也不应该的"奇迹",做了三十六年警察,退休时还是一个基层的科员。这是他自己的故事。在《清风三叹》这本书里,他不吝啬地把自己的窘境写出来,可他心里却坦荡荡地非常自然,很可能是艺术的涵养与修为使然。在他的周围,有很多有涵养的人陪伴着他,像他妻子的二姊,是个文学修养很高的文艺爱好者,这个对于乃谦来说很重要的人物,在《同声四调·读书》里出现时,已经暗示了她的文学造诣。其他人物像姥姥家钗锂村,在原乡放羊的存金,是个民歌手;像圆通寺的老和尚,几乎什么都有一手,在乃谦母亲眼里,又是一尊永远保佑着儿子的菩萨。那么最后,乃谦长大成人的居所圆通寺,原来还是曹雪芹爷爷的爷爷当大同知府时建造出来的。哎,按照乃谦的话,一切都有缘分。

乃谦受父亲、母亲的教诲(读者如果留意的话,他母亲在书里说过"俺娃也写他一本书"这样的话),以自己的方式走出一条文学之路。读了《母亲》,我们终于知道"钢铁是怎样炼成的"。

我的记忆又回到2012年,宣布莫言得奖时,悦然告诉瑞典记者,莫言是一个两只脚踏在土地上,实实在在的一个农民的孩子。莫言到了瑞典也说了一句话,他出门以前,父亲告诉他,不要忘记自己是农民的孩子。这段记忆的画面跟鲁迅《故乡》里见到闰土的霎那,是两个交错的瞬间。我觉得是文学史上必然交错也永不能遗忘的瞬间,就像一个奇航探险,这艘写作的船开了出去,没有人知道航行的目的地。

曹乃谦的《母亲》写完了,这是一段我们都能看到却没有人完全知道的心路历程。一个文盲母亲的养育解决了一个文学史上的课题。鲁迅想着文学的自身,如何与故乡的同辈人能同声一气,不再有隔膜。乃谦与母亲一起回答了鲁迅的愿望。

固然,曹乃谦具有别的作家没有的经验,他不曾离开过故乡,他一直在原乡写作,在原生家庭生活;可是他身边众多的闰土,以及这童话故事一般的母亲,滋润他的文学人生。他就像一个粗粝的蚌壳,在沙土与海水里游荡,最后冲激上岸。我们看见蚌壳包裹着一颗晶亮的珍珠,那是鲁迅想要拥有的一颗明珠一般的理想世界。

　　这是一部多么可敬可爱的大书。

2017.7.30
于斯德哥尔摩

工矿科九题

1. 死相

  1978年10月,我从矿区的忻州窑派出所调回了大同市公安局,在内保处工矿科当外勤。

  内保处全称是内部保卫处,就是对外说的二处。

  因为第二天要到市局报到,前一晚我妈说,俺娃以后再也用不着一大早天不亮地就往矿上跑了,吃不肥跑瘦了,你看俺娃瘦的。

  当时我身高一米七二,体重才一百零二斤,矿区分局的人们都叫我"一零二"首长。

  我妈说,明儿是个大喜的日子,你跟四子中午来家吃饺子哇。妻子周慕娅小名儿叫四女儿,我妈一直叫她四子。

  我说您那临时工中午休息不大一阵儿,别急着忙活它,一了儿等星期日的吧。我妈说,啥也是活的不是死的,明儿妈还去上班,可上一会儿就告假,我明着跟刘组长说儿子要到公安局上班呀,全家人庆祝庆祝吃顿饺子,她还能不准我?她准不准,到时我也要溜。

我笑。

我妈说一个人一辈子能有几桩大事,你这跟矿上调回来,就算是大事。

我说太是个大好事了。

我妈说,你去说给你表哥和五舅,明儿中午都来,我一会儿到北小巷说给玉玉,叫她明儿早早就来。

玉玉是我姨妹,妹夫在阳泉矿上下井,她跟两个孩子常年在我们的北小巷八号院的那间房住。

我说天黑洞洞的,您看跌着的哇,我骑车一便儿把这三家都说给就行了。我正要起身,没想到忠义进门叫姑姑。我说看这巧的,正请你呀,你来了,用不着我跑腿了。

更没想到的是,忠义来是又有一个好事要告诉我们。

表弟忠义1969年初中毕业后,分在了建工部八局大同六分公司,当瓦工。他从小就有志向,好学习。当工人时自学高中课本,终于在1976年考进了山西大学物理系,今年9月毕业。前些时接到通知,分配到了大同煤校。上面写的报到时间正好也是明天。

我说真巧,煤校就在我们矿区公安局隔壁,我回呀,你又去呀。

忠义说,表哥,咱们这是换防。

我妈说,那你明天报完到,赶快到姑姑家,咱们明天吃饺子。

忠义说,姑姑,我来是告诉您,我妈让您全家明天中午都到我们家吃油炸糕呢。我刚才已告给大哥了,这再到北小巷说给玉玉姐姐去,我妈让她明儿早早儿地去帮着做呢。

忠义说的大哥,就是我的表哥忠孝。

我妈跟我说,招子,那咱们明儿要不就都去仓门哇。

忠义说,表哥你回家记得说给表嫂。

我说,你不吩咐我也说给呢。自我们结婚后,妗妗哪回叫我也是叫我们俩人呢。

我妈说,看这巧的,哥儿俩明儿个都要去新单位报到。

忠义说,姑姑,这就叫好事成双。

可我在报到的时候,遇到了点麻烦。

说好是到二处,我就直接到了二处的秘书科,把档案等调动手续给了周科长。他说不对着呢,我们处是不留存这些手续的。他用二拇指朝天指指说,你得把这些交给楼上政治处的干部科,干部科再给我们出具个介绍信,看是让你到哪个科。

二处在三层,政治处在四层。

我就又上了一层,找到了政治处干部科。科长拿着我的手续出去了,过了好大一阵才返回来,说让我"到秘书科找胡科长",我就又找到了秘书科。

秘书科里面就一个人。

我远远地看见,那个人是在低头翻看我的档案。我正要张口叫胡科长,他抬起头。

我愣怔了一下说,哇,是个你。他说,我看得就像是个你。

我们是东风里时候一个院儿的邻居。那几年常碰面,但没说过话。

他从椅子上站起身,迎过来跟我握手说:"我姓胡。"我说:"我姓曹。"他指着手里我的档案说:"知道知道,刚才看了。看相片就觉得这个后生面不熟面不熟的,原来是老邻居。"我说:"真巧。"他说:"可长时间不见你了,搬家了?"

他就说就返回刚才的座位上,翻到我填写的表格,念现住址一栏:"花园里二楼一单元一号。"念完抬起头说:"哇!是花园里的楼房,那可是市领导住的房。"

我妻子两岁的时候,她父亲就去世了。她家六个孩子,她最小。在她该上小学那年,她母亲到了徐州军区的大儿子家。从那时开始,她就由比她大十三岁的二姐抚养,直到结婚。她二姐二姐夫都是市委干部,一年前二姐家搬到了新房,把原来的花园里的房,让给我们住了。

我没跟胡科长解释这些,只是笑了笑。

他说:"看档案,小曹你是大同一中的老三届,还在矿区分局写过几年材料。"

我说:"噢。"

他说:"刚才处李主任说,让你把以前写过的材料拿给我看看。"

我说:"我在忻州窑派出所好几年了,没写个啥材料。"

他说:"以前在分局政工办写过的也行。只是看看。"

我不明白他的意思,心想,这到二处还要考核写材料的情况?我说:"想起了。去年我给我爱人写过一个大批判发言稿。"说完,我又紧接着补充说,"是市卫生局系统开大会的发言稿,时间是十分钟。"

他说:"那好,下午你带过来。给我就行。"

我答应着,因为是邻居,就大胆地张口问了一下:"胡科长,到二处还得看写过的材料?"

他看看左右。左右原来也没人,可他还是压低声音说:"是好事呀,老邻居。如果你的材料被看中的话,政治处想留你。"

我说:"政治处,留我?"

他说:"是呀!好消息吧?"

我说:"留我干什么?"

他说:"写材料呀!"

我"啊"了一声,没说什么。

他说:"留在政治处,以后好提拔。" 屋里没别人,可他看看关着的门,又是放低声音说:"下午把那个发言稿拿来给我就行。李主任让我先审查审查。邻居,好说。"说完,笑笑地拍拍我的肩膀。

他的笑和他的拍,让我一下子想起了姥姥村的羊倌存金,他拍二妹妹的时候就是这种笑样子。

二妹妹是存金的狗。

胡科长笑笑的,可我笑不出来。

我心里真麻烦。

矿区公安局孙主任跟我说,调市局的话,最好是到二处。他说二处的处长是他的叔叔,能招呼我。但现在的情况是,弄不好我到不了二处,要让我在政治处写材料。我最怕写材料了,而且是最怕写政工方面那种雾雾罩罩的材料。

这可怎么办？

我心里真麻烦。

早晨来报到时我的那个高兴劲儿，现在是连半丁点儿也没有了。

市公安局距离花园里不到一里路。早晨我是步行来的，这又步行回到了家，去找那个发言稿。进了家，女儿丁丁正给姥姥讲故事，讲电影《大篷车》。

丁丁三岁了，记性好口才好语音也好，还好给人讲故事，别人也是想听她讲。岳母说，哄过的孙子外孙好多，从来是要给他们讲故事，唯有这个外孙女是要我听她讲故事。岳母高兴地说，这样的孩子才好哄呢。

丁丁听着是我回来了，喊着也要我过去听她的故事，我说爸有事，你给姥姥讲吧。

岳母过来问我，报到了？我说报了，但可能让我到政治处。岳母有文化，是解放前的师范生。大儿子又是部队的师政委，她常年在大儿子家，知道政治处是做什么的。她说，政治处好啊，伺候领导，容易提拔。我说可我不想写材料，她说你不是很会写吗？这时丁丁又喊着要姥姥听她的故事，岳母"噢噢噢"地答应着，赶快过去了。

我找见了那个要命的发言稿。

三年前，妻子从红九矿调回城里，到了市卫生局医药部门工作，去年他们系统召开批判大会，她让我给写个十分钟的发言稿。没想到发言反响很好，卫生局领导打问完妻子稿子是谁写的，又听说我在忻州窑派出所上班儿,就说小曹如果想到卫生局来写材料的话,我们就来调他。我答复说我可不想写材料。

看着手里的这个稿子,我想,好不容易不写材料了,这弄不好又让写,唉,真麻烦。但我侥幸地又想,文字这种东西有口味问题,这个人看后说好,不一定那个人也会说好。我盼着这个稿子不对胡科长的口味,要是这样,那就谢天谢地呢。

我和岳母打了招呼后,就骑车到了仓门五舅家。我妈早就跟单位过来了,见我的脸色是不欢喜的样子,问我咋了。我跟她详细地说了说是点啥麻烦。

我妈听完说,你吓你妈一跳。我还以为是咋了,以为是市公安局不要你了。

我说要是要呢,主要是我不想到政治处去写材料。

我妈说牛不喝水硬按头也不是个事,我就不信你不想写他们非让你写。

我说可我答应人家说下午给送四女儿发过言的那个稿子,人们都说那个稿子写得好,我是怕万一人家看对了呢,咋办?

玉玉说,姨哥你不会给他们篇没写好的烂稿子,他们一看不好,就不留你写材料了,就还让你到二处。

我说可我跟人家说的是给四女儿发言的这个呢。

五妗妗也听明白是怎么个事了,说,啥也是活的,那个写得好的我孩怕让看对,那我孩不会说,那个没找见,找见个别的?

五妗妗多会儿称呼我也是"我孩"。

我听后想了想,觉得这是个好主意。

我妈跟五妗妗说,招娃子脑子死得就跟那榆木疙瘩似的,大板斧也劈不开,半点儿也不懂得个三回九转。

玉玉说,我也是说姨哥在这方面是有点死。就拿姨姨您打他的时候来说,自我记事,爱是多会儿呢,姨姨您咋打他他也不懂得跑。好几回我心说姨哥你咋还不跑,跑了不就不挨打了,可他不跑,死挨。我妈说,他越是不跑我就越是打,越打越气,越气越打。

玉玉说我从来没见姨哥挨打时跑过。我妈说,我怕的是,在街上有人打他他也是站在那里死挨。

我说,街上可从来没有人打我,就您老常打我。

我妈和五妗妗都笑。

玉玉说,还有罚站也是。记得清清的有回您叫他在门后头罚站,后来我瞭得您上街了,赶快告给他"姨姨上街了,姨姨上街了",意思是姨姨走了,不管你了,可他不听,一直在那里站着。后来您跟街上回了,一进门看见他在那里站着,您骂他说:"不在炕上做作业,站那儿干啥?"他这才上了炕。

玉玉说,姨姨您当时大概是忘了在罚他站。

我妈说,记不得你是说哪次了哎。

大家都笑。

我说我不听你们叨咕了,赶快回家找篇烂稿子去,下午好交给胡科长。

我当下就又骑车返回花园里,可咋翻也找不见在矿区政工办时写过的那些大批判烂底稿了,后来想起,这种烂稿子早就挂在东风里的厕所当手纸了。那时,我们家不买手纸,只用这种没用项的稿子。自搬到了花园里住,才正式地买卫生纸放在厕所。

这可咋办?我又是很不愉快地到了仓门。

五舅、表哥和四女儿都下班过来了。我说没找见以前的烂稿子,该咋办?我答应人家下午就带稿子。四女儿说,要是把我发言的这篇稿子递上去,政治处肯定是要留你。

我又有点发急,说那咋办呀?

表哥说你会写就留在政治处写哇么,我们厂坐办公室写材料的人,那可是牛气得很呢。五舅也说,领导身边的人,哪有个不牛气的。玉玉说,姨哥即使是就在领导身边,也不会是那种牛烘烘的人。

我说主要是不会写那些政工方面的材料,真麻烦。

表哥说:"麻烦啥?或是二处或是政治处,反正回市公安局是已经定了。这有啥值得麻烦的,高兴才对。"

五舅说,七二年恢复公检法那会儿,能进了这三个系统的都是有门有窗当官的子弟。进城区公检法的是城区领导的孩子们,进市公检法的是市里头领导的孩子们。

五妗妗说,招人我孩命好,虽是没门没窗,却碰着个贵人帮忙也进入了公安,这又要往市局调。

五舅说,那以后可是要跟那些市里领导的孩子们一起工作了。那些纨绔子弟大都有优越感,瞧不起普通百姓的孩子。在这人堆里工作,招人你……

还没等五舅说完,我妈打断他的话说,我那娃娃我相信,爱是他啥干部的子弟呢,都比不过我那娃娃。我那娃娃到了天津北京,到了中央也是那好好里头的好好。

听了我妈这话,一家人都笑,我也笑。

我妈说,你们甭笑,你们回想回想,小学呀初中呀高中呀,宣传队呀文工团呀,还有当铁匠那会儿,你们想想是不是?我娃娃到了哪儿也是那拔尖儿的。

表哥说,我宾服兄弟。

"宾服"是我们应县话,意思是,服气。

我妈说,再说了,任是他啥领导呢,都是爱那好好的,只要你是那好好就行。

五舅说,坏话也是个好话。招人最大的毛病是死相不灵活,不会见风使舵不会随机应变,他的这个死相怕得是以后要吃亏。

"死相"是雁北地区的说法,意思是说这个人办事太原则、待人不懂得讨好和奉迎。

我妈一天到晚说我死相,可五舅说我死相,我妈又为我辩护,说,吃亏吃上点亏,可死相的孩子还闯不下鬼。

看来我的这个死相是大家公认的了,连五舅也说我死相不灵活。可我咋就是半点也不知道自个儿哪儿死相呢!

表哥说,我也有个好事跟众人说,车间里让我当了个小组长。

我妈说,忠灰子也能当个组长了,不简一个单。

表哥说,姑姑您老是把我这三间房看成间半。

我妈说,管他,俺娃们都有个长进就好。

一家人都挺高兴。

五舅建议说,今儿净是好消息,大家都喝一杯庆祝庆祝。

原来只是五舅和表哥俩人喝,五妗妗赶快又找出了几个酒盅儿,一人倒了一盅儿。玉玉和四女儿平时都不喝,为了这个好消息,也都喝了一盅儿。

我喝了一盅儿,表哥又要给我倒,我说我下午还去市局给人家送发言稿,我不喝了。表哥说你真是死相,下午你甭去,明天去也不误事。我说我跟政治处胡科长约好了。表哥说,你这个人,像我愣表叔,缰绳有点长。

表哥说的"缰绳有点长",是个笑话。实际上还是我妈给讲的她的愣表弟的笑话。我妈的表弟我叫表舅,我表哥叫表叔。

我妈常给我们讲她愣表弟的故事。这个"缰绳有点长"是说,她愣表弟骑驴时,在驴屁股的顶后头坐着,坐得都快从驴身上往下掉呀。人们问他咋那样骑,再往前坐坐。他说,没法子往前,你们看,缰绳有点长。

我妈说,招娃子,你就是这么死相,死相得就像是愣表舅。

五妗妗说,招人我孩不是死相,是实在。小时候在这儿那两年我就看出了。不说别的,就拿每天中午给丽丽热奶喂奶来说,我从来没发现他往自己嘴里喝一口奶,或者是吃一勺儿糖,一个十来岁的孩子,难做到。

我妈说,他是像他老子,担大粪不偷着吃,真心保国。

大家都笑。

正说笑着,忠义表弟跟煤校返回来了。

忠义说,你们说我表哥死相,那可是说错了,我表哥那是叫大智若愚。

人们都问忠义报到顺利吗,忠义说顺利。忠义问我,我说有点小麻烦。

一听我说"有点小麻烦",我妈说:"招娃子,你真麻烦,你不是说不想到政治处写那个啥吗,那你下午就甭去了。千千有个头,万万有个尾。是二姐夫帮你调的这个工作,那今儿晚上让四子跟你到到二姐家,说说这个情况就啥也解决了。"

四女儿说,也甭晚上了,我下午下了班,咱们就去。

玉玉说,这不是很简单的事儿嘛,我姨哥愁了一天。

我妈说,主要是他死相。

我妈给我出了这么个好主意,我一下子高兴了,说,喝!

大家说我死相,我也真的是死相。那天下午我还是真的去了政治处找胡邻居,心想上午刚刚儿跟人家约好了下午见,不能躲得不见面了。自己不想到政治处,那也得打个招呼才对,要不就失礼了。我是最怕约好的事失约。我反正是不失约的。

我心想着见了胡邻居面,跟人家解释解释,说不愿意写材料,谢谢领导们的好意。可胡邻居不在办公室。他一个屋的人听说我是他邻居,告诉我说胡科长中午喝醉了,有事明天上午来找他吧。

我原来想着下午跟他有约会,中午连庆贺喜酒也不敢多喝,没想到他倒是给喝醉了。

也好也好,这是你不守约,可不是我不守约。

想起头天在仓门人们对我"死相"的评价,我不由得苦笑了一下。

2. 工矿科

到市局报到时,政治处想留我写材料。可我不想干写材料这种营生了,麻烦了一天。最后是我妈说,千千有个头万万有个尾,是二姐夫帮你调回的,那你还找二姐夫去说这个事。

我在圆通寺等着四女儿下班后,和她相跟着到了二姐家。

二姐听我说完,跟二姐夫说,妹夫不想当官儿,到政治处写不写材料也没个啥意思,你跟佘书记说说就让他还到二处吧。

佘书记住二姐他们的隔壁院儿,是市公安局的党委书记。

二姐夫当下就打了电话,后来跟我说让第二天到市局直接找佘书记就行了。

第二天我到了佘书记办公室,他问我,你想到二处哪个科?我说哪个也行。他说你是矿区回来的,那就到工矿科吧。

就这么,我到二处工矿科正式上了班。

工矿科是大办公室,原来有七个人。王科长是"文革"前的老公安,跟孙处长年龄差不多,都快退休呀。

科里除了党小组长，另有五个年轻人。正如五舅说的，都是1972年恢复公检法，新成立公安局时调进来的。

王科长大概地问了问我后，说咱们科的主要工作是有案破案，没案防范。又说，小曹你先熟悉一下情况，过些时再给你分配具体的任务。

他让小华给我拿些资料看，后又吩咐说先看看《内部保卫工作》。

小华是科里的内勤，比我小三岁。他打开卷柜把《内部保卫工作》抽出来给我，又问我还想看啥。

我看见卷柜里上下两层，立着有百十来本书。可我又看见玻璃柜门上贴着字条：内部资料，不得外传，只限一册，阅后归还。

我说先拿这本看，看完再换。他说，没关系，你再看看这本吧。他又给我抽出一本《刑事侦查学》，我翻看了两眼说反正也不能同时看两本，那我看完再换吧。我把《刑事侦查学》还给了他。

后来小华又给了我几样文具和几本儿能装在兜里的小工作日记本，还有三本稿纸和一本印着"大同市公安局"红字头的公用信笺。

在我下午又来上班时，小华还给了我把办公室的门钥匙。看样子，是中午时他给上街新配的。

我的办公桌是在一进门的地方，这很容易让人想起"收发室"或者是"传达室"。

下午六点多该下班了，大家还不走，听小华讲电影《追捕》。人们都看过，但还是在入神地听他讲，有时还补充，大家在回味中享受着。

小赵说，你们知道个什么，原来还有高仓健和真由美在山洞中半裸着烤火的镜头,进口的时候让咱们给他妈的剪截了。

"哇,半裸,啥样?"

"别以为是啥样,不会是啥样。人家还是戴着乳罩的。"

"乳罩?啥叫乳罩?"

"去你个山汉呗。"

在矿区公安局时,孙主任想培养我搞预审,他给我推荐了《预审工作》让我看,还说是送给我了。我在忻州窑派出所上班的那两年,很用功地把这本书研究过了,可以说对预审工作有了一定的认识和理解,如果不往回调的话,我相信我会是矿区分局的一名很专业很称职的预审员。

小华给我的这本《内部保卫工作》公安专业的书,同样引起了我浓厚的学习兴趣。

我看书和学习有个毛病,好在书上圈圈点点地做记号,在那本《预审工作》上,我就做了好多的记号。可《内部保卫工作》这是大家传阅的书,我不能这样做,我就想把我认为是重要的部分,抄在笔记本上。我悄悄问小华,有人看这些书时做笔记吗?他说到目前为止还没有发现。他说你如想做笔记的话,我再给你个好的笔记本儿。他就拉开他的抽屉给我取出一个很厚的那种正经的大笔记本。

因为明确是"内部资料不得外传",我想拿回家看也不敢。我就在办公室里看。当我在厚本子上做了半页笔记后,想到了小华的话,"目前为止还没有发现"有人这么做,而我刚来没两天,就坐在一进门的地方,看《内部保卫工作》,还认真地做着笔记,这是不是有点过"显"。显我是个认真学习的人,弄不好还有人会怀疑我是在耍眼前花。我们上小学时,叫这种人"癣头"。

幸好是我来得早,当时办公室只我一个人,我就把这个抄了半页字的厚本子放进了抽屉里。

后来我想起个好办法。第二天我跟家里拿来了墨汁墨盒和小楷毛笔,假装是在练毛笔字,写小楷。

练字是一个人的爱好,这应该不算是"癣头"吧。我就在"练字"的同时,把我认为重要的地方都抄在了稿纸的背面。背面涩,好写毛笔字。

小华见我在稿纸背面抄笔记,问我说,小曹你那是练小楷呢还是做笔记呢?跟小华我得承认不光是在练字。

我说:"兼而有之吧。"

他说:"好!一石二鸟。"

老钱说:"看这俩人文绉绉的。"

老钱比我大十多岁,是我们科的党小组长。他在公检法被军管时代就是公安组的,现在算是留用人员。

二处有两次例行会,一次是星期一上午八点到十点,一次是星期六下午的四点到六点。这两次会是雷打不动的,要求下基层工作的同志尽量都回来,谁有特殊情况不参加会议,那得跟处长请假。

这两次会都由孙处长主讲。孙处长个头不高,可语音响亮,口才也好。我很习惯他的灵丘县口音。或是布置任务,或是总结工作,或是批评谁,或是表扬谁,我都很认真地听着。处里的这两个会,有时候也学材料什么的,那就是由秘书科的周科长来主讲。

开会的地点就在工矿科对面的小会议室。

办公楼的每层都有这么一个小会议室,像是学生的教室似的,能坐五六十个人。我第一次参加会议时,进得早,坐在了前边。会还没开,听到后边有人对话。

"那是哪儿调来的个警察?"

"忻州窑派出所。"

"啥小屁所,没听过。"

"牛烘烘不理人。"

当时二处的人员属于"公安干警"里面的干部,不着警装。派出所属于穿警服的基层人员。

他们说我"牛烘烘",这可是太不符合实际了,我万辈子也不会是那种"牛烘烘"的人。

要说我"不理人",这也倒是真的。我见生人很是胆怯,没有正事的话,从不会主动上前去跟生人套近乎。我妈骂我死相,或许这也是其中的一个原因。

头一天来上班时,孙处长把我叫到他办公室,安顿了我好多的话,其中就有"别像他们,没做的乱串办公室"这样的叮咛。因此,到工矿科快一个星期了,我从来没进过别的科室,更没有一进门说"大家好!我叫曹乃谦。请多多关照"这样的话。

那天下午,我们科进来个喝多了酒的后生,我也不知道他是不是我们二处的,但跟我们科的几个年轻人挺熟悉。有人问他这是在哪喝了?他说朋友家。随后就悄悄地、叽叽喳喳嘻嘻哈哈说荤话。看样子并不是怕我听到,而是怕领导听到。或者是,反正是说这种荤话,总不能是大声地像讲演那样的程度吧,总得有点收敛才行。可最后说到兴奋时他忘记了控制音量,说跟朋友换老婆睡觉,起初是相互夸对方老婆好,最后说那不行换换,换换就换换,就换了。后来说着说着,他还说出了朋友的名字。

哇!是他?那个换老婆的朋友竟然是他!

我妈也认识他。

怕我妈自己孤单,自调回市里,我每天早晨和中午都在圆通寺吃饭,晚饭回花园里吃。第二天中午我想跟我妈说说我妈也认识的那个人"换老婆睡觉"的事,可话到嘴边没说。怕我妈骂我,说"乌七八糟的事你少往耳朵里头拾掇"。

我妈让我给开点药,说八斤让人烫着了。

圆通寺门前,经常是一左一右站着两个要饭的后生,一个叫润喜儿一个叫八斤。

这两个后生多会儿见了我妈也是曹大妈曹大妈的,还主动上前搀扶着迈那个高大的石门闯。如见我妈提的东西多了,还要帮着提,但提到家门口就放下了,不进屋。他们谁想喝水,也是跟我妈要,也从来不进家。我妈说进家喝哇,他们也不进,说我们日脏的。

我妈说别看尔娃们是个要饭的,可尔娃们可懂得人恭礼法呢。

后来我才知道,原来这要饭的也是讲究地盘的。别的要饭的在他们认为是黄金的时段,是不准来圆通寺门前的。因为这,八斤跟人结了怨,让仇人把右半个脸给泼了开水,烫伤了。

内勤小华已经给我办下了市直机关门诊部的医疗本儿,可我还没去过这个门诊部呢,不知道在哪儿。到单位我跟小华明说了是我妈想给个要饭的开点烫伤的药。小华说大妈可真是一颗善心,走吧,我不跟去怕是你开不出这种药。

市直机关门诊部在市委后院儿,是排房。小华领我到了心电图室,坐诊的是一个年轻的女大夫,他介绍过我后,又悄悄跟女大夫说了一阵话,女大夫出去了,一会儿返回来,拿着个处方让到药房取药。

看他们说话的表情不像是爱人,我问说:"端庄又漂亮。亲戚?"

他笑着说:"妹妹。"

二处的有些同志好耍,下了班不回家,正式地摆开摊子玩儿。一拨儿下象棋的一拨儿打扑克的。下象棋的在秘书科,打扑克的在文教科,他们也不带赌钱,有时候是带贴纸条,谁输了,就在脑门上贴个细纸条。他们玩儿得很上劲,有时拍桌子骂"真臭",有时高兴地哈哈大笑。

有个时期我们科对面的小会议室装修,全处的会议就挪在了文教科。那个星期六,当周科长宣布说"好了,今天就学到这儿"时,立马就有四个同志"来来来"地围向了一个办公桌。

一个细个子后生走向门口的桌子,提起水壶就摇晃就说:"有水没水,×!"

"这个家伙,有水没水也要×。"

当时人们都还没有离开,听到的人都笑。

我返到工矿科背了我的黄书包回家,路过文教科,屋里有人急急地大声喊:"小曹儿小曹儿!"

我反回身,走进门里。四个打扑克的人已经开始摸牌,旁边站着的那个细个子年轻人,冲我说:"唐科长让你去打两壶水。"

一进门的桌上有两个暖壶。我愣了一下后,提着暖壶出去了,听到那细声音在身后又骂着说:"你们他妈的烂文教科老是没水。"我想起了,那次说我"牛烘烘不理人"的就是这个声音。看来他不是文教科的。

他在那里闲站着观看,急着想喝水却不去打,叫我去,这一准儿是哪个大官儿的子弟。

小华的爸爸是市里最大的官儿,可小华的身上却没有那种让人讨厌的坏习气。

路上我越想越气,他还打着唐科长的旗号。唐科长是二处支部的组织委员,你不是想入党吗?组织委员叫你打水你能不去吗?

看来,我向处里递交了入党申请的事,人们都知道了。知道知道去,入党也不是个丢人的事。问题是,拿这个事来支使我。

唉,谁让我想入党呢?就当是组织对我的考验吧。

别生气,我妈常劝我说别生气,生气要得病。

我高高兴兴地回了家。

岳母见我笑笑的,问我有啥喜事,我说我给我们二处的党支部递交了一份入党申请书。她说对着呢,我的儿子儿媳、女儿女婿,十二个,就你不是党员。我说我正在努力工作,积极争取。她说,年轻人要求进步,对着呢。

我也认为是对着呢,可我发现,那些同志们好像是有点拿我取笑,捉我冤大头的意思。每到下班他们要打扑克时,就让我给打水,每次都打着组织委员的旗号。可我打回了水放在桌子上说大家喝吧,他们顾着打扑克,头也不抬,好像我给他们打水是应该的。

我跟我妈说了这事,想听听我妈咋说,可我妈说打个水怕啥,又累不着你。我说他们好像是在捉哄我,拿我开心。我妈说,你是想入人家那个党呢么,想入你就别为这个事生气,你就当自个儿是个愣子就行了。

我说行,那我就当这个活雷锋。

我妈说,你一定要记住,为啥事也不能生气,更不能生暗气。你死鬼爹哇不是?看表面他不生气,可他生的是暗气。你这也算是好,不高兴了跟妈说说,把气消了,这就好。

我说噢,我以后啥事也不生气。

听了我妈的,我真的不为这个事生气了。

二处的干部们不发警服,但人人都配备手枪。处长科长是六四式的,科员们都是五四式的。给我发了支新的五四式,枪绳、枪套、腰带齐全,另有二十四发子弹。

我叫我妈看我的枪,我妈说你这是意大利。我说妈你真了不得,知道个意大利。我妈说,你爹在刚解放后的肃反委员会那时,拿过两天意大利,样子跟这一样样的,就是比这大点儿。

我说,我记得咱们住在圆通寺后,我爹还有枪,用红绸子包着呢。我妈说他调到怀仁后上交了。我问妈您放过枪吗?我妈说转山头时,你爹让我放过一枪,那时是木头把子的烂火镰。

我心说,看来我妈真的跟着我爹转过山头打过游击。

我妈说你永远要记住,枪口不准对人。她给我讲了个事,说我爹在怀仁清水河时,南小宅村有个小男孩到飞机场耍去了,跟把门的兵说,你敢对我开枪?那个兵说敢,说着对着那个孩子开了一枪,结果一枪把个孩子打死了。那个把门的兵交代说,他当时以为枪膛里根本就没子弹,可谁知道有子弹。

我妈说,你看这,当时你爹还出面到部队跟首长商谈这个事。

我说妈,您放心,我永远都记住,枪口不准对人。可谁能想到,有人把枪口对着我,还开了一枪,差点要了我的小命。这是后来的事,下头再说。

王科长让小华到内蒙古公安厅去取一份儿鉴定材料。公安人员出差都得是两个人,小华提议让我跟他去,王科长同意了。时间有要求,我们走得急,赶了最近时间的一趟路过呼和浩特的火车,到站半夜了。一路问旅馆,都客满。好不容易找到一家有床位的,一个人要六块钱,小华说,太贵,还是给公家省点吧。我们就住进了澡堂,早八点前离开,一个人收费五毛。

回的时候,快到卓资山站,上了一伙儿挎着篮篮卖熏鸡的。香味儿满车厢。三块钱一只,旅客们嫌贵,很少有人买。我说,闻着香,不知道吃上去咋说。小华说,毛主席教导我们说,要想知道梨子的味道,那就得亲口尝尝。我说,尝就尝上一只。我们也没喝酒,就那么干吃。小华说真香,咱们尝了,可孩子老婆还没尝,咱们一人给家里买一只吧。我们每人又买了两只。

我们科除了王科长,就数我的工资高,一个月五十四块。两人说起了工资的安排。我说,我每个月给妻子三十,给妈十五,我剩下九块吃早点。

我觉得小华是个可以相信的人,我跟他不隐瞒。我跟他又说,我每个月还得给我妈的遗孀补助往进贴八块,还要帮我表哥打三块租房钱。

他说,不对吧,小曹,那你每月往出贴十一块,你的早点才九块,即使你不吃早点,也差着两块,这怎么来平衡?我笑着说,我每个月给我妈那十五块时,我妈不是每次都要,有时说,俺娃留下哇,男子汉不能说兜里空荡荡的,我妈给我,我就留下了。旁边有乘客插话说:"女人活的是俏色,男人活的是调掇。"

小华说,你每天早晨中午都跟你妈一起吃饭,那基本上是一个白天就不在家。我说,我的二大兄哥在劳委技校当校医,他每天中午都来我们家,跟她妈吃饭。小华说,噢,各寻各妈。

我说二大兄哥好喝酒好吃肉,差不多每天买好吃的来,每次还盼咐我岳母说,给妹夫留些,我每天晚饭回家,都有好吃的。小华问你二大兄哥哪得那么多钱,买酒买肉?我说,好像是听说,是他部队的大哥瞒着他大嫂给他寄的。

旁边说"女人活的是俏色,男人活的是调掇"的那位乘客又插话说:"女人是,前头弹她一下疼呢,后头挖她一勺子不知道。就是个这。"

听了这话,周围乘客都笑。

出差回来,王科长给我正式地安排了工作。让我负责城南所有的市营企业单位的安全保卫和侦查破案的指导工作,具体就是:有案破案,没案防范。

从那以后,我就身上穿着警服,腰里别着手枪,骑着自行车,挎着黄挎包,一个单位一个单位地跑。

小华帮我明确了一下,城南大大小小共有二十一个市营企业单位。市营单位都设置有专门的保卫科,我把各个保卫科的电话号码和科长姓名都记在了工作日志本上。

这些单位最远的是二电厂,离城九里地。最近的是市皮鞋厂,紧挨着南城墙。城墙里面是我上初中时的大同五中,城墙外面就是皮鞋厂。也就是我表哥他们的那个厂子。

我先到的皮鞋厂。

到了保卫科我先给我们市局总机挂电话,我说我是二处小曹,请转工矿科。是小华接电话,我告诉他我现在下了皮鞋厂,有事给我打电话。我这样做的目的,一是让我们科里知道我现在到了哪儿了,二是让保卫科的人知道,我真的是市局的,不是冒充的。

说完公事,我说我表哥在这个厂,叫张郡世。保卫科当然熟悉厂里的人了,说他是三车间的小组长。我说走,领我看看他去。科长领我到了表哥车间。车间很大,工人也不少。科长领我到了车间主任的小隔间里说,你给叫叫张郡世,车间主任没问啥事,出去把表哥叫来了。

表哥见是我,说:"是兄弟。你把哥吓了一跳。主任说保卫科领着公安局的找你呢。我心想这是啥事。"主任笑着说:"我刚才也思谋张郡世这是做了啥坏事了,保卫科的领着公安局的找他。我心里这么想,嘴里不敢问。"

说得人们都笑。

中午回圆通寺,一进门,家里坐着个稀罕人,高中同班同学老周。

老周1968年毕业后回老家插队了。1971年考进了大同市师资培训班,1973年毕业,分配到市教育局。

上高中时,老周就常到我家,我妈记得他。我妈叫老周也叫老周,跟我说,老周结婚比你迟了两年,女儿萌萌也比丁丁小两岁。我妈说他的女人也是你们同学,我问谁?我妈说,他说是初三的张淑贞,跟妙妙一个姓名。我问小张在哪儿工作,老周说,在糕点厂积德裕门市部。

老周约了我星期日到他的新房吃饭。我五姈姈经常给我女儿丁丁做新衣裳,丁丁穿也穿不过来就长高了。我给萌萌挑了两件,拿去了。小张还以为是商店买的,我说是姈姈做的。她说做得真好。

老周在师资培训班学的是汉语言文学,完全是按着大专的课程讲学。书里面有本《形式逻辑》,我在小华那里借阅的《刑事侦查学》里,就说到过这本《形式逻辑》。我说老周给我看看,老周说就给你哇,我的工作用不着它。

《形式逻辑》让我一看就入了迷,走站装着,有空儿就看,而且还是反复地看反复地研究。我的黄挎包里还装着推理破案的小说,自到了工矿科我就开始大量地买推理小说看。

我下的第二个单位是距离家最远的二电厂。跟二电厂出来,准备回家,可想起这里距离雨村不远了,那干脆去看看田方悦哥。

方悦和田嫂看见我,高兴得啥也似的,方悦说喝酒喝酒,可他绕遍村子借不出一点酒。我说没有就别喝了,他说好不容易兄弟来了,没酒像个啥,哪怕咱们就大腌菜呢,也得喝点。我说那我再骑车进二电厂商店去买。田嫂说要买也是叫你方悦哥去哇,兄弟你大老远骑来了,乏的,在家缓缓。

我给了方悦哥十块钱,让他再买下酒的。方悦的儿子叫田野,比丁丁大一岁,也要跟他爹去,田嫂说快领上快领上,他留家我营生也做不成。方悦前梁上带着田野走了,我喊说,记着给田野买糖。田嫂说,用不着喊,田野跟着就是想让买吃的。

田嫂给做油炸糕。田嫂说,嫂子家没个别的,油炸糕便宜(biàn yī)。

我一来雨村就喝多了,黑夜也没走成,就在方悦家睡的。第二天田嫂熬好了豆稀饭,才叫醒我。我说,我在你家就像是在自己家一样,不做客,不拿心。方悦说,那就对了嘛。我早就跟你说过,哥的家就是你的家。

跟在忻州窑派出所时一样,二处的值班也是一个星期轮一次。

第一次值班时的那个星期日上午的十点半,我骑车把我妈带来了。

我知道我无论是在哪儿工作,我妈都想到到我的工作地点看看。几年前我在北郊区东胜庄公社北温窑大队给知青带队的那一年,我妈还想到到我的北温窑。但因为姥姥在我家,她走不开,这才没去成。

市公安局在西门外十字路口的东北角,我们圆通寺是在一进西门路南的第一个巷。市局大院到我们家,一拐弯就到,步行也用不了十分钟。

我们工矿科在三层走廊的左手,站在窗口能看得见新建路南来北往的车辆,还能看见公园的东湖。

我故意问我妈,您说好不好?

我妈说话有点哽咽,望着远处的花园说,你爹要是能看到你这会儿,唉,那个死鬼早早地就把咱们扔下,他走了。

中午,我请我妈吃我们食堂的饭。

我们后院有食堂,跟大礼堂连着。在矿区公安局时我进过大礼堂,还上台表演过小节目。

当时的形势是,全国各地各市都在组织"反击右倾翻案风"大合唱。市里要求各单位也自行举办着唱。公安系统的大合唱,就是市局在后院礼堂举办的。我们矿区公安局是由我组织的一个八人小合唱。市局政治处的组织人员,还给各个节目拍了照。我家现在还保存着这张相片,我们八个人都穿着上白下蓝警服,嘴张得大大的,就像是

027

鱼儿在换气。

因为是值班,要守电话,不敢离开值班室时间太长,我把饭打在了我们科里。我带了两个饭盒儿,一个饭盒里放了满满的一盒米饭,另一个饭盒打了满满一盒菜。素炒豆腐、山药蛋炖倭瓜,还有我妈最喜欢吃的肉丸子。我妈叫肉丸子叫象眼子。

我妈说,也好呢,你们这象眼子也好呢。

我妈五十多了,可饭量还是比我大。整个饭菜我最多吃了五分之二,我妈吃了五分之三。她还把最后的米饭倒在菜饭盒里,又让我添了暖壶的开水,说就顶是喝余米饭。

见我妈吃得汗爬流水的,我真高兴。我妈也高兴,说这顿饭比哪顿饭也吃得香。

我送我妈回家,在局大门口,我妈说俺娃回去哇,两步地,妈认得。我说那您慢点走。我捺转身,一进院,楼门口站着个五十多岁的人,问我干什么的,我说二处值班。他看看我妈背影说,那是谁?我说我妈。他说,以后不准领家属来局吃饭。

什么狗屁话!

我理也没理他,照直上了楼梯,回了我办公室。

3. 认错

还是我在东风里居住、在忻州窑派出所工作时,我妈去过花园里二姐家,去说表嫂的事,想让二姐夫给想想法子,看能不能把表嫂的户口从内蒙古转到大同。

1971年表哥表嫂结婚。

表嫂的祖籍是大同市南郊区西谷庄,爷爷和父亲都会笼匠手艺,在解放前就流落在内蒙齐夏营,全国解放时,他们把户口就上在了那里。齐夏营是个镇,他们也是市民户。

表哥表嫂已经有两个孩子,大的是男孩儿,叫冬儿,小的是女孩儿,叫春儿。表哥在大同皮鞋厂上班,每月开着三十二块钱,一家四口人,生活艰难是可以想见的。五舅也托着人想给表嫂找个工作,可一听她的户口不在大同,都说不好办。

我妈跟我说,让我求求二姐夫给想个办法,看能不能把表嫂的户口转回大同,这样也就好找工作了。我说我最怕张口求人了,但表哥的事我是一定要求求二姐夫的。但想到这是隔着省,心想着很难办,即使我求了,也不敢打保票就能够办成。

表哥说,你给哥去试试,办成办不成靠命哇。

我妈说,要不,别叫招人去了,这事还是大人去说好,姑看是姑姑给去哇。

表哥说,亲家上门,不值半文;姑姑您去,万一叫碰了,没意思。

我说,就是。万一二姐夫说,隔着省呢,不好办,碰了您。

表哥说,就是。碰招人碰去,碰了您就没意思了。

我妈说,宁叫碰了,也不能叫误了。万一招人去了,孩孩子气,说不成个话,给误了呢。

最后的决定是,还是由我妈出面,找二姐夫说这个事。

从圆通寺到东风里,路过花园里。以前我用自行车带我妈到东风里我家,路过花园里时,指着二姐他们的房,跟我妈说过二姐就在那个楼住。

我说,妈我带您去哇,您不知道几楼几号;我把您带去指给是哪个单元哪个门,您进我不进。

我妈说,用不着,妈鼻子底下莫非没个嘴?

一个上午,我妈打问到了花园里二楼一单元一号,敲二姐家的门,就敲就喊:"二子啊!二子啊!我是招人妈——二子啊!"

这是二姐后来就笑就跟我学(xiáo)的,我妈当时就是"二子啊二子啊"地喊她,还说门敲得也亮,喊的声音也亮,把二姐吓了一跳,以为是前几年的造反派又来了。

我说我妈没进过楼房家,她一准儿是以为里面有多入深,怕家里人听不着才那么用力地敲。

二姐说她紧跑几步一开门,呀,是姨姨。

我妈肩上担了个扎住口的面口袋,里头是两个大西瓜,一前一后地在肩膀上担着。跟圆通寺到花园里有三里地,步行着一路走来,还得打问着找到家门。

二姐一开门,我妈说:"姨是来眊眊俺娃。"

"眊眊"是雁北地区的土话,意思是探视。

二姐跟我说:"听了这话,又看着姨姨汗爬流水地用袄袖擦着汗,感动得我差点就要啼哭呀。"

二姐把我妈让进家,给沏茶,我妈说要喝冷水。二姐给跟凉水瓶里倒了一杯凉白开,我妈一口气喝了。

二姐跟我说:"妹夫,年长了,二姐没见过这么朴实的老人,心里一下子生出一种亲切感来。"

我妈跟二姐说了一上午话,中午在花园里吃完饭才回的家。

我妈跟二姐能说一上午的话,但也并不是一进门就说来干啥了,她也不是有意地不说,是插不上嘴,没机会说。二姐也不急着问您来有什么事,她们从一坐下来就开始拉家常。

她们说到了我姥姥。

我到北温窑给知青带队前,把姥姥跟村里接到了我们家,那以后,姥姥一直在我们家跟我妈做伴。来我们家的第三年秋天,姥姥拉肚子,好几天没怎么吃东西,五舅请了个他的熟人大夫,来家给姥姥输点葡萄糖,意思是增加点体力。可在输液的当中,我妈给大夫喝酒,大夫喝得有点多了,想躺会儿,就离开圆通寺走了,说最多走半个钟头就回来。他走了以后,没十分钟,姥姥说心慌得难受,不一会儿,去世了。点滴滴得快了,老年人心脏受不了。这是明显的医疗事故。

二姐跟我妈说,姥姥的事我也听四女儿说了,听说姨姨您让过了那个大夫了。

我妈说,咱们的人已然是死了,你把他告了,最多也是赔你几个钱;咱人都没了,还在乎那几个钱?再说,他也不是故意的,是大意了。也怨我,当时不给他喝那点子酒,也可能是没后头的事,给他喝了点酒,他有点迷糊,想睡觉,就走了,我猜也是回家睡去了。我妈接着说,再说了,这是招人的五舅给找的熟人,熟人咋好意思让赔呢?我兄

031

弟说，他在单位是个临时借用的，告了他的话，就打了他的饭碗了。打人饭碗的事，咱们不能做。最后我跟兄弟说，五子，让了他哇，咱妈也八十五了，是个寿数了。

二姐说，哪么也是遇到您家这一家好人了。

她们又说起我爹去世，我妈说他爹身体一直很好，连个镇痛片儿也没尝过是个啥味素，一下子得了个要命的病。

二姐说，人得癌症，那是跟气上引起的，姨夫是四四年的抗战干部，一路走下坡路，他能不生气？可他人要强，不好跟人说，自己生闷气，我妈说，那一准儿是有这的过。

我妈看着二姐说，你对姨姨家的事，啥也知道。

二姐说，姨姨您不想想，我要把四妹给您，能不访查访查？姨姨您在我们的心中那是有地位的，您先是拉扯培养俩兄弟，同时您还拉扯侄子忠孝，拉扯外甥女玉玉。

我妈说，这两个孩子的妈都早早地走了，我是个当姑姑、当姨姨的，我不管谁管。再说了，我跟二姐你说哇，我在这两个孩子跟前是有亏欠的。

二姐不明白我妈说的"亏欠"是啥意思，看我妈。

我姨姨小时候订的娃娃亲，男方是一个村的宋守周。姨姨长大后，不同意订的娃娃亲了。她是看对了我爹的战友小师，小师也看对我姨姨了，这是我爹给出面提的亲事，可我妈坚决地反对。

我妈把我爹骂了一顿后，又说我姨姨，不行，不同意也得同意，跌倒不翻身，死你也是宋守周的人。

我妈跟二姐说,忠孝的妈是我硬主着让我兄弟跟她离了婚,而玉玉的妈又是我硬主着让她跟玉玉爹结的婚。这两个人早早地都去世了,跟这个心情不愉快是有着很大的关系的。这两个苦命的人都早早得了病死了,这都是我硬给主事的过。

我妈跟二姐说,您说他二姐,她们俩人的孩子,忠孝和玉玉的事,我能不尽着力量来管吗?

二姐点头。

我妈说,忠孝找了个内蒙古的女女,叫小兰,养了两个孩子,户口也得随母,现在大孩子上在内蒙古姥姥家了,二女女的出生证儿还在兜里装着,户口还没上,是个黑人。他们一家四口,靠着忠孝那三十块工资,光景过得紧巴巴的,冬天连炭也不舍得挂,家冷得脚盆里的尿都结成冰。

二姐是个热心肠的人,也是个软心肠的人,听着这话,快掉泪,没等我妈提出,她就说姨姨您放心哇,您的事也是我的事,我给帮帮,看看能想啥法子。

我妈这才接住话茬说,姨姨来也就是这个意思,俺娃们神通广大,能帮衬就帮衬帮衬他们。

我算了算,这是1977年的事。"四人帮"打倒了,国家同意上山下乡的知青陆续地返乡回城,并安排工作。二姐夫就以表嫂是插队生的名义,把她从内蒙古调回了大同,还安置在了市供销社下面的东街馅饼店工作。

表哥把冬儿送到了内蒙古姥姥家,把春儿送到了皮鞋厂幼儿园。

表嫂高高兴兴地去馅饼店上了班。

户口也解决了,工作也有了。表哥高兴地说,小兰这算是一步登了天,看来还得姑姑出马。我妈说,这全仗人家四子的二姐夫,这可是你们一家人的大救星。

表哥送冬儿到姥姥家,回来时带来五只卓资山熏鸡,说是给姑姑一只,给我一只,给二姐三只。我妈说,我和招人不要,你亲自都送给二姐去哇。

表哥自个儿不敢去,让我跟他去送。到了二姐家,正要敲门,见门牙开着,我就推开门领着表哥进去了。本来是可以先进厨房的,可我们直接进了客厅。

二姐正跟客人说话。

客人说:"呀,熏鸡!"

二姐说:"正好喝酒,中午别走了。"

客人说:"见好吃的不吃有罪呢。"

他当下就掰开熏鸡,揪下个大腿往嘴里填。

二姐后来说我,你这个妹夫真是个大眼痴尿蛋,你不看看门开着,你也不听听客厅有生人说话,也不想想是家里有了客人。你把熏鸡拿进厨房就行了,可全给提溜进了客厅,那个家伙跟你二姐夫中午吃喝完,走的时候还又提走了一只。

二姐又是气又是笑:"妹夫呀妹夫,哪么你也是太死相,是个半点儿鬼也没有的大眼痴尿蛋。"

以前我答应帮表哥打房租钱,开头是三个月给表哥十块,后来是半年给二十,再后来是一年给五十。表嫂有了工作的那年年底时,我到表哥厂子给他送五十块房钱时,他说表哥以后不要你的了。我说表嫂有工作了,可你们的生活也还是紧些,我也还是比你宽松,拿着吧。我说别让表嫂知道,要不以后传到了四女儿耳朵里就没意思了。他说实际上你表嫂每个月也都给我计划着房租的呢,我拿你这个钱,就是喝酒时手头松些。

星期日,我在家洗了一上午衣服,下午来了圆通寺。我妈正洗脸,她说俺娃来得正好。她攥好了毛巾,让我给擦背。我说妈,你背上还有一个小的米面布袋。

我妈背上长着两个息肉,一个是大拇指大一个是小拇指大。我妈叫那是米面布袋。说背着米面布袋,永也不挨饿。那个大的在我初中时化脓了,到医院取了。小的还在。

我妈说,大的是你爹给我的,小的是俺娃给的。

正说着,忠义表弟手里提着一网兜香蕉进家了。

忠义说,煤校快开学呀,来眊眊姑姑。话音没落,表哥家的冬冬领着春儿,撩开门帘进来了。

我妈跟忠义说,这是你大哥的两个孩子。忠义说,认得他们,以前见过,后又大声地冲着两个孩子说:"你俩来干啥了?啊?"说着,背过身解网兜。

两个孩子撩起门帘,出去了。

忠义掏出香蕉,一转身说:"给,叫个啥?"

我说:"早出去了。"

我妈说:"出院耍去了,一会儿进呀。"

我们正呱啦着,表嫂冲进了家,指着忠义就大骂:"有你这样当叔叔的吗?喝问我孩子来干啥?这又不是你家,你能来姑姑家,孩子们就不能来姑奶奶家?"

我们都愣住了,不知道怎么回事。

表嫂继续骂:"我孩子跟姥姥家来大同是上小学呀,高兴得跟姑奶奶来谝了,没想到一进门你就往走撵。这是你的家?这是你的家?"

从没见过表嫂发这么大的火儿,我们半天才缓过神,明白是怎么回事,都给表嫂做解释,还说当时忠义是跟孩子们开玩笑,问来干啥了,问完还给掰下香蕉让他们吃。

表嫂根本就听不进我们解释,"谁稀罕你的香蕉,哼啜完给点吃的。你有钱了不起了,想咋哼啜咋哼啜,我们穷是穷,可也不吃你那一套。"

忠义让表嫂骂得半句话也说不出。

表嫂一摔门走了。

忠义坐在炕沿那儿流泪。

这个事,忠义是冤枉,但他大声开玩笑地问两个孩子"你们来干啥了",这也是真的。孩子们跟他不熟悉,让他这大声地问话给吓着了,回家告给了妈。

我们好不容易把忠义劝住了,我妈留他吃饭他也不吃,走了。

忠义刚走,表哥进门了。看表情,也是来找忠义算账的。

我妈说,你们兄弟们咋就不能好好地相处?

表哥说,您说怪谁?

我妈说,怪谁?

表哥说,怪您。您不是说我头发卷起,张文彬认我也够我洋气吗?

我妈说,要是说你妈那个不光彩的事,那你就不要再提。

表哥说,那您当时要说。

我妈说,我为啥要说,那还不是让你逼的,你是不是忘记了你当时是咋埋怨我的,你说你妈磕头捣蒜地求我,我还是要把她撵走了。你这样逼着问我,我不得说说为啥,当时我不那样狠狠敲打你,你拿着三分颜色想开染房;不敲打你,你能乖乖地叫张文彬爹叫何香莲妈吗?我是为了你,孩子啊。

表哥说,可当时让您那么一说,我心里就一直是疙瘩疙瘩的,看见忠义他们总是觉得隔堵墙。

我妈说,要这么说,忠孝,那我今天跟你承认错误,当时不该跟你说那话;现在姑姑跟你认错,当时我说错了,不该跟你一个小孩子说你妈那样的话。行了吧,忠孝,杀人不过头点地,姑姑给你认错还不行吗?

我不知道说个啥好,看看表哥看看我妈。

我妈又说,姑姑这一辈子犯过最大的两件错误……还有玉玉妈,你妈跟玉玉妈两个是好朋友,可我把她俩都害了,都早早儿地就走了,姑姑一想起这两件事,麻烦得就甭提了。

我妈有点要哭的样子。

哎呀，我妈居然是这样。我觉得眼前这个人不像是我妈，可我妈今天就是这么给表哥认错了。就我知道，我妈除了跟老王说过句"曹大妈骂错你了"，还没见过跟谁是这种口气道歉、下软。

我表哥也一定是想到了，这个厉害了一辈子的女人，今天给我认了错。

表哥也不作声了。

我妈缓了缓气，又放高了音量说，忠孝子我告你，你说是个说，你闹是个闹，你可得知道你姓张，永远是张文彬的儿子，何香莲也永远是你的妈。要不是的话，你的户口咋能跟村里上来；要不是的话，那你永远是个农民，这你得弄机明，也得讲点良心。

表哥的语气也和软下来，说，姑姑，这我知道。

我妈说，你知道这就行。

4. 馅饼

我加了一夜班儿，有点饿了。早晨在巷口的饼铺买了三个现烙的糖饼，进了圆通寺。

平时我是要打鸡蛋汤的，可我想早早吃完上炕睡一觉。我说妈，咱们就用开水就着吃哇，我不想做汤了。我妈说又熬夜了？我说，妈昨晚我又破了个案子，早起刚把人犯送到看守所了。

我妈说活蹦乱跳的一个人，叫你就给弄到班房去了，你在这里吃糖饼，尔娃们在里头喝糊糊。

我妈用"尔娃"这个词，我听出，因为人犯"在里头喝糊糊"，她有点同情了。

我说谁叫他违法了呢?我妈说,你如果不破了这个案,那他就还在外面。我说谁叫他运气不好,碰上我了呢?

我妈说,听说老古时在砍头前,官家要给犯人吃一顿好的,还给喝酒,你说为啥?我说,算是种人道主义吧。说完心想,我妈不一定懂得啥叫"人道主义"。

我正想着换种说法,我妈又说,招娃子,妈是想跟俺娃说个事。

我看我妈。

她说,你往进送尔娃时,能不能也给尔娃吃上一顿?我说,您说让我请他们吃上一顿?

我妈说,我就是说这个事,尔娃们也是个人,叫你就给捉进去了,在里头喝糊糊。我说,您莫非真的是想让我给人犯吃肉喝酒?

我妈说,倒不是说要给他吃肉喝酒,可你总得给尔娃们吃顿好饭,再往进送。我说,妈,您可真是好心肠。

我妈说,我为尔娃们也是个人,再说了,是你把尔娃们捉进去的。

我说,行,妈,听您的,或是谁,只要是我往进送他,就给他吃顿好的。

我妈说,妈给俺娃钱,顶是妈请客。

我说,不用不用,不用您的钱,我保证能做到。

我妈说,给他买上五张馅饼可要叫他吃个好。我说,那万一他不吃荤呢?

我妈说,招娃子你又死相呀。

我说,不死相不死相,到时我问问他,你要是不吃肉馅饼,那我叫我妈给你烙鸡蛋韭菜合子。

我妈笑,又说,招娃子,妈还得跟你说说,无论是谁犯法是犯在了国法里了,又不是犯在了你的手里,你说上个啥也不能打尔娃们,人挨了打有时候就要胡说;你打得尔娃们胡说了,那就把尔娃们冤枉了。

我说妈,你以前不是就跟我说过了,我也答应过你,不打人。再说,您看您招娃子像是个打人的?

我妈说,按说招娃子不像是个打人的,可你得给妈下个保证,不能打。我举起右手看着墙上的毛主席像说,我向毛主席保证。

我妈说,这妈就放心了。

我从来不打人犯,这是肯定的。

自那以后,我真的是听我妈的,破了案抓住人犯,无论是往进送谁,我都给他买馅饼吃。在我以后写小说时,还专门写到过。

下面的这篇小小说就写到过给人犯买馅饼的事:

我把钱给了内勤,打发他到饭店买馅饼。屋里只剩下我跟那个人犯。

我坐在办公桌前,对面有把椅子,空着。那是我给人犯搬的。可他说吃蹲惯了,便靠墙蹲下。他的头上盖着个旧黄帽。帽顶上有个洞,一撮花白头发从洞口探出,想瞭瞭洞外啥样子。他那枯瘦得如猿猴爪似的脏手,十指弓曲着捂在满是皱纹的脸上。这脸让我想起耕过的土地。他的下巴抵住前胸,不时地狠狠吸一口气,然后就"唉——"地呼叹出来。

"兄弟,"他把手从脸上松开,"这是不是真的就不叫我回家啦?"

他那土灰色的眼珠凝视着我。

我点点头。

"兄弟呀兄弟,可做不得呀兄弟!"他连声急急地说,说完,那惊恐悲戚的老脸又一下子显出笑意。

"兄弟你哄我呢……你……你看,我就知道兄弟你哄我呢。"他说。

望着他那可怜巴巴又带着乞求和期盼的神色,我摇摇头。

他"唉"一声,又将原先也没离开脸有多大距离的十指,重新捂在脸上。

屋里极静,远远地传进外面街市上热闹又嘈杂的声音。

"多会儿才叫我回村?"他又抬起头把脸露出来,问。

我又摇摇头,没回答。

他是内蒙古农村的,前些时搭顺脚车来大同卖葵花子,有几个小孩问他要不要废铜,他说要。先后共收了四次,最后一回在废品收购站出卖时,被我们侦破组给逮住了。他怎么也想不到,那些被孩子们烧得焦黑烂污的铜丝,原来的价值竟有五千元。工厂库房的损失由孩子们家长赔偿,他,我们决定逮捕法办。根据案情,估计最少也得判他两年。要知道,他正好给赶上了"严打"。我看着他那愁苦的样子,没忍心说实话。

"三五个月内,你甭想回去。"我说。

"啥?!"他惊叫一声,想要站起来。大概是由于蹲得时间过久,反倒一屁股跌坐在墙根,破帽子掉到地下也没去拾。"兄弟兄弟行行好吧兄弟,这可是要我老汉的命呢兄弟!"他一下跪起,膝盖当脚噔噔向前挪了几步又趴在地上,冲着我连连地磕头。

我先是一愣,后来赶忙过去一把将他揪起,又把他按在椅子上。我又弯腰捡起破黄帽,在桌腿上摔打两下后,搁在他的头顶。当我坐回我的座位时,看见那帽子搁得有点偏斜,可他也不往正扶扶。

"这可是天塌下了,这可咋办呀!"他痴痴地盯着地板,自言自语,"女子,儿子,这下他们可咋过呀?"

我猛地想起做笔录时,知道他家只有一个19岁的闺女和一个6岁的儿子。

"村里没有亲戚?"我问。

"亲近些的就一个姑姑,可太远,好几百里。"

我也不由替他犯了愁。

"兄弟,放我回村安顿安顿行不? 安顿好就来行不?"

这怎么可以呢?

"这样吧,"我想想说,"有什么要安顿的,你跟我说,我写信转告他们。或者我亲自去一趟也行。"

他看我。

"信不过?"我问。

"信过。信过。"

我准备好纸笔。他却隔了老半天才张嘴:

"你告诉孩子们,就说他爹在外头做了灰事了。不不不。这样说是不可以的。"

他停下来想想又说:

"不知道你给不给这样写,就说你们的爹在外头找到营生了,得过个半年六个月才回去。你……你再告诉给孩子们,就说米瓮里头往深探探有一百块钱,让前街八叔给安顿上一冬的烧的,再留上个三几十块,好、好零花……还有就是,明年那责任田该种莜麦,还让八叔给种,等爹回去再结算工钱。再、再……再告给小子就甭念书了,跟姐姐在家里做营生,等爹挣了大钱再、再念……还得告给女子甭理狗日的村长,那是个牲口。黑夜里万万千要记住把狗拴住,好、好壮个胆子……再就是,要是有个灾有个病……病、病啥的……"

他语言结巴,说不下去了。我没催他,静静地等。我也没抬头看,我怕他看见我眼眶里有泪花在滚动。

他拿帽子擤了几声鼻子,隔了一会儿又接着说:

"告给孩子们要好好儿躲对,万万千甭有了病……万一有个啥,泥瓮里有黑糖,化上水是下火的……"

我的鼻子发酸,实在是不能再听下去了。我将笔搁在桌子上。

他把手伸进后腰里,摸出一个东西,颤颤抖抖地放在我的玻璃板上,说:

"这个看能不能装信里。唉,女子要了好几回,这次才、才给买……"

透过模糊的泪,我看见的是个蓝色的"维尔肤"小油盒儿。

"你再告给……"

"别说了!!"我"啪"地一拍桌子,冲他大吼。

他一惊,帽子又掉到地下,红肿的眼瞥了一下我,又赶快看别处。

"怎么回事儿?"内勤进来了,端着个洇出油渍的报纸包。

"没、没什么。"我把脸扭向窗外。

"吃哇。这是惯例。我们组长请客。"内勤"哗哗"地把纸包展开,说。

"不,不不。我咽不进去。"

"吃!!"我猛地转过身喝令他。我想在喝吼声里将胸中憋得难受的气一块儿喷出。

"吃,吃,我吃。"

他把馅饼大口大口填进嘴,填得两腮鼓鼓的,同时,眼里扑簌簌地滚下两行泪蛋。

这篇小小说名叫《老汉》。

小说里面提到的内勤,就是生活中的赵占元。他是我们侦破小组里最年轻的,凡是跑腿儿的事,都由他去。

《老汉》在公安部主办的《人民公安》杂志刊登后,反响很大,还获得了《人民公安》"优秀作品"二等奖。但我这个二等奖,实际上是排在了第一名。因为那次没有一等奖,是故意地空缺。

编辑跟我解释过为什么是这样,好像是说,我的这篇小说纯文学水准足够,但主题思想有点不太鲜明。

"主题思想不鲜明",我猜想,大概是因为写了公安侦查员请人犯吃了馅饼吧。

我们不光是给人犯吃馅饼,我们也吃。我问占元是在哪儿买的,他说是在大东街的馅饼店。我知道表嫂就在那个馅饼店上班儿,我跟我妈说,妈,等哪天我给您到表嫂的馅饼店端馅饼去,好吃不说,个儿还大,三张足够您吃。

后来玉玉跟我说,姨姨担心你把人家一个一个地送里头,人家能不记恨你吗?人家跟里头出来要是在街上碰到你呢?

噢,我这才明白了,我妈一再地强调我"别打尔娃、别冤枉尔娃",还要出钱请人犯吃馅饼,是这原因。

姥姥去世,我妈又让我五舅给安排了临时做的工。"文革"后,五舅当了服装厂里的总会计,有点实权。为了离家近,五舅把我妈安排在了南街的服装厂门市部。门市部好,离家近不说,还能坐在里面瞭大街。

我妈没技术,只会剪线头。而这个剪线头的工作,又是一道不可少的工序。

剪线头是用剪子,可我妈有时候还要上嘴,用牙咬住线头,手一用力,线头断了,留在了嘴唇上,她也不急着把咬下的线头取掉,而是赶快去找下一处。

平素我是跟我妈一起吃早饭和午饭,早饭是我跟街上买,午饭是我妈准备。我妈跟南街下班回家时,路过五一菜场就把啤酒和馒头买好,回家一炒鸡蛋,再做大烩菜就行了。我们几乎天天都是这么个吃法。

我早就说要给我妈买馅饼,今天有空儿,能提前回家,我就到我妈的门市部,先去说给她一声。一进门市部,小毕姨姨在里面。她在雁塔总厂的包装车间当主任,常有事来门市部。

她说,呀,是招人。

我说,小毕姨姨。

她说,招人穿警服更成了英俊小伙儿了。

我妈旁边的刘姨说,警服就是"扶人"。

小毕姨姨说,招人用不着警服扶也好,不穿衣服也好。

刘姨说,你莫非见过招人不穿衣服的时候?

小毕姨姨说,咋没见过? 我们还一个炕上睡过呢,你问招人有这事儿没,别当我是白嚼。

刘姨说,哎呀呀招人,有这事?

我妈也看我,表情奇怪的样子。

我说,有。我还想往明白说说当时是个什么情况。小毕姨姨又接着说,你问问他,我还给他烙过背心和裤衩呢。

大家都"啊"。

我赶快给往明白解释,说那是小时候,妗妗领我来值班,我们四五个人都睡在大裁案上,睡觉前妗妗给我洗了裤衩和背心,小毕姨姨给用电烙铁都烙干了。

刘姨说,咦,我当是咋的回事,吓了我们一跳。

我妈不知道当时的情况,听我说完,说,能有个啥。

小毕姨姨说,你们是没见过招人那时候,正是戏剧里头的贾宝玉,唇红齿白,谁看了都爱见。

刘姨说,还唇红齿白,毕主任你是不是那时候就看对人家招人了?

小毕姨姨说,那还用问,小小儿时候就爱见上了。说完脸一下子红了。

刘姨说,哇——大家看,毕主任也有脸红的时候。这么一说,小毕姨姨的脸更红了。

小毕姨姨脸红了更好看。

我赶快打话岔,告给我妈说,中午您别买馒头了,我给到表嫂那儿端馅饼去。

这时候我妈顾着往断咬一根线头,没回答我。我见我妈的嘴唇上,又是沾着好多的线头。

小毕姨姨说,孝敬的儿子给买馅饼去呀,张姑您就别吃线头了。

人们都笑。

表嫂是馅饼店端盘子的。

还不到中午,来买馅饼的人已经很多了。大部分是打包往走带的,排了好多的人。这里的馅饼大,我买了四张。为了快点取出来,我把票给了表嫂,表嫂让我找个地方坐那儿等,可我连坐的地方也没有,只好在一旁站着。

一会儿,表嫂端着馅饼朝我走过来。我一看是一个大方盘,高高地摞着两摞,足有十多张,我不以为是给我的。可表嫂到了我跟前,一伸手,把这一大摞馅饼连盘给了我,说了声"你端走吧,我忙呢",说完转身走了。

我数了数,是十四张。

这可怎么办?

我来的时候是拿着一个饭盒儿,里面只能填四张。正发愁,表嫂过来给我跟前放了个透明的塑料袋,说"你拿回去给姑姑",说完后又忙忙地走开了。

我就装馅饼就想,这是怎么回事?我买了四张表嫂给端出十四张。是她看错票了?可这个时候去告诉她错了,是四张不是十四张,退回你十张吧。如果是个不认识的服务员,我一定会这么做,退回十张。可这个服务员不是生人,是我的表嫂,我退回这十张后,是不是会对她有什么影响呢?领导会质问她,出现这么大的差错,你是怎么回事?

当时我还想到了另一个情况,那就是,表嫂不是看错,是故意的。

那我给往回退,那不是明着告她吗？我不敢再多想,提着一塑料袋馅饼,匆匆地走了。

路上,我想,这该怎么跟我妈说呢？怎么买回这么多呢？

对,就说是馅饼好,单位的人让捎的。

我妈听说我还给单位人捎了,非要我先给单位人送去,要不凉了不好吃了。我说人家中午下矿了,晚上才返回城,路过咱家来取。

我妈这才说那咱们先吃哇。

我在单位想了一下午,决定下班后告诉我妈实情。

听我说完,我妈脸一沉,说这还了得,走！找她去！我妈让我提着馅饼,相跟着到了表哥家。

表嫂没回来,表哥说她今天得晚上八点多才下班儿。

我跟表哥说了这个事,还没等我全说完,我妈就开口了。

我妈说,忠孝子,她还给谁这么干过？是不是常常往回家白拿。我求爷爷告奶奶,求人家二姐夫把她跟内蒙古调回来,办了这么大的事,找了这么好的有吃有喝的工作,她这不是想打饭碗吗？

表哥说,我想她是看错了,以为表弟开的是十四张。

表哥替表嫂圆说,我妈口气更硬了,说,还胡搅？四咋能看成是十四呢,我是个文盲也不会看错。再说,就算你是看错,你把二看成是二十,把五看成是五十,你说你这么的,单位能要你吗？不开除你等啥？

我说,偶尔看错,还能天天看错。

我妈说,偶尔,让领导捉住你,一次你就够了；再说,别的人不揭告你吗？别的人没个眼？别的人认不得是四还是十四？就你聪明,懂得占公家的便宜？

我妈越骂越生气，说，小眼薄皮，不懂得个四六颠倒水深浅，坐炕你不揣揣冷热，做事你得看看能做过还是做不过。打了饭碗，哪个多哪个少？

表嫂上班后，把冬儿放在了内蒙古姥姥家，春儿在表哥单位托儿所。刚才表哥下班把春儿接了回来。

春儿听我妈这么大声地吵，抱着爸爸腿说，爸爸我可吓得慌呢。

我说妈您声音低点，看把孩子吓的。

表哥说，姑姑我替小兰承认错误，保证以后注意，再不出现这情况就行了。我妈说你承认顶个啥，那得她知道是大错了，再不做才行。

表哥说行，姑姑，等她下了班，让她去跟您承认错误。

我妈这才说，招人，把那包饼子拿上，出街扔垃圾仓里。

我说好好好，提着馅饼，拉着我妈往外走。表哥抱着春儿，送出院门。

路过垃圾仓，我说，好好儿的馅饼扔了，叫人看见以为这是咋了。要不给了八斤和润喜儿？

我妈说不给！给了，叫他们两个要饭的领你个情，拿这种肮脏的东西去换个人情？扔了！

我说，噢噢，扔，我扔。可我正要把这个沉甸甸、油渍渍的塑料包往垃圾堆里扔，我妈又急急地说，你说不扔就甭扔，给八斤那就给八斤儿他们哇。

我笑着说，这还差不多。

我妈说,妈也是叫你表嫂这事给气糊涂了。

为了消我妈的气,我说,妈,您在表哥家说那么严重的话,表嫂要是知道了,也够她受的。晚上表嫂要是来认错,您就不要再这么哇哇哇了。

我妈说,不哇哇哇,也得敲打得狠点儿,要不她接受不了个教训。

我说,相信表嫂也再不会发生这种看错票的事了。

我妈说,这事妈要是夸她那可是害她呢,你记不记得你小时候妈给你讲的那个咬奶头的事。

我说记得,一个死刑犯咬他妈妈头的故事。

我妈说那不是故事,那是真事,那是你舅姥爷讲的,是他年轻时候亲眼看见的。

那晚,我怕表嫂来了,我妈的态度太过分,我故意留下来,等表嫂。没想到等到的不是表嫂,是表哥。更没想到的是,表哥说,表嫂多给的那十张馅饼,她是跟领导打过招呼了。她说自来了馅饼店一直没有给过姑姑送馅饼吃,这次招人来买馅饼了,顺便多给买了十张,领导给她记在了账上,说等开支时扣。

哦,原来是这样。

5. 组织问题

人们常问"你的组织问题解决了吗",意思就是问你入了团了吗?入了党了吗?"文革"以前的人们还常说"人有两次政治生命",就是指入团和入党。

我在初中二年级时就入了团。班主任闫老师说,你写个入团申请吧,我就写了,就入了。

是闫老师在我十三岁的时候,让我有了第一次的政治生命。于是我又想,我多会儿才能有第二次政治生命呢?上了高中,"文革"开始,党委一个个地都被"踢开"被"砸烂",从那以后我就不再想这个第二次政治生命的问题了。

1973年的秋天,我领我爹到太原的省肿瘤医院去看病。在那期间,躺在病床上的我爹,好几次说到我的组织问题。我说看好您的病后,我回去就写申请。

我爹的病没看好,在1974年的2月去世了。

答应了的事,我是一定要努力地去完成。安葬了爹爹后,我就写了入党申请,交给了我们矿区公安分局的党组织。为了接受组织对我的考验,我去了北郊区东胜庄公社北温窑大队,给下乡插队的知青去带队,时间是一年。那是个苦差事,谁都不想去。

一年回来,我瘦了二十多斤。年底单位组织体检时,身高一米七二的我,体重才一百零二斤,人们叫我"一零二"首长。

原以为一年回来就能入党,可党组织说,你不要在机关坐着了,下基层锻炼锻炼吧。为了能入党,我再次接受组织对我的考验,下到了忻州窑派出所。

我是所里的内勤,工作压力倒是没有,但让我吃不消的是,跑家的时间过长。如果我不想迟到的话,那得早晨不到六点就从家出发。如果我不想早退的话,每天回家是晚上八点以后。算算,这就是十五六个钟头。

一年过去了,两年过去了,三年过去了,我的组织问题仍然没有得到解决。只好回市局吧。

调到新单位,以前五年的苦算是白吃了。

想入党,那就重新接受组织的考验吧。

谁叫我爹爹给我留下了那么个希望我"解决组织问题"的遗愿呢?谁叫我下定了决心,要完成爹爹的这个遗愿呢?

我又写了入党申请,郑重地交给了内保处的党组织。

我们处每年有一个入党的指标,我调回的第二年,也就是1979年的那个指标,我想也没敢想,我盼着下一年的会是我,我盼着我在调进这个单位的两年后的1980年,能够解决我的组织问题。

不能光是想,得努力工作才对。

我努力工作了,而且也取得了好的成绩,连连地破案。

在我破了第一个案子时,有人说我是瞎猫碰着个死耗子,可后来我破了一个又一个,他们就再也不这样说了,我让他们服气了。但1980年这一年的"七一"节,宣布入党的人,又不是我。

中午下班,我骑车追上了老钱,他说小曹你中午不是在圆通寺跟你妈吃饭吗,咋一直朝着城里骑?我说我跟您有个说上的。他说,一上午在办公室咋不说?我说办公室人多。老钱笑,那你说啥?我说,那个……想说说我的组织问题。他说,好哇,组织的大门对你永远是敞开的。我说,可我咋就想进进不去呢?他看着我笑。

053

我说,那,那个,下一批,能考虑我吗?

他说,我拐弯呀,你有啥活思想,可以跟组织说说。说完拐弯了,进了一个巷儿。

还保密,不教我。我两脚支着地,站在那里,望着他的背影进了一个街门后,我又重新蹬着车,向圆通寺骑去。你不教我,我问我妈去。

我妈说,俺娃不是会破案?那俺娃好好地破案哇么。别人手里的案子破不了,俺娃的一有了就能破一有了就能破,看看他们再不给俺娃解决。

妈,听您的。

别的不想,破案子。

在我妈的鼓励下,我的案子破了一个又一个,破了一个又一个。

我觉得破案不难,对于我来说,那就像是猜谜语似的,那就像是捉迷藏似的,动动脑筋,分析分析,就破了。

那两年,社会治安形势不好,发案率逐年上升,全国都一样,要不为啥就有了后来1982年的"严打"呢?

大同的治安形势跟全国一样,我管辖的城南也一样,但我不怕,只要你发,我就破,发一个侦破一个,上一个拿下一个。

孙处长处务会上说,火车不是推的,牛皮不是吹的,小曹为咱们二处争了光。他还敲打那些高干子弟们说,得靠本事,得学点真的本事,得拿秤约约(yāoyāo)你自个儿值几斤几两,不服你也给咱们露两手儿。

1981年2月,我被评为省先进,到省城去开表彰大会。

市局评选出两个人,四处是侦查员崔文彬,二处是我,科员曹乃谦。

如果不是我妈鼓励我,我就不会成了省先进。

省先进可不是市先进,也不是局先进,更不是处先进、科先进。

我的组织问题就该解决了,我得感激我妈。

我妈说,还是俺娃有灵性,有些事不靠灵性,光靠卖力是不行的,得有灵性。你们处别的后生们,莫非不想破个案?他为啥破不了?那是他差你点儿灵性。妈早就看出俺娃有灵性,月圪蛋时妈就看出你有灵性,你躺在那里,别人一说话,你的眼睛就跟着转。

我笑着说:"哇,这就是灵性啊?"

我妈说:"你当是啥?眼睛最能看出一个人的灵性了。买牲口,比如说买骡子,也是得看眼睛。站在那里喝一声,有的那骡子没反应,有的那骡子,眼睛跟着看你,那你买哇,没错。"

我笑。

我妈说,再说你那吹呀弹呀的,那更是得灵性。银柱教你拉二胡,没半年,你就比他拉得好了;七舅给你个烂口琴,没半年,你就比他吹得好了。妈不会是个妈不会,但妈能听出你比他们拉得顺耳,吹得受听。

我小时候我妈不夸奖我,自参加了工作,我妈一直是在表扬我。也不知道她是改了性格了,还是改了策略了。

我妈说,妈为啥要鼓励俺娃呢?妈知道,俺娃只要是做,就能把这件事做好。妈那次说,你到了北京到了上海到了中央,也是那好好里头的好好,你当妈那是瞎说呢? 不是。

我说,可我想入党,入不了。

她说,去哇,好好去太原开会去哇,回来就入呀。

除了市局的我们二人,下属的四个公安分局也各评选出了一名省先进,由市局党委佘书记领队,1981年2月26日到了省城太原。

矿区的省先进自我介绍时,说他是从部队转业下来的连长,人们都叫他连长。这人话多,语音洪亮,口音还有点特别,说跟阎锡山是老乡。晚上看电影时,看到让人气愤的情节,大声地责骂电影里的坏蛋,人们都看他。

因为说起都是矿区的,我跟他就熟悉起来。我问公交派出所小陈,他说现在公交派出所撤销了,另成立了公交管理办公室,小陈当了公交办副主任。说完他又一下子想起啥似的,大声说对了对了,你保险是她的前男友。

连长看着我问,肯定吧? 我说,我俩挺好。他说,那为啥没闹成? 我说,当时我是想往市局调。他说,别看小陈是个当官的子弟,可她半点也没有那种坏习气。我说,我是后来才知道她爹是谁。

他说,可她那靠山老子快不行了。我问,薛部长? 他说,肝癌,在北京动了手术,回来不见有什么起色,快不行了。

开了三天会,我们坐火车回到大同,临分别时,我给了连长一百块钱让转小陈,就说是给她爸买点啥营养品补补。

他说,你俩其实真的挺般配。我笑笑,没作声。

会议给每个先进发的材料里,有几期《警钟》。来开会之前我就知道,这是省法制部门主办的综合性的内部刊物。开会期间,我偷偷地溜出来,到《警钟》编辑部,把我带来的一篇论文《浅论逻辑推理在刑事侦查中的运用》给了他们。他们看我拿着开会的档案袋,对我很客气,我说我以后还想写案例。他们说欢迎赐稿。

过了些时,孙处长退休了。他没跟大家告别就不再来上班了。

我还想到,如果不是孙处长,这次的省先进,可能不会选上我。

中午在圆通寺吃饭时,我把这个看法说了出来。当时五舅也在场,他说,不会的,评上省先进那是因为你破案成绩突出,这个先进,别人是不能顶替的。我妈说,娃娃想入党,我看今年没问题了。五舅说,按说没问题。我也说,按说是该我了。我妈说,这口饭你咽进肚里才算是吃了,啥也是个这。

我妈说得半点儿也没错,以为这次稳了,可我又没把这口饭咽肚里。

尽管我是省先进工作者,而且是自1972年恢复公安系统后的首批省级先进工作者,但是,在这一年,在1981年7月1日党的生日这天,二处宣布的新党员仍然不是我,是我们处的那个细嗓门。

我真的没有想到,真的不明白,这是为什么。

想入党咋这么难?

我这个组织问题究竟是出了什么问题?

我就去五中问问闫老师,他给我第一次政治生命时咋那么简单。

闫老师在校总务处当主任了。

我说闫老师您瘦了,他说有钱难买老来瘦,瘦点儿好。我说您在总务是不是挺忙,有点累?他说,不累,一个学校能有多重的活儿。

还没等我说,闫老师就问我组织问题解决了吗。一见我摇头,他说你是不是不重视这个问题,我记得在学校,也是我催你写入团申请你才写的。我说我这会儿可想解决组织问题了,可就是解决不了。旁边有位老师插话说,现在你光是积极地工作,那不行,你得研究研究。

我不明白他说"得研究研究"是啥意思?看闫老师。

那个老师跟闫老师说,看来你这个学生有点死相。

他又跟我说,看来你真的不知道?那我告诉你,现在啥也得研究研究再说,啥叫研究研究?那就是烟酒烟酒。你不给人家送礼,那除非你上头有硬人,找关系。

我说闫老师让我入团,我也没给他送啥礼,他说,这会儿跟那会儿不一样,同学。

送礼,跑关系,这我不做。

闫老师跟那个老师说,我这个学生他不是这种性格。

那个老师说,不跑不送,你原地不动,你是群众,永远是群众。

真的是这样吗?我的组织问题解决不了,真的是这个原因吗?

星期日,我跟四女儿到二姐家串门。二姐说,佘书记那天跟你二姐夫说,你妹夫能行,小伙子连连地破案,上一个破一个,行。四女儿说,可这次"七一"宣布党员,还不是他。

二姐说,佘书记保险是还不知道你没解决组织问题,那快让你二姐夫跟佘书记说说。

我说:"别别别,不用说,坚决地不用说。"

二姐夫冷笑一声,对二姐说:"妹夫要自己解决,那让他自己解决去吧。"

我的想法是,入党我可不求你,入党我可不让人帮。通过关系入党,我觉得羞得慌,走着门子入党,我认为是对党的不忠诚。通过不正当渠道入了党,要叫我去世的爹爹知道了,也非要托梦骂我不可。

我心里说,爹,儿子也好好工作了,是省先进了。儿子也团结同志,也听领导的话,没人打水我去打,没人扫地我来扫,全局分山药,让各处派一个人到农村地里去装麻袋,没人想去,我去。拉回来分的时候,没人帮忙,我给帮。秋天处里分白菜,一人一份儿,别人先去挑,留下没人要的,我拿走。过年分带鱼,大家挑完,我又是拿最后的一份儿。爹爹,我做到了您说的"大人不争,小人不让",爹,我是大人我不是小人。

可我就是入不了党。儿子真的是很对不起爹,辜负爹的期望。但是爹,您相信,儿子在行为上早就够一个党员的标准了。在组织上入不了,儿子是没办法了。

6. 境界

平时我晚饭是回花园里吃,早饭中午饭都是在圆通寺吃。值班时我的一天三顿饭都是跟我妈吃。

我妈为能给我做饭,能跟我吃饭,很高兴。中午还要拿那个日本军用水壶给我打生啤酒。我说值班呢,不能喝。我妈说啥也是活的,少喝口,中午喝上半壶,晚上喝上半壶,甭把脸喝红就行。我说好。

那时候,居民家里很少有电视,同志们下班不回家,先在单位打打扑克下下象棋,一般情况,都要到晚八点才骑车回家。这都认为是正常的,有的处长和局领导也参加。

我来二处上班第二次值班时,在圆通寺跟我妈吃完晚饭,六点整我就准时赶到了值班室。

秘书科里,有三个下棋的已经开战了。

这伙人,天天玩儿,水平究竟如何呢?进去看看。

没看半盘儿,看出他们三个人的水平很一般。但他们相互之间的实力相当,所以也能下上火儿。

我给棋力较弱的老苏指点了两步,他们看出来我也会下,要跟我下。

我见他们下的时候,相互间常悔棋。我说,你们三个人可以商量着走哪步,但咱们不悔棋,走了就得算。

棋高一筹压死人。我看出他们棋力不如我,知道他们商量也没用。下了几盘,我都赢。晚九点了他们还不服,还想下。我心想,我又吃了饭又是值班,你们不怕饿肚子,下就下。

最终,他们的结论是,二处里小曹第一了,跟三处的老朱和行政处的老蒋有一拼。

后来的那两天,老苏他们也真的把老朱和老蒋约来跟我下。老朱和老蒋也真的是超出了一般水平,我们之间互有输赢。

又一个晚六点前,我到了值班室。老苏叫我,说白领导可厉害呢,你跟他下下。我跟着过去了,一看,是个他。

我头一次值班时,星期日领我妈来看看我的新单位。中午我给在食堂打了饭,端回办公室,跟我妈一块儿吃完后,我把我妈送出局大门,返进院,遇到他。他看着我妈的背影问,那是谁,我说是我妈。

他说:"以后不许带家属来公安局吃食堂。"

领妈来吃顿饭咋了?我是花钱买的,又不是白吃。

再说,你知道那是我妈了,还说那话。你有妈没有,你是不是你妈养的?

当时我就在心里骂他:什么屁话!

没错,老苏说的这个白领导就是个他。

他记不得我了,问老苏说,他也是你们二处的?哪儿调来的?

没等老苏回答他,我说你们下,我头疼。

第二天上午,老苏跟我说,你正好头疼,没下。白领导这个人你也真的是不能跟他下,就你的水平,能让他"车马炮",可你要是赢了他,他的驴脸就耷拉下来,恼得啥也似的,你只有输给他,他这才高兴,还要骂你"臭棋篓子"。

我说我绝对不会下假棋,故意输给领导,我更不会样做,那不是我的性格。

老苏说,我看出来了。

谁能想到,在我晚上来值班时,那个输了就驴脸的人又在秘书科,还非要叫老苏叫我去跟他下。他跟老苏说,你不是说矿区派出所调来的那个后生下得好,那你叫他来,我杀他两盘。

我跟老苏说,老苏你告诉他,我这些日子真的不能下,头疼。

哼!想跟我下,门儿也没有,你不配!

二姐请四妹和二弟我们两家人星期日到她家吃饭。

我岳母说黑夜没睡好,想睡觉,不参加。可岳母又悄悄跟我说,让我把大姨兄叫来。我知道,她这是要跟大姨兄下跳棋。

大姨兄六十多岁了,叫我岳母叫姨姨,在我们马路对面的互助里住,他差不多每天要来我家,跟姨姨下跳棋。

二姐猜出我岳母不来的原因,说,耍跳棋还耍得这么上瘾。

说起下棋,四女儿跟他们说了我在单位拒绝跟白领导下象棋的事。

四女儿说,我原来在红九矿时,有些同事一下班就陪着领导玩儿,故意输给领导,哄领导高兴,直见得人家早早地都把组织问题解决了。可招人他躲得领导远远的,领导找上门想跟他下棋,还不跟下,他的组织问题解决不了,那是肯定的了。

我说,我宁愿不入党,也不做那种讨好和拍马屁的、丢人格的事。

二姐夫说,妹夫会下象棋?从来没听说过。

我结婚后,见过二姐夫和二哥下棋,知道他们水平一般,赢不了我。但我又知道我的毛病,一是不让人悔棋,二是不会故意输给人。所以当时我说,我喜欢围棋,不会下象棋。他们以为我真的不会,多会儿见面也是他们下,不邀我。

二姐夫说,原来你会下。二哥说,来来来,跟二姐夫摆上一盘儿。

我被将到了这里,再不下,也没意思了。

我说,不悔棋。二姐夫说,不悔棋。可真下上了,二姐夫想悔棋,我也让他悔了,但我说,二姐夫下次不能了。不一会儿,他又要悔,拿起重走。我说,二姐夫,咱们说的不悔棋。二姐夫说,好好好,不悔不悔。嘴上这么说,可也没把棋放成原来的样子,实际上,第二次又算是悔了。

我们继续下。

当领导的,在单位被让惯了,当第三次二姐夫又要拿起棋重走,我不让。

我说,咱们事先说好是不悔棋,说好了就得按说好了的来,你要悔棋咱们就不能下。二姐夫说,不能下就别下。就这样,一盘棋没下完,把棋推一边儿了。

二哥说,姐夫我跟你下。二姐夫说不下了,说完进了另一个屋。

二哥说我,妹夫你有点太死相,咱们一天找二姐夫办这办那,让二姐夫悔步棋,有什么?

二姐夫帮我家办大事,这我感激不尽,但我不会因为这,就故意地让他。我觉得人说话要算话,悔棋就是说话不算话的表现,是不守信用的表现。如果你事先跟我说,咱们可以悔棋的话,那我就不说什么了,问题是事先说好不悔棋嘛。

我没言语。

二哥说,妹夫你太死相。

吃饭时,二姐和四女儿知道了刚才发生的不愉快事。

二姐说,我认为妹夫对着呢。你跟人家约定的是不悔棋,你却要悔,那是你悔约。

四女儿说,一个耍,弄这么认真干什么。

我说,别说了,我以后跟家人、跟亲戚一概不玩儿,因为我不会作假,也因为我太过认真。

二姐笑着指点着我,说,妹夫你,你,你。她没继续往下说。

在又是轮我值班时,在楼道碰到了白领导。

他说:"你不下基层一天在处里泡什么?"

我说:"这个星期我值班。"

他说:"上班时间处里净是人,不能接个电话?"

他是领导,我听他的。

可当我第二天下了基层回来,在楼道又碰到了他。

他说:"你不是值班吗?不在值班室跑哪儿去了?"

我说:"我下基层了。"

他说:"你值班呢下基层,叫谁替你值班呢?"

头一天楼道碰到他,我以为是冤家路窄碰到的,现在我明白了,不是碰到的,是他在故意等我,等着为难我。

我一下子不知道该怎么说。我知道这是碰到了不讲理的人了。我正想还口,质问他"您昨天是怎么说的"?但他是领导,又比我年龄大。话到嘴边,我咽进去了。

碰到了这样的领导,我该怎么办?

我想到我妈。

我以前小,不觉得也没太注意,自参加了工作,慢慢我才发觉,我妈是个有智慧的人,管你什么事,她似乎都能给提出最好的解决办法。

我想跟我妈说说这个事,听听我妈的意见,我碰上这样不讲理的领导,以后该怎么办。但见了我妈面,又怕让她知道了会替我麻烦,就先没说,心想等以后,如果白领导他再这样对待我,再说。

可我别想着能对我妈隐瞒得了什么事,她不知道从哪儿就看出我有啥没有告诉她。她说,招娃子,俺娃有啥跟妈说。

既然我妈有了怀疑,我要是想瞎说件别的事糊弄过去,那更不好。再说,我也没有本事能把没的事说成是有的。我只好实说了。

我妈听完说,要么说,招娃子,他这是磨道里寻驴脚踪。招娃子,你想想你是在哪儿得罪上人家了?

我说,妈,我也想了,可能是因为下棋,他嫌我不跟他下。

我妈说,你们上班还下棋? 下啥棋,围棋?

我说,上班时间不下,是下班后。

我妈说,下了班儿你不回家? 下棋?

我说,我下班就回家,不玩。这是我值班时候的事。他想跟我下象棋。

我妈说,从没见过你下象棋。

我说,您没见过,咱家也没有。我是上高小时候,仓门院的武叔叔教会的,后来在咱们里头院跟慈法师父下过。

我妈说,就为个这还得罪个人。既然是值班,你跟他下下就行了嘛。

我没跟我妈说那次他说"以后不准带家属来食堂吃饭"的事,我只是说,这个人水平不行,还就想赢人,一输就恼了,他下不过我,我又不想故意输给他,就不想跟他下。

我妈说,要这样说,不跟他下也对。

我说,您教教我该咋办才好?他以后再找我的碴儿咋办?

我妈说,这事最好办了。

我说,咋办?

她说,俺娃不理他,就当是没有发生过这件事一样,该干啥还干啥。紧要的是,俺娃必须好好地工作,做出成绩,到时候,他就知道了俺娃不是那普通的人,俺娃是长着三只眼的神圣。

我说,妈您放心,我一定要叫他知道我是长着几只眼。

星期日上午,我在家开了洗衣机,看见窗外有顶草帽过来了,我知道是大姨兄来跟姨姨下跳棋了,赶快去给他开门。

大姨兄跟我笑了笑,进了岳母屋。大姨兄耳聋,一般的情况是不跟人说话的,跟你打招呼只是笑一面。

一会儿,听到他俩下开了。

洗完,我在走廊晾衣裳时,听大姨兄说:"孩子弄回个电吹风。"

岳母说:"羊角葱?这会儿还有羊角葱?"

大姨兄说:"有。别人家净安呢。孩子这才给弄回来。"

大姨兄说的电吹风是小电动机,以前住平房的人家,做饭扇火是用风箱,后来进步成小电动机了。老百姓都叫它电吹风。

我岳母把大姨兄说的电吹风听成是羊角葱了。可大姨兄更聋,他没听出来他姨姨说的是羊角葱,以为也说的是电吹风,所以说"孩子这才给弄回来"。

岳母说:"那你不说给姨姨拿一把来?"

大姨兄说:"拿来?姨姨您家不是用煤气?咋也想要电吹风?"

岳母说:"我用羊角葱给孩子们炒鸡蛋。"

大姨兄说:"炒鸡蛋?"他听出了姨姨说炒鸡蛋。

岳母说:"噢。农历三月三,羊角葱炒鸡蛋。"

大姨兄说:"炒鸡蛋可不行,电吹风火硬,炒鸡蛋时可吃不住用它吹,一下就煳巴了。"

我越听越失笑,干脆进来听他俩一递一句地说相声。

他俩也不是住下手来交谈,他们是一边对着话,一边还看着棋盘走棋。

岳母说:"你这步还能往前跳,咋不跳?"大姨兄说:"我这步要是跳前了,那就把您堵住了。"岳母说:"堵堵哇,我这头还有路。"大姨兄捏起棋说:"那我就往前再跳一步。"

说的是棋路,这俩人倒也能猜出对方在说啥,还商商量量的,俩人下的还是君子棋。

"呀呀呀,看我这步。"岳母捏起棋就走,一直跳到了对面的顶角。大姨兄看看,称赞说:"姨姨您的这步可跳得够厉害。"

可我一看,不对着呢,岳母是把大姨兄以前跳过来的棋,又给畅通无阻地跳了回去。

他俩不仅是耳聋,眼还花,把对方跳过来的棋又给拿起跳了回去。俩人都还没有发现,都还夸说好棋好棋。

我捂着肚子笑,可也没提醒他们,任他们那样下去吧。

我这才知道,为啥他俩从来是见面一盘棋,下到最后也下不完。

那能下完吗？一方跳过来了,另一方又给跳回去。

大姨兄说:"姨姨,炒鸡蛋可不能吹电吹风。"

岳母说:"我也就说,这是七八月,没时没晌的,哪来的羊角葱。"

我实在是笑得肚疼,转身走了。

大姨兄在背后说我,看妹夫笑的。

后来我在圆通寺,跟我妈说起了岳母和大姨兄下跳棋的失笑事儿,逗得我妈也笑。

我说,人家俩多会儿见面也下不完一盘棋,最后也没分出是谁赢谁输。

我妈说,招娃子,你那棋多会儿也下成了这,那你就成了。

成啥了？成佛了？成道了,成仙了？

我知道我妈也说不出是成啥了,我也不能准确地表述是哪种说法更好,但我知道我妈的意思。

后来我想到,我岳母和大姨兄两人下棋,那真的是进入了一种高的境界,也入迷,也爱好,一听有人敲门,岳母"来了来了"地跑也跑不迭。

和岳母、大姨兄的境界比起来,我就俗了,是凡夫俗子。

尽管我知道自己的境界不高,不是那种超了凡脱了俗的人,但是,那次我妈给我出了主意后,我不再把白领导故意为难我的事放在心上,而是努力工作,连连地破案,当了省先进。

自那以后,白领导大概才知道,那个对他不理不睬不卑不亢的小兵兵,原来长着三只眼。

自那以后,他这才不专门地在鸡蛋里挑骨头,找我的碴儿了。

7. 案例

二处要求大家每天早晨来上班时,都先到科里,算是来报个到,大家一块清扫清扫卫生,顺便等等处里有什么事儿没有,然后你再下基层做你手头的工作。还要求走之前,跟科长打个招呼,是要去哪儿。这样处里有事的话,好找你。

自调到二处,我每天是早早地第一个就到了科里,先动手清扫卫生,然后就展开摊子做笔记练小楷。我最先是做《内部保卫工作》和《刑事侦查》这两本书的读书笔记,后来又抄案例。

小华的卷柜里有好多的侦破案例方面的大本子,像是书,可又不是正式出版物。大部分是省公安厅四局资料组编印的,也有的是他们翻印别的省公安厅的。封面上都印着"内部资料不得外传"字样。这些大本子里面有各种各样的刑事侦破案例。我阅读的时候,也选出好的抄下来。

我断断续续地已经抄了好多个稿纸本了。

小华说,小曹你破的那些案子,也可以把它写成案例,寄到省厅四局资料组,或许也会编进去。我说,我没想过这个事。

他翻开一本案例说,你看看,每篇的后面都有个括号,这括号里的名字就是作者。我说我没注意这些。他说,你的案例要是登了,你也就成了作者了,多牛。

我说,我倒是有那个想法,但没试过。

他说,你试试,我看你行。人们说"背会唐诗三百首,不会作诗也会诌",你抄了那么多案例了,照着它的样式,把你的案子往上一套,就成了案例了。

我说,等以后试试。

二处连连地破案,市局领导看好这支力量,同意二处成立专门的刑警队。人员不够,局里又给陆陆续续地补充进了一些。刚进来的几个年轻小伙子,给我们早来的一人分一个。领导说让带带他们。

给我分的是赵凤林,小伙子挺客气,叫我师傅。我说别师傅了,叫我老曹就行。后来他就改叫我曹大哥。行,大哥就大哥吧。

1982年的年初,二处刑警队正式成立。

全队十六个人,分作三个侦破组。我不是党员,没有资格当队领导,只让我带一个侦破组。除了赵凤林,又给我手下派了王德鹏、赵占元、刘志宏。他们叫我头儿。

当时上演的南斯拉夫电影《桥》,还有《瓦尔特保卫萨拉热窝》里头,游击队员们叫负责人叫"头儿"。

我说别价,我可不是头儿,叫我老曹就行。

他们听了我的,叫我老曹。

小学时,我同班同学常吃肉叫我老曹,自小学毕业后,还没有人叫过我老曹。

好了,我这又成了老曹了。

我跟我妈说,单位有人叫我老曹。

我妈说,俺娃今年是多大?

我想想说,三十三。

我妈说,哦,俺娃也三十三了。

我妈这口气,好像是对三十三这个年龄有些说法。我问,您咋说我也三十三?

我妈说,你爹是在三十三岁时才参加工作,你这三十三岁都工作了多少年了。

我爹三十三才参加工作?这我一直都不知道。

我算了算,果然是。我爹是1944年参加的工作,1974年去世的,那他的工龄就是三十年。我爹去世时是六十三岁。六十三减去三十,就是三十三。

我说,妈没错,我爹参加工作那年,真的是三十三岁。

我妈说,妈还能记错?在我过门那年,就有人给你爹算过,说他三十三岁时要遇到大事。后来我们把这个话忘了。等你爹参加了工作,一家人才想起,哦,是说这,三十三岁参加工作。

我说,我知道我爹是一入党就算是参加了工作,可我这么多年了,贵贱是入不了个党。

我妈说，别说这个事了，咱们说好不说这个事，你又说。

我说，可我爹一直是想让我解决个组织问题。我对不起我爹。

我妈说，行了，招娃子，解决不了解决不了哇，你爹要是活着，也不会怪你的。好好儿工作就行了，妈知道，你对得起你爹了。

大同钢筋厂家属区接连丢摩托车，保卫科请二处派侦查员协助破案。处领导让我们小组去看看。

我们去了三天，把案子拿下了，案犯是一个年轻人，专偷摩托车。案犯态度很好，交代说已经作案七起，其中有三辆是日本进口摩托。

当时是，案件价值三千元，就算是大案。

光是这三辆日本摩托的价值就上了两万元，属于案情重大。我们连夜把三辆日本进口的摩托先起了赃，其余的等天亮后再说。

半夜了，得休息，案犯该送看守所。送市局看守所得市局领导签字，可我给我们处值班室打电话，知道局里值班的是白领导。

我知道白领导最怕的是半夜有人打扰他了，我实在是不想看到他那生气的样子。我说算了吧，明早再说。

我们把案犯带到招待所客房，我说让他跟我们一起休息吧。

客房都是四个床，我让我的弟兄们单独去一间屋好好地休息。

我让保卫科留两个人，跟我一间房。

我让案犯也睡一张床。我这是想到了我妈的吩咐，让我善待人犯，再一个是，我还想着明天早晨给他好好地吃一顿早点后，再往看守所送他。

我怕他休息不好，只铐了他一个手腕，和床头的铁栏连着，另一个手腕没上铐，好让他翻身自由些，睡得舒服些。

看看表，半夜三点多。我说，别拉灯，也别脱衣服，睡吧。

我们实在是太困了，一倒头，一闭眼，睡死了。

结果，在临到天明时，案犯跑了。铐子吊在床栏上。

向值班领导汇报吧。

白领导在电话里生气发火，说我值班，这么重大的案子，你们为什么不及时来报羁押。我当然不能说怕打扰您休息。

我说您甭发火儿，我给找去。

他说，我这是发火吗？找不到咱们再算账。他"啪"的一声，把电话扣了。

赵占元说，大海捞针，这到哪儿找去。

我说，你们放心，无头绪的案子咱们还破了，找个有名有姓的人，有什么难。

寻找躲藏起来的人，这是正儿八经的捉迷藏。小时候在仓门十号五舅院住的那两年，就经常玩儿这种小游戏。

我稍作分析，就判断出他是跑哪儿了。我说弟兄们，走，跟老曹到晋城带他去。去之前，我让小华给晋城公安局发了协查通报。

我们还没到晋城，案犯就被晋城公安局给扣住了。

占元说，早知道是这样，当时就不跟白领导汇报，直接先抓人。凤林说，早知道尿炕不铺毯子了。志宏说，主要是我们太实在。

到看守所提人时,案犯一看是我们,"扑通"一声跪在地上,冲我说,对不起,老曹,实在是对不起,老曹,你们打我吧。占元气得拿警棍在屁股上抽了他两下,后来让我给拦住了。

跟晋城回来,在二处处长的求情和说和下,白领导才表态,暂时不给我处分,但功劳自然也没有了。

正好是银行发了案,要求这个案子必须破了,来抵消过错。

白领导好给案子做指示,一条两条三条,做这样的指示时,还问你记下了吗?

我跟我妈说,听了他的这一二三,你就甭想破了案。我妈说,俺娃死相,你不会甭按他的来,你按你的来,破了案以后,俺娃就说,按了你领导的来的,破案了。你要不这样做,会得罪人家;人家是局领导,妈是怕俺娃以后要吃亏。

我怕白领导在这个案子又要给作一二三,我看完现场就没回市局,带着弟兄们,一鼓作气把案子拿了下来。

后来,我把它写成了一个案例《迟了吗》,寄到了《警钟》杂志编辑部,他们没采用,给我回复说,案例不应该是这么写,你这好像是在写小说。

我想起初一时,我们的语文张老师就批评我的作文《钢笔》说,你以为你是在写小说呢?你知道小说的六要素吗?

他们在批评和否定我写的这两个作品后,同时又都是说我在"写小说"。

他们要这么说,是他们的事,跟我没关系。

我这可不是写小说,我连小说有要素也不知道,更别说知道小说这六要素都有些什么和什么了。我怎么会是写小说呢?

写这个案例时,我还没有预料到我在三年后会跟朋友打赌写小说,而且是真的给写成了。

这是后话,在下一章的"九题"里再说。

8. 猫儿园

李慧敏是跟赵凤林他们一起调进二处的,她在侦调科,比我小五岁。人们都叫她慧敏。她整天说说笑笑、嘻嘻哈哈,属于那种跟人很快就能熟悉起来的性格。

慧敏跟我说,我们家老吴认识你,但你认不得他。走吧,我带你到我家认认他去。我就去了。她丈夫原来是矿务局六矿宣传队吹萨克斯的,现在调到了铁路工会。因为我是矿务局文工团的,下面矿上的宣传队的人们都知道我。那天我跟老吴两人喝了十个云冈牌啤酒。自那以后,我跟慧敏就熟悉了。

侦调科的工作是保密的,我们平素是看不出他们在忙什么。有个上午她跟我说,你就记住个往城南跑,也到到城北去。我说城北不是我的管辖范围,她说哪有那么死,走吧,你不是好喝啤酒吗?跟我到啤酒厂喝啤酒去。我说看处长说我呀,她说,是我硬拉你去的,骂叫他骂我,打叫他打我。我就骑车跟她去了。

李慧敏跟啤酒厂保卫科高科长是初中同班同学。她跟高科长说，走，先领我们参观参观捷克流水生产线去。

有几个车间需要换了白色的工作服才能进，我们只是扒玻璃窗口看看，最后被领进了自动装瓶、自动压盖儿的车间。装瓶的时候，会有酒流在外边，又顺着不锈钢糟流下去了，流进了一个塑料桶里，桶满了，溢到地沟。高科长跟工人要了一个升杯，从桶里舀了一升说，喝吧，这是最新鲜的啤酒，而且卫生没问题，绝对干净。我尝了一大口，味道好极了。

高科长让工人把那桶啤酒提进了一个小屋，李慧敏还有准备地跟兜里掏出花生米。那天可真是喝好了，一桶是十二升，我们三个几乎给喝光。

以后我跟高科长熟了，常去买啤酒，高科长给我找领导批出厂价，比商店便宜七毛钱。高科长还给了我个塑料周转箱，一箱能放二十四个玻璃瓶啤酒。我那天自行车后架带着一周转箱啤酒正要出厂，碰到了润珍。

她是我朋友睢仲杰的爱人，是啤酒厂小食堂的大厨。她说，招人你别急着花钱买酒，想喝去我家哇么，睢阁每天一个人喝得没意思。我说好，那我跟他喝去。她说我不是瞎邀你，你真的去哇；他专门跟人要了两个玻璃高脚杯，说另一个是给招人预备着的。又说，真的去哇，省得他一个儿喝不了还得倒。

我不明白她说的"喝不了还得倒"是怎么个情况，但不便在人家厂子里乱问。我说我肯定去，我正好还想找他给看看我写的一篇文章。

她说那去哇么,每天下午四点他就坐班车回了。

我带着啤酒回到圆通寺。

在以前,我妈每天上午用我爹留下的那个日本军用水壶,给我打一壶生啤酒,再给我炒两个鸡蛋。她不吃炒鸡蛋,硬说是有鸡粪味儿,不好吃。她吃大烩菜。

自我跟酒厂买了出厂价的啤酒,我妈就不用给我打生啤酒了。我妈问生的好熟的好,我说还是您给打的生的好。她说,那妈还是给俺娃打生的哇么。我说,我的工作没准气,有时中午就回不了了,可那生啤酒又不能放到第二天喝。我妈说,那等得哪天一准能回来跟妈吃饭,那妈就给俺娃提前打好。

我平时没空儿专门坐下来陪我妈说话。我们娘儿俩只是中午吃饭时,我就喝啤酒就跟我妈说说这说说那地呱拉。

我们那天说起了人们身边的贵人。

我说,妈,您现在来了大同,您想过没想过,您的大贵人是谁?

我妈说,妈黑夜拉灭灯躺在那里,常是百思六想地瞎想,妈咋就能来了大同?那也多想过,那是因为你的姑姥姥,也就是妈的姑姑。如比不是你姑姥姥嫁到下马峪,就不会有你姑姥爷给妈当媒人,嫁给你爹,曹敦善。不嫁给你爹,那以后也就来不了大同。

我说,那姑姥姥就是您的贵人。

我妈说,可不,那还不是?你姑姥姥作准是妈的贵人。

我说,您想过我的贵人是谁没?

我妈说,俺娃身边的贵人很多。小时候给你算卦的那个瞎眼眼就是你的贵人,你是不知道你那会儿的样子,整个娃娃就显出一颗大脑袋,整个的大脑袋就显出一双大眼睛。眼看着是活不了了。是那个瞎眼眼告诉妈把你送回村去抚养拉扯,你才活了下来,要就在大同的话,那你是个活不成。

我想象着一个孩子大脑袋大眼睛的怪样子。

我妈说,说起活成活不成,还有房背后昝婶婶,那也是你的贵人。如比不是她那次来告诉妈,我还不知道你们这伙灰灰们在水泉湾耍水,这个事妈越想越后怕,你们一次一次地耍下去,闯大鬼的事是肯定要发生的。

我说那次是银柱让水呛了。

我妈说,水火无情,一直耍下去,不保是谁出事儿。

我又不作声,想象着出事儿的是我,想象着我妈趴在我身上放声大哭。

我妈说,说起银柱娃娃,妈还想到过,招娃子你这一步一步地走到这会儿,当了公安警察,咋当的?

我打断我妈的话说,是陈永献师傅帮着的。

我妈说,可你要是不当铁匠,咋能认识陈师傅呢?可妈又想,你咋就当了铁匠了呢?那是你先前在矿务局文工团时拉胡胡,说你拉错了,就把你打发到铁匠房。可你咋就到了文工团了呢?那是因为你先前在晋华宫宣传队拉胡胡拉得好,让抽到了文工团,可你又咋的就到了晋华宫宣传队了呢?因为你先前在大同一中时就在毛泽东思想宣传队拉胡胡拉得好,让晋华宫看对了,这才把你招工招去了。再往前说,你咋就进了学校的宣传队了呢?那还不是因为你先前胡胡拉得好,才把你吸收进去的。

我也跟着我妈的思路,一直往前想着。

我妈说,可招娃子你想过没有,你咋就学会了拉胡胡呢?那是银柱娃娃引拉的你。我记得你在认识银柱前,你的耍活里只是口琴、箫、大正琴,是银柱跟家里拿来了胡胡,你才知道有个胡胡,后来让妈给你买,妈就给了你钱。还是银柱领你到商店买的,买回来又手把手地教你,你才学会了胡胡。

我说,要这么说,银柱也是我的贵人。

我妈说,千千有头万万有尾。如比你不认识银柱,他没教你胡胡,你这会儿就不是你这会儿,你的工作就不是这会儿的这个公安警察了。

我说,妈,您说怪也不怪,我这两天也正想去找银柱,您今儿也是说起银柱,我上午还正好碰到了他老婆,她说让我去她家,去跟银柱喝啤酒。

我妈说,俺娃就这命性,想啥就来啥。

我妈说的银柱,是小名儿。他大名叫睢仲杰,比我大两岁,我平时叫他睢阁。

睢阁是我一块儿耍大的街巷朋友,我的二胡就是他在"文革"开始的那一年教会我的。我妈一步步推算后说,如果不是他教我拉二胡,我现在的工作就不是警察。细想想我妈的这个话,完全有可能。

079

跟我一块儿耍大的朋友里,雎阁是唯一一个与我有"琴棋书画"的共同爱好。我俩最能说得来,在一块儿时,有说不完的话题。他考入山西公安技校,要去太原上学的那个假期,在16开大小的宣纸上,用毛笔画了一幅"劲竹"送给我,题字是:赠予品德高尚的朋友。他说如果有个印章盖上的话,那会更好,可惜没有。

我说,我送你一个。我们当时就琢磨着每人取了一个笔名,他是"宋函"我是"楚函"。我忘记了他取"宋函"有何深意,我的楚是有"我本楚狂人"的含意在里头,还暗示着屈原的《楚辞》。

刻印社师傅问我们选用啥字体。雎阁说,钟鼎文。我当时只知道"真草隶篆",不知道他说的钟鼎文,他给我解释后我才明白是怎样的一种字体。

师傅又问我们选用什么材料,我好像是个愣子,又不知道如何回答。雎阁问您这尽有啥料,师傅拿出几种说,就这些。雎阁看看说,既然是钟鼎文,那就选金属的,价格又不贵,一枚才两块,但因金属的得半个月后才能做出来,可雎阁再有三天就要到太原了。师傅看我们是学生,提议说,就选个杏木的哇,连工带料才五毛。我说不要木头的。最后我们选了象骨。象骨的贵,一枚五块,但第二天就能取货。我做决定说,贵贵吧,就象骨了。我当时有钱,不在乎三十二十的。

雎阁说,你送我印章,等明天章刻出来,那我给买印章盒送你。第二天取印章时,我们选了一种印章盒儿,红木的,推拉盖儿,盖上还镶着白色的骨头片,骨头片上刻着山水画。很好看,很高雅。两块钱一个。雎阁只给我买了一个,他说他等到太原看看,说不定还有更好的。我知道,他是身上缺钱,他家原来就比较困难,这又要到省城上学,更需要钱。

遗憾的是,他那两天忙着到太原的事,没顾得在"劲竹"上面加盖"宋函"印章,后来也没再说这事。但这个"赠予品德高尚的朋友"的素面"劲竹",我一直保留着。

不过在那两天,他抽了个空儿,跟我到照相馆拍了张分别留影,是半身照。当时我是初二生,他明显地比我高出了半头。这张相片我也一直保留着。后来我长了个儿,在他上了半年学,跟太原回来时我俩就一般高了。又过了一年,我反过来又比他高出了半头。

雎阁本应该是在1966年毕业,可他赶上了"文革",直到1968年才分配工作。因为是"文革"当中,他这个公安技校毕业生没分在公安系统,分在了大同钢厂,在职工子弟中学当语文老师。

钢厂在大同城北,距离城有三十多里,他上午教完课,中午批改完学生的作业,下午四点就坐班车回城了。第二天再早早地坐着班车到学校。

雎阁家在猫儿园街路南的一个四合院儿,他的岳母也在这个院住,他们平时上班,儿子明明就由他姥姥给看管着。

我的黄挎包里装着《迟了吗》,去了猫儿园,雎阁也刚回来,他正扫地。

他家不大,最多是十八平米。一进门的右首就是炕。再往里才有空地摆家具,家具里最显眼的是大书柜。宽一米八,高快跟屋顶挨着了。上边明着有五层,下面是柜门,里面又是三层。里面满满都码着书。

睢阁说我听润珍说了,知道你这两天要来。他说,你先上炕等等,我扫扫地。我奶奶常说"地净家也宽",可润珍忙得,受了一上午了,中午忙完回来还想躺一会儿展展腰,顾不得打扫家。

事先知道是来喝啤酒,我学着李慧敏的做法,黄挎包里还装着一斤花生米一斤油炸莲花豆。我把这些放在炕桌上,上了炕。

一切都安顿好了,睢阁先跟水瓮背后够上两瓶啤酒,我一看,是"云冈"特制。我买的那是云冈普啤。睢阁说,每天中午,润珍她们的小食堂都要摆好几桌客饭,上的都是"云冈"特制。我说咋就那么多客人。他说,原料的生产的销售的卫生的食品的环卫的,还有这头头那头头的各种关系,那些人又不像是在家喝,喝完一个打一个。他们是搬上一箱,"嘭嘭嘭"都启开,喝不了就剩下,剩下就倒了。润珍看见可惜了儿的,就都提回来。立在水瓮背后凉着。平时她都是往回拿三个,可知道你要来,这些天每天往回拿六个。

我这明白了,润珍为啥说"喝不了还得倒",原来都是已经打开了口的。

玻璃高脚杯,很透明,啤酒倒进去,能看见一串串地往上冒小泡儿。真好看。

我心想,冒泡就说明还新鲜,喝一口,真爽。特制的就是好,我从来还不舍得买这种。

睢阁说干一个,干完我看你的文章。

一口气连干两杯,正好倒没了一瓶。

真爽!

他看完《迟了吗》说,你这小说不是小说,散文不是散文。我说我这是想写案例。他说你没见过案例?我说见过,可我不是按照他们那样写的。我总觉得他们那是老套套。眭阁说,案例是公安方面的一种文体。

我问啥叫文体?他说,你看你连这也不懂,就要写案例。

我说,你给我讲讲。

他说要讲文体,还不如从头讲讲文学,要讲文学得先讲讲诗歌,要讲诗歌得先从劳动号子讲起。

他说,慢慢来慢慢来,来来来,先喝酒。

他又跟水瓮背后提出两瓶来,说,这要是有个冰箱就好了。只是电影上见过冰箱,可咱们老百姓家好像是还没有人家有。

看着他给两个高脚杯添满酒,我说慢慢儿就有呀。过去咱们喝酒谁用高脚杯,那也不是只在电影上见过?可咱们这不是也用上了。

他说对,我们钢厂领导家里已经开始做简易沙发了,慢慢就进步呀。

我说,管他,还说咱们的文学。

他说,咱们有的是时间,今儿说不完明儿,明儿说不完后儿。你没做的天天这个时候来哇么,我给你从头慢慢讲。

我说,我不一定能天天来,但我把工作做完了,就过来。

我跟我妈说我常到银柱家喝啤酒听讲课,我妈说,银柱是个好娃娃,跟他打交道不会哄骗俺娃。我是说俺娃实诚,在单位也好,出外办案工作也好,一定得多个心眼儿。

我说我一个心眼还用不过来,再多个心眼儿越发是忙不来了。

我妈说,反正是妈看出你是个没脑子货,别人把你卖了你也不知道。

我说,就是,我完了还帮着人家数钱。

我妈笑着说,你以为你不是这么个愣货?

我说,妈,您说我咋就这么愣?

我妈说,俺娃也有俺娃的灵。

我妈难得夸我,我想听听她咋夸,我就问,您说说我哪儿灵?

我妈说,就说那个耍的上头,是没有人能比得了的。你七舅说俺娃是,不下功夫也能调如一般的人下了功夫,你要是稍稍儿下点功夫,就能超出人一大截,你要是下大功夫,能把人甩得瞭不着影儿。

我说,说了半天是说我耍呢。

我妈说,死鬼慈法师父说,曹大妈,您的这个招人以后在文艺方面要有大的出息。这不也是说你耍呢?

我说,文艺方面包括文学和艺术两方面。可我现在都跟这没关系了,当了警察。

我妈说,你这不是跟银柱又是听他讲课吗,学文化?

我说,您是不知道,我这是想叫他教教我咋写案例。

我妈说,妈是说,你这个娃娃灵,只要是听上点学上点,就会有大的出息。

我说,但愿您是金口玉言,让我在《警钟》上也登篇文章。

这时我又想到了我的论文《浅论形式逻辑在刑事侦查中的运用》,我决定让睢阁给看看。

没想到他看后连连地说,好好好!

他说,招人,这篇论文你往出寄吧,保证能被选用。

我说,我早就给了《警钟》编辑部,可是快两年了,还没音讯,倒是那个《迟了吗》,寄去后没多长时间就给我退回来了。

他说,这个没给退,那说明要用。

我说,怕得是人家早就给扔得丢了。

他说,不会的,等着吧,这个没问题。

睢阁的话真准,没几天,《浅论形式逻辑在刑事侦查中的运用》全文在《警钟》刊登出来了。是老周打电话告诉我的。

老周是在1980年年底从市教委调到我们市公安局的,是局办公室主任李士德把他要过来写材料的。

老周在电话里说,乃谦祝贺你。我问他什么事祝贺我。

他说你是不是还不知道?《警钟》上刊登了你的论文。

我说,哇,是不是? 你咋知道?

他说我办公室就有这期杂志。你要没有,那我一会儿把这期送过去,这会儿李主任正看着呢。

我说，我去取吧。

我去了老周办公室，李主任也刚好看完了。他说，小曹，听说你也是大同一中的老三届。

老周说，他跟我是一个班的。

李主任说，哪么也是大同一中毕业的学生厉害。我说这是老周给我本《形式逻辑》后，我看完了，结合着破案的体会写出来的。

李主任说早知道你能写，我就跟二处也把你弄过来了。

我心想，我就是因为不想写才到的二处。

我说我不会写公安材料。他说，能写这么好的论文，公安局的这些材料，你就都能写得了。

我没心思跟他多呱嗒，拿着杂志走了。

我赶快先回圆通寺，拿给我妈看。

一进门，我说妈妈妈您先别做着呢，你认得这三个字吗？我妈说，妈认不得哎，我说您看也不看就说认不得，您看看，看看。我妈停下手里的活儿，看我指着的这三个字。

我妈说，妈看不见，眼花得看不见哎。我赶快给够过了老花镜，两手端起，给我妈戴上，又把杂志拿起，指着那三个字。我妈看看，抬起头说，这不是你的名字吗？曹乃谦？

我一阵激动，我妈还没忘记这三个字。刚解放扫盲时，我妈就学会了认"曹乃谦"三个字。

我说，妈，您真行。这都几十年了，您记性真好。

我妈说，妈哪有那么好的记性，妈是猜出来的。

下午四点,我准时到了猫儿园。等了十多分钟,睢阁回来了。

睢阁说,为了庆祝,咱们今天喝白酒吧,家有十年的老白汾。

也该着是庆祝,那天润珍厂里晚上没有客饭,她早早地就回来了。一进门,睢阁说,润珍,快给咱们弄两个菜。

家里没别的好吃的东西,弄了简单的两个菜,辣子白和酱油土豆丝,但润珍手艺高,做得好吃得不得了。

睢阁说,润珍上小盅儿。

润珍说,看这摆朝的。

睢阁说,好不容易逮住你了,不得摆朝摆朝。

我们倒啤酒时,润珍说,你们那倒啤酒的方法不对着呢,客人们说倒啤酒是要"邪门歪道,卑鄙下流"。说完她还给做了示范。

睢阁说,快快快,起一边儿。啥"邪门歪道,卑鄙下流",既不风趣又无聊。

润珍说,客人们都是这长那长的。

睢阁说,这长那长能有个啥水平,我们是雅士高人。

润珍说,看把你们俩电线杆挂暖壶,高级的。

睢阁说,那是作准的。

那天我俩把一瓶老白汾和六个啤酒都喝光了。到最后,都有点醉。

睢阁喝白酒时,"吱儿"一声,"吱儿"一声。

我喝酒没"吱儿"过,也想学他的样子"吱儿"一声,可我发出的音响不标准,不是"吱儿",是"啵儿"。

雎阁说,你那不对着呢,你那就像是亲嘴呢。

我说,我咋也"吱儿"不来。

雎阁说,实际上,喝白酒的人"吱儿"那一声,也是因为酒不多,不想一大口就喝完,每次少抿点,闭紧嘴唇,让酒少进点,这样子,就有了响声,如果口大了,咋也出不了"吱儿"的声音。

我试试,果然是。

雎阁又给总结出,喝酒不声不响没意思。喝啤酒,酒下肚后,就该是"哈——"一声,喝白酒,就得"吱儿"一声,要不就没意思了,也不香甜。

他说,你想想,体会体会。

我又拿起高脚杯,大大喝下一口,故意地不出声,咽进肚。

我说,不行不行,得哈得哈,喝完就得哈。

我俩同时大大地下了一口后,同时响响亮亮地"哈——"了一声。

润珍在旁边说,哎呀哎呀,俩没成色货,一猫儿园人都听着了。

9. 移风易俗

我妈不好串门,她在老早时候就吩咐过昝婶婶说,外面有啥事了你说给我一声,要不我瞎蒙蒙的啥也不知道。

昝婶婶是我初中同班同学昝贵的妈,住我家房背后的八乌图井巷。那天昝婶婶到了我家说,居委会说了,要移风易俗呢,谁死了也不许土葬,要叫火葬呢。还说南门外麻黄素厂的南面,专门盖了个火葬场,烧人呢。

我妈说,好好儿的一个人就给烧了?昝婶婶说,你就说哇,烧了,给死人衣服上浇了汽油,划着根洋火往衣服上一扔,汽油"轰"一下就着了,人就成了个火圪蛋,鼓风机一吹,大高高的方烟洞一冒烟,尸首就烧成灰。我妈说,你就好像是见了似的。昝婶婶说,我是听人们说的。你是不跟人们走往,就知道个给招人买菜给招人打酒,孝敬孩子,别的你啥也不知道。

我妈说,那烧完了还埋不了?

昝婶婶说,埋啥,就是为了少占土地,移风易俗呢。

"啥叫移风易俗?"

"就是那个,那个,我也不懂得。这问你招人去哇,反正是,要变个花样,不让人装棺材;再说国家缺木材,全国每天有多少死人,都装棺材那可得些木材呢。现在是,把骨灰装在一个巴掌大的小匣匣里头,摆柜顶上,供养起。"

我妈说,摆柜顶上?

昝婶婶说,就像那半导体收音机,摆柜顶上。

"那把孩子们吓着呢,我不烧。我要往坟里埋,清明和七月十五,孩子们给回村上个坟就行了。"

"你不想火葬,那你棺木准备上了吗?这会子这木头难买的,你又不是不知道。"

我妈说,招人在忻州窑派出所的时候我叫他给我预备下了一根棺木,可他姥姥在我家炕上去世了,用了。

昝婶婶说，那你以后呢？

我妈说，我今后老来老去的话，就用她姥姥的那口。已经做成了个匣匣，在村里停着。

"那还是在应县村里了哇，大老远咋往上拉？再说那棺材还是个拉来拉去的挪地势的东西？你不想让烧，那还不如再叫招人给早早地预备下，放在手跟前。你不预备好，到时小心让招人把你送南门外火化了的哇。"

我妈说，我老来老去了，说上个啥也不让他往南门外送我，我要回下马峪，跟他爹埋一起。

昝婶婶说，可到那个时候你圪挤住眼了，啥也不知道了。咋处置你，还不是人家招人说了算。

"他敢不往下马峪埋我！"

"周总理的骨灰撒在大海了。招人是国家干部，政府号召移风易俗，他得起带头作用呢。"

我妈说，敢起这个带头？吓不死他！

我妈可是真的叫昝婶婶说的这个移风易俗的事吓着了，她真的怕"老来老去"后我把她给移风易俗了。

可我妈没跟我说过这个事，她专门问过五舅。五舅解释说政府是个提倡，又不是硬性的要求。我妈这才放心了，在又见了昝婶婶时告诉给她说，政府是提倡，又不是硬叫你烧。昝婶婶说先是提倡，提倡提倡的，就给你来硬的呀。

我妈"唔唔"地点头。

昝婶婶说,下乡上山哇不是?开始是提倡,后来就是不下也不行。还有计划生育,开始说是"一个不少,两个正好",可这会儿呢,硬拉上你去做手术。

我妈说,可不,招人一个孩子。

昝婶婶说,我们昝贵赶程着要了两个孩子。可你招人是一个。这会儿再敢生,就开除你。

我妈"唔唔"地点头。

那天中午吃饭时,我坐在圆通寺炕上,就着炒鸡蛋,喝着生啤酒。我妈跨坐在炕沿边,就着大烩菜,吃馒头。我们像以往那样就吃饭就呱嗒,说着说着,我妈问我啥叫移风易俗。

我不知道那些日我妈对这件事早已经是一次又一次地打问过、思谋过,更不知道我妈她是坚决地反对火葬这件事,并且是真正地担心和害怕自己"老来老去"后,被儿子给"移风易俗"了。可她又没有直截明了地问我对这件事的看法,而是像我们刑警队的有些侦查员审问人犯时那样,用引诱的方法往出套人犯的口供。

她突兀兀地问我啥叫移风易俗,这一下子把我问了个大睁眼。我说您咋就想起问这?我妈说你们领导没动员过你,让移风易俗?我说没有。

我妈说,街道居委会都在说这事,你们没说?我说,您说的街道让移风易俗是做啥呢?我妈说,街道居委会说让老年人死了以后到南门外火葬呢,装骨灰盒儿摆在柜顶上,供养呢。我说,我以为是做啥呢。

091

我妈说,供养在柜顶上,孩子们以后用不着上坟了。我说,这倒是不错,省得大老远地往村里跑。

我妈突然地大声说:"我知道你就会说不错。看来用不着领导动员,你就想这么做了。"

我让她的喊喝给吓了一跳,喝了一口啤酒没回答。

"站那儿!"她眼睛一瞪,指着一进门的那块地方,大声地喝令我。

我看我妈,不明白她这是咋了。

"甭以为我老了,打不动你了。"她说。

我赶快跳下地。

"你倒是想省事,把你妈移风易俗了。告给你,没门儿!我说的自你姥姥去世把棺材用了,都几年过去了,从没听你说过再给你妈买棺木的事,原来你是在心里早就打算着往火葬场送我呀。"

我这才闹机明我妈说的是啥了,想解释说,我心里根本就没有那个想法,可我插不上嘴。我妈在继续大声地发火,没头没脸地数算我,还骂我是个剜它妈眼睛的猫杏鹏。

好不容易我才插上话,解释说,姥姥去世用了您的棺材,当时不是说好是您以后用我姥姥的那口嘛,所以我就没想过再弄棺木的事。

我说:"再说您的身体硬硬强强的,也不是要用的时候呢。那我等对着有了机会,就把村里的那口材拉上就行了。"

我妈说:"不用那口!当时说是那么说了,可拉来的话叫你七舅心里咋想,叫村人们咋看?外甥再给他妈闹不了材了,还真的要叫舅舅还。听了这话你不老臊得慌?你不怕村人们笑话你,我还怕呢。不拉了,那个叫你舅舅以后占哇。"

看来,今天我说啥也是不对。不过我妈这么一说,我一想,真的是有这个问题,跟村里往走拉姥姥的那口棺材的话,村人们肯定是会说闲话的。这么说,又是我没想得周到。

我赶快说:"妈,那我给再闹圆木去。您以后有啥想法明着说给我,不要叫我猜心思。您也知道我最是个没心眼儿的人,不会猜人的心思。再一个是,您那个……"我想说"您开头那些话是在引诱我往错了说,是诱供",但没敢往下说。

我妈说:"那个那个,啥那个?"

我说:"那个反正是今后有啥您最好是明着说,别叫我猜。"

我妈说:"这用猜吗？你如比是把妈的这个事当成个事的话,用得着猜吗？你不会主动说,妈咱们不能用村里的那口材,看叫村人说闲话呀。再说,预备材的事能是个小事吗？对于老年人说,是大事,可你从来不提不倡的。原来以为你是年轻人不懂得,可今儿看来,你是早有打算,早就想把你妈烧了,是不是还想把你爹跟坟里挖出来,也烧了？"

我知道,今天我是咋说咋不对,我赶快说:"妈您甭说了,是我错了。是我错了。我这就想法子给您弄棺木去。"

见我认了错,我妈这才说:"行了！上炕吃饭去！"说着,把鞋给我踢了过来。刚才我下地急,没来得及穿鞋,就那么穿着袜子立在那里罚站。

继续吃饭时,我妈的态度是和软了,但仍然是在重复地说着她的

093

观点。你爹是埋在了下马峪,妈可是也要回下马峪;妈可是不火葬,把你爹一个人扔在下马峪。

我妈这样地说了又说,强调了又强调,有点不像是她以往的性格。想想,六十五的人了,是老年人了。

说到最后,我妈是坚决地叫我再买棺木。我知道我妈的意思是,只要是你给准备下了木头,那就是不会把我火葬了。

我说,妈您放心,明天我就忙这个事。您也知道木头不好买,但我保证在年前给办成,这还有好几个月,您放心哇。别处如果想不出法子,我再求求忻州窑矿的朋友,估计是不成问题的。

为了尽早地把木头弄到,叫我妈放心,我真的是在第二天就开始想法子了。我先是跟老周商量,看看他有这方面的门路没有。

老周说,我给你推荐个人,你去找他试试。

我问谁,老周说,咱们高中同班同学白宇雄,现在是雁北木材公司的二把手。

哇,白宇雄。那不仅是高中,他跟我小学时还是同班同学呢。高中加小学,我俩同班了九年。

初中时我和他分开了,可高中时我俩又都考到了大同一中,还都分在了高六十三班。又成了同班同学,也真是缘分。

更缘分的是,我去雁北木材公司找到白宇雄时,多年没见了,我们先相互问候分别后的情况,这才知道,他的儿子白岩和我的女儿曹丁又是在一个小学念书,城区十八校,而且居然也是同班同学。

不算郊区,大同市有小学一百多所,两个爸爸是上小学时的同班同学,他们的孩子也是小学的同班同学,这可是真的有点太巧了。

后来,白宇雄主动问我说,你来是不是想搞点木头?我说想给我妈弄根棺木。他说,曹大妈的事,没问题,再难我也得帮。

他还向我介绍说,咱班曾玉琴在大同木材加工厂厂办,如要加工成材的话,找她去。

哇!曾玉琴!

我妈的这件事真的是该办成,要不为啥净碰些有缘分的人。

高中我考到大同一中,是表哥和我去学校报的到。这个学校在城外,过了十里店村还得往西走二里路。在半路时,有个大个女孩背着的行李卷快散包了,求我和表哥帮着她重新打包。到学校报完名以后,才知道她正是我的同班同学,叫曾玉琴。更有意思的是,高中毕业后,我俩都分配在了红九矿。我不知道她这是在啥时候又调到了市木材加工厂。

当下,白宇雄就给曾玉琴的办公室挂通了电话,我跟她说明天等着,我去求你。她说来吧老同学。

晚上我就约好了老王、二虎、二虎人,第二天我们拉着小平车到了白宇雄单位,买了一根红松粗圆木,返到了市木材加工厂。曾玉琴带着我们到了电锯车间。她跟一个老工人师傅说是做棺材用,那个老工人方量方量后,建议把圆木豁成了八块。我说我不懂得,您看着办。

我问加工费,曾玉琴说免了。我说那怎么可以,她说我跟领导打过招呼了。

原计划这是年底前的硬任务,我第三天就给完成了。

五舅说,足有二寸厚,过去老财们的棺木也顶是这么厚。

我说,妈,这您放心了吧,这您就不担心让移风易俗了吧?

我妈说,吓不死你,敢把我移风易俗了。

宣教科九题

1. 北小巷

还是在1974年正月时,把我爹爹安葬后,我妈让我自己回大同,她说你好好儿到公安局给人家上班儿去哇,我跟玉子留这儿,再和死鬼在下马峪住上些日子,给他过完了七七再走。

我们村里的习俗是,安葬完死人,还要给死者过七个七。每到一个第七天,就要去坟里给死者烧纸上香。

听了我妈的,我返回矿区公安局上班了。她和玉玉留在村里。

七七四十九天过去了,大哥曹甫谦过来跟我妈说,五大妈,有个跟您商量的。我妈说,俺娃说哇。大哥说,那些日没说,这过了七七了,我的看法是说说也对,要不的话,您就要走了,这一走不敢定是多会儿才回。我妈说,俺娃有啥跟五大妈说哇。大哥说,是个这,是想给玉玉说个人家。我妈说,那还不好?死的死去了,活的还得活;玉玉也老大不小了,也该着说了。

大哥当时的想法是,五大爷刚打发了,五大妈伤心还伤心不过呢,给外甥女说对象这个事,按道理是不该提。可一听我妈这么说,大哥说,我就知道五大妈是个钢骨人。

大哥给说的是他好朋友的兄弟,叫韩仁连。

韩仁连也走了当兵这条路,复员回来在村里受。后来有个机会,在大哥这个村支书的努力下,让他到了阳泉煤矿当下井工人。

大哥把韩仁连在部队时的相片掏出来,给我妈和玉玉看。

我妈说,人家儿好就行,别的让玉玉说哇。

大哥又补充说,这孩子个头没招人高,岁数比招人大三岁。

玉玉说,姨姨您说哇。

这个事就成了。

1975年12月,在我结婚的后十个月,玉玉和韩仁连在下马峪公社领了结婚证。

玉玉事先就提出说也想像姨哥那样旅行结婚,到到北京。韩家答应了,但说北京没关系,找不到旅店。我说,住处我想办法。

为了保险,我给联系了两个关系。两个都是我的初中同学。一个叫温建中,初中时是我们八十一班的团支部书记,毕业后就考上了北京电力学校,后来分配到了北京电力公司,家在白石桥那儿住。另一个是段连进,恢复高考后他考到了北京大学,正好当时他还在学校,没毕业。

这个事,最后是段连进给安排了,玉玉和韩仁连在他们学校宿舍住了一个星期。

四女儿给了玉玉一件活里活面的涤卡风雪大衣,面儿是深灰色的,里套是咖啡色栽绒,玉玉喜欢得不得了,不舍得穿着去北京。我给了她一个黑色的人造革手提包,也有长带,能挎,上面烫印着金色的"云冈"二字。

韩仁连在外地当过兵,玉玉在红卫兵时也到过太原,他俩也算是出过远门的人。除了逛逛商店,逛逛天安门,听说他们也去动物园和军事博物馆转了转。

北京回来后,返到了大同,住北小巷院。我妈说,姨姨也没个啥陪嫁的,这个房小是小些,给你们哇。这是私产的,就是咱们自己的,圆通寺房正是公家的,迟早也得归还人家。

他们在北小巷住了些日,韩仁连的假期到了,玉玉跟他到了阳泉煤矿。

当时我还是在矿区公安局上班,领导让我跟着预审办公室的秦大个到保定去出差。到了保定地区公安局,还得到五十里外的一个村子去调查。地区公安局给我们派了车。我听司机说话音调,好像是我们雁北人说的那种处理普通话。我问说,师傅您老家是哪儿的,他说,山西应县。我说,啊,我们是老乡,我也是应县人。听我这么说,他改成了应县话,说我是应县下马峪的,你是应县哪个村的?啊,真是太巧了,我也是下马峪的。我问你贵姓?他说免贵姓韩,问我你是不是姓曹?我说就是。他说曹是下马峪的大户,你是哪个辈儿的?我说是谦字辈儿。他说,那你听说过曹甫谦吗?下马峪的书记。我说那是我的大哥。他说,我跟甫谦是最好的朋友。

我听大哥讲过,在村里有四个最要好的朋友,他们曾经还号称是五虎上将,大哥是张飞。我正琢磨着,姓韩的是哪位上将。

他捺转头看我,问说那你叫曹啥谦?我说曹乃谦。

他说,啊,你正是曹乃谦,那你是宋玉玉的姨哥?

我说,是是是。

他说,我是韩仁连的哥哥。

我说,啊,咋这么巧,你是仁全大哥。

他又捺着头看我,也笑。我看出他是跟韩仁连有点像。

秦大个说,刚才你们说起是一个村的老乡,我就觉得是太巧了,不远千里地来出差,坐上了老乡的车;可这说了半天,不仅仅老乡,还是亲家。

我跟仁连大哥都笑。

秦大个说,这可真是应了那句老话……我们三个同时说,有缘千里来相会。

不用问,这趟差出得很愉快。

返回保定,天黑了,他没让我们到招待所,直接把我们拉回了家。仁全嫂一听这是把谁领回了家,更热情,非要吃饺子,让仁全开车出去采购。

做饭的时候,进来个女青年,一介绍,是仁全大哥的小姨子。她是来这里上临时班。

仁全嫂说,快叫乃谦哥给你在大同找个对象哇,这里离家太远。

秦大个说,这么漂亮的女孩,不愁。

仁全嫂说,也找个你们这种警察。

小姨子脸一下子红了,低眉敛眼的那种害羞的样子,很是可爱。

返回大同,有次所里民警上来开会,我还真的给问过几个,听说真吸人真可爱都感兴趣,可听说她的户口仍在村里,都摇头。我说你们是没见人,见了你们就不嫌是农村的了。他们说,那你为啥不找呢。我说我是不能了,我要是迟结几年婚的话,我真的想找。

过了两年多,玉玉抱着儿子军军回来了。她没有开北小巷的门,就跟姨姨在圆通寺住。

这时候,我已经调回市局二处工作了。

我每天中午到圆通寺吃饭,下午再到单位上班。有时候中午躺在我妈的炕上想迷糊会儿,军军在我的身上骑着,爬过来爬过去。可我还是能睡着。

大年,小韩也请假跟阳泉矿上回来了。五妗妗请我们全体到仓门吃饭,吃饭时说起忠义舅舅的女亲家,是三矿的劳资科长,姓马。还说,过两天请忠义舅舅他们,也要请马科长。

五舅说,到时候咱们求求马科长,看能不能想个办法把小韩跟阳泉对调回大同。

我妈说,那还不张一嘴?借米借上借不上,丢不了半升,多会儿也是言长些好。

过了些时,五舅到圆通寺,告给说,马科长应承了,说试试,看能不能找个茬儿,对换。

过完正月十五,玉玉又跟着小韩到了阳泉矿上,走了两年回来了。

101

这次,她是先回的下马峪,跟下马峪返到大同,军军又多了个妹妹,叫芳芳。可人们不叫她芳芳,都叫她二子。这个二子有个性。忠义好逗小孩玩儿,问她你是哪儿的人?她不作声。问你是不是大同人?她摇头。问你是应县人?也摇头。忠义说,那你就是下马峪的人。她说不是。那你到底是哪儿的人,她说,我是阳泉人。

军军该上学了,我妈说玉玉,哪儿也甭去了,就在这儿供孩子上学哇。

又说我,招娃,你给把北小巷拾掇拾掇,他们这就要住呀,不能说是黑窟黑窍的。我说我找二虎先商量商量咋拾掇好。

我在这方面没特长,有啥都是跟二虎商量。

这个时候,马科长那里有了消息,联系到了给韩仁连对换的对象了。

可是,等了好些日不见下文。我妈说,妈看你得去去,啥事也是宜早不宜迟。我说,去好像是在催人家。我妈说那要不再等两天。真的是又等了两天,不见五舅来告诉有啥进展。我妈说,招娃子,不等了,得去找找马科长,人家说给咱们办呀,这么大的事,咱们不能说连个照面也不打,去去,谢谢。我说,去我咋说?我妈说,就说是看看需要我们这面做点啥呢。我说要不再等两天。我妈生气了,说,不等了!你不去我去。我说,去去去,去去去。

我想再推推的原因是,这两天南门外化纤厂丢了四个白金喷丝头,价值上了万。我手头已经有了线索,想抓紧拿下来。

我妈拧我,那去就去,案子的事,有时候再观察观察,也好。

我就去了。

我妈给马科长准备了一篮子鸡蛋,见我皱眉头,说,得拿!算了,我去哇,不用你了。我说,拿拿拿,拿拿拿。

我没见过马科长。

忠义舅舅的大女儿叫花女,说话嗓音大大的,为人也大大咧咧的,她婆婆就是马科长。马科长我没见过,可我见过她儿子,就是花女女婿。也是在五舅家见的。五妗妗请侄女,也就要请侄女婿。我就见过他,这后生不能喝酒,说话是北京腔。我想马科长说话也该是北京腔。

我真是宾服我妈的决定。我一再地发现,我妈是文盲里头最不文盲的一个人。

我真的是来好了,马科长正急着想跟我们联系。可当时谁家也没电话,给五舅单位打电话,也没找到他。

马科长也说的是北京腔的普通话,她说,对方家是阳泉人,姓于,在咱们矿下井已经两年了。但这个事,必须得先让双方写申请,这样,就说明是自愿调换。这个程序不走,不能进行下一步。

她说已经给这个小于的采煤五队打电话,让转告他来一下劳资,可他一直没来,是不是不愿意?现在让我直接去找找他,看看他是个啥意思。

我心想,警察找个人,那还不简单。我就去了。办事员说小于在井下呢,得下午三四点出来。他告诉我说,这半年她女人来了。

在山上的自建小房,我找到了小于的家。

见警察找自己的男人,小于女人有点紧张,问说他出啥事儿了?

最后弄清楚是什么事,她简直是不相信我说的是真的。她重复了一遍我说的意思,我说对对对。她一下子抓住我的手,半天不放开,那又惊又喜的神态,让我一辈子也不会忘记。

她不怕我是个骗子、坏人,当着我的面跟一个装米的袋子里掏出信封,取出里面的钱,说,您先上炕躺会儿,我十来分钟就回了。

她姓柳,有文化,说是初中生,问我说,您是大学生?我说,是初中四年级。她张着嘴想了想说,那是……?我说,高中上了一年就"文革"了,那还不顶是初中四年级?她笑,您真谦虚。后来她说我们阳泉的藏山可好了,您知道为啥叫个藏山?因为赵氏孤儿就在那里藏过,您去过吗?可美了。我说以后有机会就去。她说,等我们办回去了,您专门去去,找我,我领您逛。我说太好了。她说您真的去?我说真的去。

她说我可真的要等您呢,我说真的去。她说,要真的那就太是个好事了,那就说明我们已经是真的调换回去了。

中午了,小于还没回来,快两点了,她让我先喝酒,我让她喝点儿,她说不会,又说要不少滴点儿,陪陪您,这辈子我可是头一次喝酒。抿了一口,她说,好,好喝。抿了三次,说,您说我脸红了没?我看看她的脸说,有点,那你别喝了。她说,我怕您自个儿喝没意思,人常说,一人不喝酒,俩人不耍钱。她又给自己倒了点儿。

她把我的黄挎包往炕里放放,后来偷悄悄地捏捏说,是不是口琴?我说就是,她说,我一捏就捏出来了。

小柳会吹口琴,她不会大含,只是噘着嘴吹:东方红,太阳升,中国

"出了个"以后,她找不见音了。她把口琴在袖口上蹭了一下,递给我说,您吹。我没吹,我问她你多会儿学的?她说,上初中时跟体育老师学的,他总是叫我到他宿舍,教我,后来……她不说了。她男人小于回来了。

小于说做梦也想不到会是这样的好事。小柳说,天上掉下个大馅饼。

跟他家走的时候,我告诉他们,最近不要离开矿上,等我的消息。小柳说,我就坐在家里等您的大馅饼。

我把帮他写的申请送给了马科长,又告诉马科长我单位的电话号码。她也给我写了个条子,留下了她办公室的电话号码,我夹在了笔记本里。

去公共车站时,前边有三个孩子也跟我一个方向,往前走。其中的两个孩子一起骂另一个:"村猴村猴给你个屎,拴根绳绳好提溜。"大声地骂,反复地骂。

我想起了我上小学时曾经被张老师骂是村猴,我一下气愤了,追上前,冲那两个孩子说,再骂人送你们少管所。挨了骂,他们还不敢走开。我趁机说,站那儿,不许动。我招呼挨骂的孩子跟我一起走,到了车站,我捺回头瞭,那两个灰孩子还在那儿站着。我跟挨骂孩子说,你走你的吧。他说,警察叔叔,我长大以后到你那儿当警察要我不要?我说要!他"嗷儿"叫喊着,高兴地左右腿替换地丁着步儿,跑走了。

我突然觉得很受感动,眼泪也快流出来呀。

化纤厂的案子破了,案犯是个年轻人,姓张。小伙子态度好,主动把藏了的喷丝头交给我们。做好笔录,办好手续往看守所送的时候,我给小赵钱,吩咐给他买几张馅饼,吃完再送。小赵不要钱,说上次给他的还没花完。

我急急地到了三矿,去找马科长。她昨天来电话说,让我尽快地去她那儿一趟。

我妈这次给马科长准备的是一篮子麻花。怕把麻花弄脏,我妈在篮子里先衬了我写毛笔字的宣纸。麻花放进去,上面又盖了宣纸。马科长说,这就没意思了。我说,我妈硬让我拿,要不的话,骂我。马科长笑。

到了小于家,门锁着。十多米远的坡下一处自建小房,红红火火的,看样子是有人结婚。是不是他们在那里?

我过去了,门口贴着喜联:

一对新夫妻一点一滴不为剥削,
两件旧家具一上一下不为压迫。

横联是,旧事新办。

我服了,这联编得有点意思。

小柳看见我,出来了。见我冲着对联笑,悄悄跟我说,办事儿的是两个再婚。

上坡到她家,她开开门,把我让进屋里。她又出去了,不一会儿给我端回油糕,说,您先吃油糕哇。她把门关住,背着门,喜喜色色地看我,意思是,您有啥就说吧。

我说这里矿上已经给阳泉矿发函了,我的话还没说完,她一下子扑向前,两手抓住我的手问说,看来这事是真的了?我们邻居说我你别是碰上骗子,还说是梦梦打伙计,净想美事。她放开我的手,盯着我又说,看来这真的是真的。

我学着她的口气说,这真的是真的。她又是一下子紧抓住我的手,用力地晃。

我让她的情绪感染得也激动了一下,但很快平静下来说,我这次来主要是想要跟你说,你们那里如果有个关系的话,这事儿就会办得快些。

她松开手想想后,摇头说没有,我们小门小户的,哪有个关系。我说要那样的话,那只能是慢慢等了。她说慢慢等,得多长时间?我说马科长说,正常地等,得三个月。要有关系的话,十来天就行了。她甩着两手说,哎呀呀。

跟她家走的时候,我说你等小于回来,两个人好好想想,说不定能想起个谁来,如想起,就给我打电话。我从黄挎包掏出日记本,撕下一张抄了电话号码,递给她。她接住,装在了米袋的信封里。

几天过去了,我也没等到他们的电话,说想起个谁来。

我给马科长去电话,说了说他们没关系。马科长说,那就只好是等了。

我妈说，你的案子也破了，小韩的对换也成了，那就拾掇房哇。我说拾掇哇。我妈说，这拾掇房也不是三天两日就能拾掇好，拾掇好也不能一下就住，还得干干晾晾。我说拾掇哇。我妈说，要不抓紧的话，哪天你那里"咯嘣"又一个案子，你又得忙去。我说那就抓紧拾掇哇。

我把二虎和二虎人叫来，商量的结果是大修。拆炕、拆前脸、铲墙皮、撕仰层、换门窗、打炕、绞泥墙、打仰层、刷房、油漆门窗。

我妈表态说，妈这一辈子，手里就这件大事，拆。

二虎说，不破不立，明天就拆。

二虎发动了朋友们，用了三天时间，把原来的房拆得成了一间空壳壳。

可我又上了新案，电建二公司食堂办公室保险柜被撬。二虎说，你忙你的去哇。

我上了案，正好知道这个单位拆工棚，家属们可以买废旧门窗。真是太巧了。我趁机买了一副，但尺寸不适合，有点大。二虎说，我给找人往小修改。

半个多月，房修好了。又过了半个月，彻底干了，可以油漆了。

我结婚粉刷东风里的新房时，是闫老师给我油漆的墙围。淡绿色的底子，从上边沿往下的二十公分处，又油漆了一条二十公分宽的深绿色的带子，在这深绿色的带子上，又拿罗子用漏印的方法，在上面印了鹅黄色的图案，大方又漂亮，好看极了。

我去五中总务找到了闫老师，原来是想让他再帮着油油围墙，可见他瘦得很厉害，一问说得了糖尿病，快一年了。我没好意思张嘴说这事,说了点别的,走了。

我自己动手,油了个淡蓝色的墙围。我妈说,要啥呢,这也够好的了。

看着亮堂堂的新房,我妈高兴得说我,哪么也比你那个担大粪不偷着吃的老子强。

1983年秋天,妹夫韩仁连从阳泉矿对换回来了,就回到了马科长的那个矿,大同矿务局同家梁矿。他还是下井,可有马科长的关系,他在井下是做着送干粮、开溜槽的轻闲营生。

姨妹一家四口就住在了北小巷。

快过年的时候,我接到了小于女人小柳的信。信里说,曹贵人,我真的请您来来我的家,您给我家办了这么大的好事,我没别的可以补报的,我陪您到到藏山。

2. 世界名著

我在上小学期间看了好多的"演义"好多的"传记"好多的"公案",还看了好多当时流行的那些长篇,《苦菜花》《迎春花》《林海雪原》等的厚本书,加起来少说也有个三十多种。

初中一年级的暑假里,我看了一本叫作"简·爱"的书。这是我七舅的书。他是大同煤校的中专生,他跟学校借了这本书准备着放暑假带回老家看,可他走的时候没拿,忘在了我们家。当时我手跟前正好没别的书可看,就把这本书随手拿起来翻了翻。起初对书里的那些人名地名不习惯,可看着看着就看进去了,就从头正式看,没几天就把它看完了。看完,觉得不过瘾,我就又返回头看了个第二遍。

这是我看的第一本外国文学。看完后,感觉到这本书跟我以前看过的书不一样。书里写瞎眼眼罗切斯特伸出手掌,想看看是不是下着雨。我以前看过的书,可不这样写人的动作。又写老狗派洛特先是竖起耳朵,接着就吠叫着,呜咽着,跳起身朝简·爱蹦过来。我以前看过的书,也从来不会这么写一只狗的行为,你要往细想的话,还有狗的心理活动在里头。当时,我不懂得这就叫作细节描写,可我却是感觉到,这样的写法很真实,很有一种我熟悉的味道,那就是生活的气息。

好,真好!发现世界上还有这么好的书。我真高兴,高兴得我就想帮我妈做营生。我妈说:"我娃娃长大了。"

暑假结束,七舅从村里度假回来了,我就求他到大同煤校再给我往回借这种书。他住校,以往最多一个月来我们家一回。这次我恳求他,借上就给我送进城。

接下来,我看的两本外国文学是英国笛福的《鲁宾孙漂流记》和法国艾克多·马洛的《苦儿流浪记》。好,真好!舅舅,再快快给我借去。

再后来,七舅给我借的是《神秘岛》《机器岛》《海底两万里》《汤姆·索亚历险记》《哈克贝利·费恩历险记》《福尔摩斯探案集》《堂吉诃德》《好兵帅克》《童年》,还有《小王子》《小公主》等,好多好多。现在回想起来,那一阵子看的书,都是这一类的七舅认为是适合我这个初中生看的书。

看完后我都觉得好,说是说不上来怎么个好,但各有各的好。这些书里,我最喜欢马克·吐温和高尔基的书。自看了马克·吐温的小说后,我就学习他那口语化的语言,在课堂上写作文时,再不费脑子来编美丽的词儿。平时心里怎么想嘴里怎么说,那我手里就这么写就行了。高尔基把生活中的琐碎事情写得那么有趣味有看头,这对我也有很大的启发。有的同学就怕写作文,"记得有一次","记得又有一次",写上那么一两件事,凑上那么三两页纸后,就再也记不得还有哪一次了,再不知道该说什么了。我可有的说,只要你没敲钟下课,我能一直往下写。生活中有那么多的事,咋能没个说的呢?

我最早买的一本外国文学书是《羊脂球》。

初三时我们语文课本里有一篇莫泊桑的《我的叔叔于勒》,因为我喜欢外国文学,老师在对这篇文章作讲评时,我特别地注意听。他说作者是法国的"短篇小说之王",他的成名作是《羊脂球》。可我还没有看过他的书,在两年当中七舅一直没有给我借过他的书。可我又想看看莫泊桑的书,那我就决定自己买。

长这么大,我是第一次进新华书店,第一次自己花钱买书。当时买书的情形我记得清清楚楚。我手里攥着两块钱,递向售货员说姨姨我买本《羊脂球》。照理说,我不应该这样说,我应该问"有法国莫泊桑的中短篇小说选吗?"可巧的是,售货员姨姨真的就跟书架上抽出一本叫《羊脂球》的书,放在柜台上。她没要我那两块钱,而是给我开了张小纸单儿,让交到门口的收款台那儿。好像是花了不到一块钱,我就买了这本三百多页的书,忘记是哪个出版社出的了。这本书后来丢了，是高中时让同宿舍的人偷走了。

我看书有个习惯，好在书上做记号。有的同学的课本干干净净的，到了放假时也像新书。我可做不到，我的那些课本，都让我给涂画得乱七八糟的。七舅给我借的书，我不能画，我自己买的这本《羊脂球》，我就又在上面涂画了。

我的记号有多种，圆圈、方框、三角、横道、竖道、水纹道，还有拼音字母，大写小写都有，还有阿拉伯数字1、2、3。就颜色来说，蓝、红、黑最多，也有黄的、绿的、棕色的，这就看当时手跟前正好有根什么笔了。所有的这些记号都没什么规律，全是当时即兴勾画。有时候回头想，却想不起是什么意思，为什么要做这么个记号。比如我在霍桑《红字》的扉页上端，用红蓝铅笔的蓝色记着一排字母"KSHMZYMYLCDYH……"，那省略号也是原来就有的。后来无论怎么琢磨，也猜不出这是什么意思。可有一个记号我是永远都不会忘记，那就是，《羊脂球》书里的一个短篇《修理椅子靠垫的女人》里面的那个药店老板的名字，全让我给打了杠叉。我要杀了他，我要毙了他。这是我在自己的书里做的唯一的一次杠叉记号。这个药店老板，实在是太可恶了太让我气愤了，如果他真的在我跟前站着的话，那我非拿刀捅他不可。打过打不过再说，先捅他一刀解解恨。

我把我的这本《羊脂球》一口气看完后，又返回来从头看了一遍。第二遍看的时候，就不急了，是细细地来读，细细地品味。《莫兰那头公猪》《一个儿子》等几篇，品味得我一阵一阵地激动，一阵一阵地往紧夹大腿。

又开学时，我就升到大同一中念高中了，我把这本书带到学校。大同一中离城十里地，学生们都住校，我就给我们宿舍的同学们讲这本书里的故事。他们听上了瘾，每天一吃完晚饭，我们就到学校外头散步，这时候我就开讲。我不给他讲《莫兰那头公猪》那几篇，我讲《窑姐儿》，讲《西蒙的爸爸》，别的也讲。听完《懊恼》，同学们发明了一句格言：三年机会好好把握，莫把懊恼留给未来。

那一阵子，我成了莫泊桑迷。我买的第二本和第三本书也是他的，《一生》《俊友》。当把他的这两部长篇看完后，我的莫泊桑热才减退了下来。他的长篇好是好，不如他的中短篇让我看得着迷，不想睡觉。

大同的中学都有图书馆，可都不对学生开放。学生想看书就得自己买。在我们语文老师杜洛莎的推荐下，我又买了《牛虻》和《钢铁是怎样炼成的》。于是我的阅读兴趣又转到了另一个方面。

这两本书，使我的头脑里有了种认识：我以前看过的《简·爱》和《羊脂球》应该说那是大人看的书。七舅推荐给我的那些，可以说又都是少儿读物。只有《牛虻》和《钢铁是怎样炼成的》，才是我们年轻人读的书。

这两本书，使我沉浸在了革命的爱国主义和英雄主义的亢奋之中，幻想着自己是个英雄，不怕牺牲，不惧苦难。不论我活着，还是我死去，我都是一只快乐的大虻蝇。

问杜老师这方面的书还有哪些，她就又给我推荐了《卓娅和舒拉的故事》《海鸥》《青年近卫军》。我都买了。正看的当中，大革文化命的运动开始了,在书中那些光辉形象的激励下,我直接就变成了一个没了头的瞎牛虻,飞到西来飞到东。

一年后,才觉出不是那么回事,才觉得没意思了,才又返回头来看我的书。

我买外国文学最多的一次是二百一十六本。

二百一十六,这是个确定的数字。

在侦破案件中结识了一个比我小的年轻人,姓杜,他说他也喜欢外国文学,他说他家现在就有好多的外国文学名著。他用的是"名著"这种词。我说我到你家看看你的名著去,他说走。可这么一看,我就傻了眼。准确地说,是红了眼。

他的那些书,是在两个半揭盖儿的木头衣箱里码着,都用浅蓝色的晒图纸包着皮子,书皮上没有写书名。打开一本,司汤达的《红与黑》,我有。再打开一本,又是他的《巴马修道院》,我没有。又打开两本,狄更斯的《大卫·科波菲尔》,我有。《远大前程》,我没有。雨果的《巴黎圣母院》和《笑面人》,这我也没有。又取出的是亨利·詹姆斯的《一位女士的画像》和萨克雷的《名利场》。这我都没有。别了。别取了。

我好羡慕哟,我好嫉妒哟。长这么大,我是头一次真正地体味到了羡慕和嫉妒的滋味。让人心痒难挠还又有点痛苦的那种滋味。

小杜一定是看出了我的心思,说:"谁想要我就让给他。"我说:"让给他?算话?"他说:"算话。"

小杜告诉我这些书原来也不是他的,是他的一个朋友让给他的,他还没有给朋友付款。但他现在又不想要了,可又不好意思给人家退回去。我说别退别退,让给我。

我们当下就拍了板,那就是:除去我家有的,我全要。他从衣箱里够出个绿色塑料皮笔记本儿,里面早已经记好了所有的书目。我把我家有的在书目上打个钩儿,剩下的就全归了我,共二百一十六本。价格就按书后的标价,一次成交。

他怕我反悔,我怕他反悔。

他当时就帮我把书弄到圆通寺。我当时就跟我妈要了二百块,加上我身上有的,把结算出的书钱一分不少地给了他。

这里,我应该好好地夸夸我的妈妈。小学的时候,她不让我出去跟街坊的孩子们玩,就是逼着我做作业,做完你再做。要不的话,就说要"往断打你的狗腿"。初中时,她放宽了政策,我想跟街坊的孩子们玩,行,领回家,先让她过过目,过完目后,她做出决定,可以跟这个孩子玩,不可以跟那个孩子玩。

我在这里想夸夸我妈的是,我妈对我管得很严,但当我提出想买啥玩的东西,行,买去。买口琴买笛子买箫买大正琴,买去。买二胡,买去。买三弦,买去。大三弦二百八十多块钱,也舍得给我掏钱。

在我看书方面,她有过不同意。她是只认得三个字的文盲,没文化,认为看闲书影响学习,还烧过我跟市图书馆借的一本书。可后来听我舅舅说,看书能开阔眼界增长知识,对学习有帮助,以后她就同意我买书了,要钱,给你。就拿上边说的初二时我第一次买《羊脂球》,当时我身上有钱,可我还专门跟我妈要,意思是想试探一下她对我买"闲书"的反应,我妈没有不同意,只是问我要多少。我说我也不知道。她就给了我两块。当时一般市民家的生活水平,每人月平均是六块钱,她就舍得给我两块。

这次买书又是,事先没跟她商量,一下子把那么多的书提回家,妈,给我二百块。她没有打圪啃,把钱给了我。

我和小杜把书从几个提兜和布口袋里掏出来,书脊朝上一本挨一本地码在炕上,像长城似的,从后炕排到了炕头,还又朝炕里拐了个弯。

小杜提着空兜子走后,我又一五一十十五二十地从后炕数到炕头,从炕头又数到后炕。

没错,二百一十六本。

看见我高兴的样子,我妈说:"命里有五升,不用起五更。该是俺娃的,到时候就来了。"

我说:"妈,您说得真对。"

我妈说:"我那娃娃一是爱见个耍活儿,二是爱见个书。"

我妈说的"耍活儿"大概是包括乐器和围棋。

我说:"妈,完了我还给您三百。"

我妈说:"我看俺娃也写他哇,俺娃要是写出本书,那比给妈二五一万也让妈高兴。"

我说:"那好。"

我妈说:"俺娃要写,准能写成。"

刚才我是弯着腰翻看我的书,听了这话,我这才直起身看着她说:"妈我是跟您开玩笑呢。你还当真了。"

我妈说:"那书哇不是人写的?别人能写我那娃娃就也能写。"

我说:"妈您真红火。您快甭说了。"

我妈说:"妈不懂得哎。妈是文盲哎。妈不说了。"

我说:"就是。叫人听着笑话。"

我妈又问我说那你为啥不让小杜跟你直接拉回你家。我说我家没放处,不过我已经想好了,过两天不忙了,我叫上二虎,跟我做个书柜。

我妈问说,有木头呢?我说,就用我爹做棺材剩下的那几块板子。我妈说你们会做?我说我想好了,很简单。

我妈说你们这书柜不敢定多会儿才能做起,这些日也不能说把这么多的书摆炕上,放在衣箱里哇。我妈就给倒腾出了一个衣箱,我把书先垛在了衣箱里。

我爹的淡天蓝色的人造棉盖物在衣箱里放着,我说我给拿我家哇,做个留念。我妈说,你想拿拿哇,那你拿回去就把它铺在床铺下,顶是个床垫,这样,永也不会烂。我说噢。

我结婚时四女儿的二姐给了我们一个平柜,一米六长,五十公分宽,八十公分高。柜内是两层搁板,我原来的书都在里面放着。

这次我叫上了二虎,用了两个星期天的时间,做了一个方框框,表面看是四层。架在二姐给的这个平柜上。这下,从整体上看,就是一个非常漂亮的书橱。量了量,一米八高。

又用了两个中午,我们把新方框和下面的柜油漆成了一样的深紫色。方框里的那四层,我让老王帮我裱了白纸。白纸是老王跟印刷厂给拿回的印完画报的下脚料。老王说这是铜版纸。

下脚料尺寸不大,但裱我的书柜足够。

裱糊的白纸干好了,但油漆还没有彻底干。我等不及了,把那两百多本书,从圆通寺转移到了花园里,整整齐齐地码在了新书柜里。

我把小杜原来用晒图纸包的皮子都取掉了,让嘉利妹妹和珍妮姑娘,让海丝特·白兰、玛格丽特、比罗什卡,让娜娜、苔丝、绿蒂,还有那两个爱玛,全都裸露着美丽的脊梁,玉立在我的面前,让我一眼就能够认出谁是谁,一眼就能够把她们够得到。

这下我也敢正经八百地跟人说,我家有世界名著了。

3. 忙乱

"忙乱"是雁北地区的话,含意有好几个。其中一个就是,为了办一件事而活动、找人、托关系、找门子。我这里说的忙乱,是指为了七舅他们回大同而忙乱。

七舅有六个孩子,前头三个是女孩,妙妙、平平、改改。三女叫了个改改后,下面真的是改成了生男的,头一个叫中中,也叫四蛋,我给取的大名是张一世。他后面又是一个男孩,人们叫他老五。老五后面又有一个女孩,叫改存。

妙妙从小时候就想着跟爹爹到晋中去念书,在七舅的努力下,真的如愿了,在晋中地区的一所技校上了学。七妗妗和孩子们都还在村里。

七舅和妙妙父女俩,在放假期间回到应县村里,一年两次,跟家人们团聚。圆通寺我妈这里,永远是他们的中转站。

寒假时,七舅领着妙妙跟晋中回来了,要回村里去过大年。

我妈跟我说,招娃你看七舅一家人这儿几个那儿几个,这不是长久的做法,得往回调,你得想法子给忙乱忙乱。

七舅跟我说,妙妙已经毕业了,可咱们不能往晋中安排,一安排就成舅舅了,又固定在那里,以后再找上个对象,那就更回不了了。

我妈我舅舅他们把我当成个大人来跟我说这事,那就是指望着我给想法子。他们一定是还想望着我的二连襟,也就是我妻子四女儿的二姐夫,来给帮忙。我妈已经在几年前为了表哥家的事求过人家,人家把我表嫂跟内蒙古按插队生给调回大同,还给安排了工作。

我妈常说的一句话是,穷人的姑姑,不识招逗。可他们这是又想起了二姐夫。我实在是不想让我妈再去跟人家提这个事了。

我妈说,招娃子,我知道俺娃是不好意思张口,但这是你七舅家的大事。

我心想,咱们家的大事也太多了,没完没了。

我妈见我不言语,说,反正是你不去我去,破上我这张老脸,硬着头皮也得再找找二姐夫,让他给忙乱忙乱。

我赶紧说,莫非非得找二姐夫,再换个人找不行吗?七舅和我妈看我,等我说下话。

他们觉得有戏。

我是想起了另一个线索。

我岳母在我和四女儿结婚前,常年跟着大儿子,在徐州部队住。我们结婚后有了女儿丁丁,岳母才跟徐州回来,到的我们家。每年的正月时,总有两口子,来给我岳母拜年。男的叫文群,徐州部队时是四女儿大哥的部下,现在转业回了大同,在大同齿轮厂当一把手。他女人姓单,也跟着文群在齿轮厂工作。四女儿在结婚前,多次到徐州部队大哥家看望母亲,跟文群两口也熟悉,叫他们文大哥单大姐。

我说,要不我给问问文大哥。我妈说,强不过俺娃给问问,去给舅舅忙乱忙乱。七舅高兴地说,能到齿轮厂那当然是再好不过。

当时大同人们说起的几个好的国营企业,除了做坦克的六一六和生产火车头的四二八,就数大同齿轮厂了。

我妈说,千千有头,万万有尾,咱们不能把你岳母撇开,要说也得先跟老人说说。

不是求裲襟,而是求岳母,这我也倒是同意给张口说一说。可最后商量的结果是,我妈不放心我,她还是要亲自出马,去找我岳母。

人们常说,亲家上门不值半文。我妈她为了表哥的事,去找了二姐夫,这次我妈为了七舅他们家的事,又要去找我岳母。

当时我家还在东风里住。在我没在家的时候,我妈来到东风里。

我岳母一听,说,这还能不帮帮?这就快过年呀,文群两口子来给我拜年呀,见了他们我就给说。

年后,文大哥有事没来,单大姐乘坐着公共汽车来了,提着点心盒。我岳母给说了这个事。单大姐问妙妙的情况,我给详细地做了介绍。我岳母说,高高大大,可漂亮呢。其实岳母没见过妙妙,她是听四女儿说的。

走的时候,我送单大姐到公共汽车站。可过年呢,公共汽车人多得挤不上,最后是我骑车带着单大姐,送她回到齿轮厂家属楼。单大姐建议说,到家了,那正好你进来,跟文大哥细说说这个事。

文大哥见我来了,很客气地沏茶呀倒水呀。我不会说求人这类的话,贵贱是不知道该如何开头。我直是个看单大姐,想叫她给开开头。她看出了我的意思,就跟文大哥说了。

文大哥听后说尽力。单大姐悄悄跟我说,你文大哥说尽力,那就等于说没问题。

我真高兴,笑着跑进了圆通寺。

正月十五过后,七舅跟妙妙从老家村里来了,一听我说跑乱的结果,妙妙高兴地说,谢谢表哥。我说,老妙你甭谢我,要谢谢你姑姑。

我叫妙妙一直是叫老妙。

妙妙说,到齿轮厂上了班,我就每天来姑姑家,伺候姑姑。

我说,那你们放心地去晋中等消息去吧。

四女儿当时在星火制药厂上班儿,春天的一天,单大姐专门跑到了星火,找到四女儿说,行了,开会通过了,赶快拿着手续来上班儿吧。

就这么的,1978年,妙妙成了大同市齿轮厂的正式工。

后来单大姐跟我解释说,不是中专文凭,是技校毕业,不能当技员,只能当普通工人。我说,回来就感激不尽了,咋也行。

七舅在又放暑假时,给了四女儿一瓶香油,让送给单大姐,说是真正的芝麻香油。

那个年月,芝麻香油在老百姓家里,是见不到的好东西。

妙妙起初是在圆通寺,跟姑姑一起吃住。后来住在了厂子的单身宿舍。也像当年忠孝表哥那样,结婚前,圆通寺是他们的根据地。来就来,走就走,吃就吃,喝就喝,住就住。

妙妙长得漂亮,又在好厂子上班,说对象的人打不离门。我妈说,周身一场大事,不能急,哪个对缘分给哪个。

后来缘分到了,对象叫王生龙,一米八几的个头,老家是怀仁的,在云南部队当营长,眼看着就要转业呀。他们这一批的转业干部,都要往公安部门安置。他如果找到对象是大同市里的,那他就能转业到大同市公安局,要不的话,他就得回怀仁。

但前提是,他必须是在转业前领了结婚证。

七舅不在跟前,我妈给妙妙做主说,行了,我看亮眼子这个后生不错,就跟上他哇。

我妈记不住王生龙的姓名,就叫他亮眼子。

这个事就成了。王生龙领着妙妙到云南部队走了一趟,算是旅行结婚。

巧的是,王生龙分在了我们内保处文教科。

那批新分配下来的转业军人,市政府答应都要给房的,但一下子盖不起那么多的房,得慢慢排队等。分批安置,但保证三年内全部解决。

我妈说,不能等。她说,啥事也是个这,宜早不宜迟,分就分了,等上三五年政策变了,怎么办？我怕她又直接去找二姐夫,赶快说,让四女儿跟二姐夫说说。

四女儿去给说了。

在二姐夫的帮助下,优先给王生龙分了房子。向阳里,两室一厅的水暖楼。

王生龙把所有的亲戚都请到向阳里吃饭,家里挤了好多人。

我有案子走不开,没去。四女儿跟我妈去了。

四女儿回来跟我说,王生龙饭做得不错,把五花儿肉带着皮切成薄片,先炒出来,之后又用它去炒别的菜,挺香,挺好吃。以后四女儿也学王生龙,炒肉片带着皮,嚼起来圪筋筋的。

妙妙比平平大五岁。几年后,平平跟村里来大同了。当然是跟我妈吃住在一起。

当时的形势是改革开放了,方悦嫂跟她的兄弟媳妇进城做买卖,我妈把圆通寺的房让给她们住了。

平平跟我妈住北小巷。

平平个子真高,我觉得快有我高。问她一米几,她说不知道。我问我妈我俩谁高,我妈看看说,看不出。这说明是一般儿高。我让她赤脚背靠墙站着,给拿本书平放在她头顶,然后跟墙上做个记号。后来我又在她那个地方背靠墙站着,也把书平放在头顶,做了个记号。

一比,人家比我高,最少高出一厘米。我一米七二,那她就是一米七三。

这让我想起那年我正在姥姥家时,正赶上平平过一周岁生日,中午吃的是油炸糕。原来她不会站,下午在人们的鼓励下,她晃晃悠悠地给站起来了。人们一拍手叫好,吓得她又坐下了,但没哭。人们又鼓励,她又站起来了。姥姥说,到底也是吃了油炸糕了,一下就有了力气了。

当时我就觉得平平站起来,真高,不像是个一岁的孩子。

平平还会用展开的右手,捂在嘴上又快速地放开,再快速地捂住嘴再快速地放开,这么连续地放开再捂住,嘴里就发出"哇、哇、哇、哇"的声音。人们说,平平给"哇哇"一个,她就给人们"哇哇哇哇"地表演。

五舅给平平找了个临时工作,在百货一店站拦柜,卖鞋。四女儿去百货一店,碰见她了。她打帮说,表嫂买一双吧,按进价。四女儿就买了一双,十二块。深蓝大绒面,绣浅蓝花儿,好看。这双鞋后来给了玉玉了。

冬天,改改来大同了。我看她穿的衣裳不好,又少。别人是毛衣呀毛背心呀,她的棉衣里面只是衬衣。我就在南街百货商店给她买了一件机器织的那种薄毛衣,淡绿色的,还有些白色的提花图案。她喜欢得当下就把棉衣脱了,穿上了。

我把改改领到花园里我们家住了些日子,丁丁也放假了,能跟她耍。开学后,她又回村了,去上学。

五舅家的孩子们,丁丁跟丽丽好。七舅家里的孩子们,丁丁跟改改好。这都是因为小时候跟她耍过的过。

妙妙来了,平平来了,我妈说,招娃子,你七舅快退休了,不能让他在晋中退休,那以后的退休工资咋给寄。像你爹,死在了怀仁,可单位给我寄个钱,圪丝圪忍,不想给。这还是怀仁离大同两步地,能去找他们。你七舅要是在晋中退了休,有个啥事,远哇哇的,去一趟也费事。

我妈说的这个事,我也想过了。我怕我妈又要去找我二连襟,我也给早早地注意了。

我说,妈,七舅的事,用不着您督促我,我早想过了,我有办法把七舅跑乱回来。

我妈说,强不过俺娃能给跑乱回。

我说,您记得喜明哇? 我妈说,记得,是你小时候的好朋友,也在红九矿上班。我说人家现在是矿务局宣传部的部长。我妈说,大官儿。我说我这就给找他去,把七舅调回矿务局,一个系统,好调。

我以为一个系统好调,可七舅的单位是地方矿,而大同矿务局是煤炭部的单位,跟七舅他们的地方矿不属一个系统,根本不可能调到大同矿务局。

我跟喜民说这咋办,我一心指望着你。喜民说,你甭急,我给想想办法。

喜明又给找到了他大同三中时的同班同学,姓倪,是大同煤管局副局长。正好倪局长的妻子和四女儿又是同事。

就这样,我们各种关系一齐忙乱,最后在倪局长的帮助下,1985年把七舅调回了大同市煤管局下属的姜家湾煤矿子弟中学。

七舅在晋中是技校的校长,回了姜家湾中学任教务主任。

我松了一口气,这个事总算是办成了。

我妈跟七舅说,招灰子死性,是个不顶事的哈货,可他有些好朋友,关键时候都能靠得住。

1986年,国家有政策,煤矿系统的家属,可以转成市民户口。一下子,七姈姈和孩子们就都转成了市民户。

五舅在城隍庙前街12号,有西下房两间。丽丽结婚后,让他们住了。正好丽丽他们在1984年单位分了房,搬走了,这两间房就空了下来。

我妈说五舅,那叫七子他们住北街哇么。五舅说,不用姐姐你说,我原来也是这么个想法。

七舅回村,把大门锁了,一家大小人都搬到大同,住进了城隍庙前街12号。从这以后,就连七姈姈也都是城里的人了。

七舅他们安顿好了,叫我们全体去吃糕。

我一进院,碰到赵占元。

他说老曹你咋进这儿了?我说你咋进这儿了?他说我外母娘在这儿住。大同人叫岳母叫外母娘。

我说我七舅在这儿住。他说新搬来那家?西房?我说对。

他说我外母娘在东耳房,走走,进去认认门。

我跟着他进了东耳房。占元跟他岳母说,这是我们老曹。他岳母说,哇这就是老曹呀,占元常说老曹。说话间,进来个女孩,一进门说,姐夫你倒来了个早。占元说,吃好的呢,那作准得早早儿来。女孩说,看把你吓得,来得迟了也给你留着呢。

人们都笑。

占元介绍,这是我小姨,这是老曹。

小姨说,老曹可一点儿也不老嘛,不过嘛,叫小曹也不对。占元说,那你说叫啥?小姨说,人家当的啥?占元说,是我们的头儿。小姨说,那就叫曹头儿。占元说,难听。

她的说话口气让我想起二虎的头一个女朋友的妹妹,再看长相,哇,就连长相也有点像。

正说着王生龙进来了。占元说,生龙,你咋?生龙说,我是叫表哥吃饭,刚才看见他进院了,可却来这儿串门子。又问说,占元,这是你家?

我给相互地又往清说了说。

大家都笑。大同太小了。

一年后,平平结婚呀。对象姓于,个头比王生龙又高。

七妗妗让四女儿给当送亲,四女儿说,我不会当。妗妗说,当送亲有啥会不会的。四女儿问说,送亲是去了做啥?七妗妗说,啥也不做,去吃就行了。

人们常说,外甥是狗,吃了喝了就走。那意思是外甥到了舅舅家,不把自个儿当外人。

小时候我就想回村里,在七妗妗家住。现在七妗妗他们搬来了,我就成天常来。

我到了七舅家,就跟到圆通寺一样。

我又碰着过一次占元的小姨子,她叫我老曹。我问说,不叫我曹头儿了？她说,你是不是想让我叫你曹头儿？我说不想。她说,就是嘛,叫曹头儿当是说糟头肉呢。

那天,我跟七舅家一出大门,看到略微东些的斜对面巷口的蓝色街牌,好像是写着"草帽"两个字,再往前专门看看,哇,就是草帽巷。

原来这是草帽巷的北口。

我往里走,去找我小时候住过的十一号。我想起了高爷爷垒的花楼墙,还有上面种的花儿。我想起了果果姨,拉着我的手去买大头麻叶儿。我想起了竹青,想起了小逊,想起了中秋。

大同城有四大街八小巷、六十四条绵绵巷,居然在无意间又碰到小时候住过的草帽巷,缘分。

4. 书柜

自丁丁1982年在城区十八校上了小学,我岳母就不在我们家住了。是二姐给我岳母另找了房,在龙港园小区,也是有上下水的暖气楼房,距离我家不远,距离二姐家也不远。四女儿的二哥仍然是每天中午买了菜买了肉提着酒,早早地来到母亲这里。

我和二哥一样,也仍然是每天的中午找我的妈,到圆通寺吃饭。

二姐说,这两个当儿子的都算是孝子,中午不回家,各寻各的妈。

1983年春季,四女儿单位派她到太原的省药检所培训业务技术,时间是三个月。领导说,这是为了响应邓小平提出的"要培养四化人才"的号召。

这是好事,我们大家都支持。四女儿说我,你的工作有迟没早的,这三个月叫丁丁放了学就到龙港园吃饭吧。我说,干脆叫丁丁黑夜也跟姥姥睡吧,我不是早就说过想再做两个大书柜,正好老王也要做,这些日他已经把匠人都联系好了,他先做着;你这一走,我也就动手准备。四女儿说,两个大书柜,那得多少木头,你的料够吗?我说到时候看情况,我让二虎帮着我方量方量圆通寺的木料,不够的话,再找找老同学曾玉琴,反正是赶你三个月回来,崭崭新的两个书柜就立在家里了。丁丁说,我也要书柜。我比画着空墙说,好说,这么多的书柜,到时候给你一层儿,专门放你的书。

1975年我结婚时,二姐给了我一个三屉四门儿的低柜,我把我的书都像是垛砖头似的,垛在了里面。上上下下,一层又一层填垛得紧紧的,柜里没有半点空间,想找一本书,得把别的书取出来,很是费事。后来我和二虎借了木匠工具,自己动手,做了个四方框形状的四层柜。我们不会开卯榫,是拿钉子钉成的。这个方框,架在了平柜上面。远远看去,整体像是个大书柜。

这个改装成的大书柜,使我的一些书露明了,但我还有好多好多书,都是在暗处搁着。床下就有五个肥皂箱,里面全是我的书。我的书实在是太多了，多得我也不知道有多少，因为我没有数过，我没办法来数。

无论如何，我得做书柜。我大概地估算了一下，再做两个顶到屋顶的大书柜，也不一定能摆得下我的这么多书。

这次木匠用的是不同以往的新的工艺做法。他们的材料主要是用木掌和板材。板材是指三合板和五合板，还有七合板。当时的木料不好买，但板材好买，木材公司只要有个关系就能弄到。老王用的板材已经有朋友帮忙弄了，我也找过曾玉琴，她答应说没问题。

关键是木头掌子。

四女儿到太原一走，我就到圆通寺翻找我的木料。

在矿区公安局政工办工作时，让我去北郊区北温窑村给知青带队，我求孙主任给我妈拉过一卡车煤和一卡车松木表皮板。里面的厚表皮板，我妈没有把它当柴火烧，都留了下来。再一个是，我跟白宇雄给我妈买棺木，豁完八块厚木板，也剩下有表皮板。我把这些木料整理出来，让二虎跟我都拉到了花园里。

木匠师傅们正给老王做着呢，我把大工穆师傅叫到了我家，让他看我备的料。我还告诉他，要做多大多大的两个大书柜。穆师傅看完说，差不多。听他这么说，我放心了。

穆师傅见了我自己钉的那个方框书柜说，你这看样子是没开卯，我说这是自己用钉子钉起来的。他说，这些木板都很厚，他量了量说，有的两公分半，有的三公分，还都是黄花松。我说这是我爹去世时做棺材剩余的板子，我给利用了。他说，其实这都能豁开当掌子。我高兴地说,那能用就太好了。

他说,我用别的木料再给你做一个正式的方书柜,依着你的构想,还架在这个平柜上面。以后一重油漆,和那两个新的书柜就是一套。我说太好了太好了。

木工他们共是四个匠人,里面最年轻的二十三岁了,是个哑巴。

下午穆师傅就叫哑巴过来,很小心地把我的大方框都给弄开,成了七块厚木板,有五块是一米五长,有两块是一米六长。

哑巴是个受重苦力的,穆师傅给他交代完后,他每天单独在我家,给处理我的木料,主要是用墨斗打好线后,锯。把我不规则的木头板子,都要锯开,豁成有棱角的方条条木掌。我还看出,他是尽量地要有一面是三公分宽。

自小木工开始到我家豁木板,我妈这些日每天都来。她说,我跟小毕姨姨打招呼了,这些日不去小南街了。

我妈虽说快七十了,可她还要去市服装厂的小南街门市部上临时班,铰线头。

小毕姨姨原来是包装车间的负责人,现在正式调到了小南街门市部当了主任。

有次我送我妈到小南街门市部来上班,我妈已经是迟到了,小毕姨姨正在。她远远地看见我妈进来了,就大声喊着跟我妈说,张姑您多会儿想来就来,多会儿想走就走,家里有事您不想来就甭来。我听这话是在批评我妈,可接下来她又大声对着大家说,老人岁数大了,我不照顾谁照顾。又捩转头跟我妈说,张姑您来了就给您记上个工,您

//清风三叹//

不来我也……这时有人大声地插话说,也给您记上个工。小毕姨姨笑着说,那不能,不来的话,也就不给您记工了。她又对大家说,反正是只要是我在这儿,就要照顾老人。

有人问说,那为啥你就照顾张姑呢,是不是因为张姑有个帅小伙儿好儿子?

小毕姨姨说,那是作准的。

人们都笑。

我赶快走开。

但我每次送我妈或者是接我妈,都想进去,都想碰到小毕姨姨,都想让她开开我的玩笑。

我家的大屋地宽,我把东西都倒腾到小屋,就让小木匠在大屋干活。

我给准备的都是些不规则的木板,小木匠"嚓嚓,嚓嚓"地用锯子豁了三天,才豁完。

这些日,我每天买了饭,中午跟我妈在花园里吃。小木匠一看快开中午了,就到老王家。我妈留他他也不在。他们四个人是在老王家自己做饭吃。

外面天凉,家里还有暖气,很热,小木匠满头汗。我妈给他用凉水摆了毛巾,让他擦,他不要,撩起背心擦。

他来干活儿时,我妈就把窗户都打开。

四月天,外面有苍蝇了。苍蝇找热处,飞进家,飞进来就不出去,越来越多,满家是。我妈找不见苍蝇拍,就把门和窗户都大敞开,用衣服往出轰苍蝇。小木匠也挥动着衣服上来帮。一老一小两个人轰赶着苍蝇,一下子,小木匠把屋顶吊着的灯管给打到了地上。

正好我下班回来了,进门时,见小木匠脸红红的,愣在那里看地。

我妈跟他摆手,说没事没事。

怕玻璃碴把人脚割着,我妈赶快到厨房取了簸箕,把摔碎的灯管收拾了。

下午,穆师傅也跟着小木匠从老王家过来了,问灯管多少钱,要掏钱。我妈说,没事没事,又不是故意的,是我要轰蝇子他才帮我,不小心打了灯管,没事,不能要你们钱。

穆师傅说,这是碰上你们好人家,要是有的人家可不行。我妈说你们出门在外的,费力拔气的挣几个钱不容易。

我说,家里还有,再换根就行。家里真有一根,我从小屋找出来,给安上了。

我比画着让小木匠拉一下灯绳儿,他一拉,灯着了,他笑了。

老王做了两个三开门的大衣柜,一个大平柜,一个一米八宽的双人床。老王家的所有活儿都完工了,四个木匠进驻我们家。

师傅们就在我家睡觉,把大屋腾空了,除了一张床,别的没有了,他们四个人就在大屋睡,床上三个人,地上铺着木板,睡一个人。

他们很自觉,不进我的小屋。

他们带着电炉子自己做饭,在老王家也是。我家有煤气,我问他们会不会使,穆师傅说会。他们四个人里,有一个师傅专门负责上街采购,做饭。他当下就试着打着火。我一看真的会用,就放心了。

哑巴拿着一根木料叫穆师傅看,穆师傅叫我看,说,哑巴说这样的木料不能用。他暗示了一下哑巴,哑巴把木料轻轻地在地上一磕,木料断成两截。哑巴一根一根地从木料里找出七八根这样的料。我问,能不能尽量地用。穆师傅说,这样的木料即使勉强用了,家具也不结实。

他说,按这些木料的长度和宽度,还都是些做主掌的料。他问我还有木板吗?最好是把这些换了。我摇头说,再也没有了,把家里所有的木头都拿给你们了。

我妈说,有,谁说没有,还有呢。我说我咋不知道哪里还有?我妈笑着说,你不知道我知道。我说那您给找出来,我明天上午给拉来。我说一会儿我有事要到厂子,黑夜也不回家。穆师傅说不急,三两天拿来也不迟。

有内线报告,说有几个人夜里要到市钢窗厂的仓库去偷料,厂保卫科约好了武装部的人去守候,想抓个人赃俱获,让我去给坐镇。

也不知道是走了风声,还是消息不准,夜里没有发生他们说的那种事。早晨在厂招待所洗脸时,武装部易部长进来叫我去食堂吃饭。

我一边洗着脸,一边让他坐床上等等。

突然听到"啪"的一声,紧接着,又是"哗哗哗哗"的声音。再接着我觉出有水从脸盆流出来,流我鞋上了。

不好!枪,走火!

我掭头看,易部长手里端着我的手枪,愣在那里,枪口还冲着我。

"别动!"我大声地喊着,慢慢向他走去,一把把枪夺过来。

他说:"咋闹的?有子弹?"

我还愣着,没作声。

他说:"膛里有子弹,你咋不上保险。"

我说:"别说了,易部长。谢谢不杀之恩。"

他说:"好险。"

我说:"也谢谢你给我上了一堂生动的教训课。"

我妈早就教育我说"枪口不准对人,枪口不准对人",可谁知道,我不拿枪口对人,有人却是拿枪口对着我。也怨我,见是武装部长,以为他懂得枪,就大意了。

他去看看脸盆,有两个孔,一个是子弹进的孔,一个是出的孔。水流到了孔口口跟前不流了。

墙上有个眼儿,子弹钻在了墙里。

很明显,我是捡了一条命。

上午十点多,我骑车到了圆通寺,门锁着。

我又骑车回到花园里,一进大屋,见地上顺顺溜溜地摆摞了七八块木料。我没细想这是怎么回事,问穆师傅说这是哪来的。

我妈说,妈想了,这做家具是俺娃这辈子的一场大事,可娃娃做家具全都是七凑八凑的些不成材的东西,妈不能说是那儿放着好木板,不让娃娃用。

听我妈这么说,我这才想起,她这是把她的棺木给拉来了。

在我脑子里,棺木,那是雷打不动的东西。我妈为了她的棺木,跟我生气,跟我变脸,差点儿就要打我呀。我没想到头一天我妈说还有木头,是会说它。

她是在早晨叫了二虎,把她的棺材板拉来了一半——四块,怕我拦住不让用,还叫木匠师傅抓紧时间把四块木板都给一破二,豁开了,成了八块。再用它当棺木,有点窄了。

我说妈您看您。

我妈说,家有三件事,先从紧处来,做匣匣的事以后再说,只要你甭把妈火葬了就行。

我有点吃惊,更多的是感动,不知道该说什么好了。这时,我才知道,在大修北小巷时,我妈的底气为啥那么足,说,大修就大修。她心里有数,自己有棺木。

穆师傅看到那么好的木料,高兴。说,足够足够,有富余有富余。还说给私人家做活儿,少见这么好的木料。我让他给算算,就我现在的木料,还能做些什么,他算了算说,做完两个大书柜后,再做老王家那么样的两个三开门大衣柜也足够。

我想了想,跟我妈说,已然是个这了,那我把结婚时我爹给买的两个衣箱一个碗柜都还搬回圆通寺,我再重做新的,这样,我家里就是一样样的新式家具了。

穆师傅说,要再做碗柜的话,那你还得买七合板,光五合板不行。我说,没问题。

我结婚时,把原来摆在圆通寺家里的两个衣箱和一个碗柜都搬到了新房。我又把慈法师父给的板箱用砖头支在了地上,板箱下面用图钉钉了一块白布。恢复成了老早以前我家的样子。

当天,我就叫了老王,又把两个衣箱和一个碗柜搬回了圆通寺,摆在我妈家里。这下,我妈的家,也就像是个住人的家了。

结婚时二姐还给了我们一个两开门的大衣柜,既然木料够,为了统一,我也不要了,给了玉玉,拉到了北小巷。

咎婶婶说,看看,还是拉儿子好。

我妈说,你可说了个对。

我妈每天都来,灰头土脸地帮着师傅们烧水沏茶。我知道,实际上她也是有点监工的意思。

快中午,她回圆通寺做饭。

从正式动工到完工,共做了一个月。

我做了三个大书柜,两个三开门儿的小衣柜。一个大平柜,一个碗柜,共七件。

书柜的样式是我设计的,长一米六,高两米一,分着上中下三个部分;下面部分是四开门暗柜,开门后看见分着上下两层;中间部分是四层,两扇推拉玻璃门;顶上面部分又是一层暗柜。

二姐给的那个四开门平柜,上面的部分改装得跟新做的书柜一样了。四个书柜都摆在了十八平米的小屋。

结账那天,我妈强调,千万甭让小哑巴赔灯管。我说我肯定不让赔,您放心。我妈说那个穆师傅总是会说到这个事,我说他说是他说,我不会让他赔。

真让我妈猜对了。结账时那个穆师傅非要少跟我要五块,说是赔灯管。是我硬不要,他们才走了。

他们又到了老王家。他们还有别的工具,在老王的小院里存放着。

过了些时,老毛给了我五块钱,说是木匠师傅赔我的。

我跟我妈说,木匠这几个人真是实在,还真的是硬把灯管钱赔了,托着老王给了我五块。我妈说你咋能要这钱,还给人家,还给人家。我说那咋办?人走也走了,到哪儿寻去。我妈说,你一天价侦查呀破案呀,连坏人还要找到,这几个好人咋会是找不到呢?我一下子想到,要找肯定是能找到。我说好了,我给找去。

后来我妈又问我这事,我说找到了,把那五块还给他们了。我妈说这不是个对?尔娃们汗爬流水的受上半天,不容易呢,出门在外的不容易呢。

我说噢。

实际上,我是哄了我妈。

我到了老王家打听穆师傅他们下一家是在哪里做营生,打听是打听到又到了哪一家,可我找到了那一家,说没在这里做,因为木匠说他们的料都湿着呢,做出家具要走形,说最好是再干上半年六个月再说。至于又到了哪里,那家人也不知道。

我们请的是个河南的油匠师傅,他跟我妻子同姓,周。周师傅的水平真好,油画出的木纹儿跟真的一样。

1980年忠义表弟结婚,当时我在忻州窑派出所工作。他结婚前,我从忻州窑矿给五舅拉了一卡车表皮板。五舅高兴地说,有的能打家具;不能打家具的,盖南房时用。当忠义结婚做家具时,也给我做了一个写字台,在小屋摆着。这次也一便儿让周师傅给重新油漆了。

油漆快干时,我就小心翼翼地往进摆我的书,因为白天还要上班,一直摆了三个晚上,才把所有的书放进了书柜里。这下,用不着你堵我我堵你了。

四个书柜,加起来共有二十八层。每一层都是一米六,算算,快有五百米。哈哈,小一里地呢,想想,那是怎样的一个巨龙阵呀。

摆好后,我看了又看,不想睡觉。夜里到厕所,也是拉着灯,看了又看。真高兴。

我做家具时,丁丁就在姥姥家吃住,可她一有时间就要回家看看。

她看着新书柜说,我的书不整齐,摆上去不好看,那就还叫它们在写字台的两个墩子里挤着吧;要不,给我个书柜下面的暗层也行。我说,你说错了,丁丁,咱们家这所有的书,都是你的,所有的书柜也都是你的。

她高兴地说，哇！这么多的好书，原来都是我的呀。

5. 推理小说

我的公安论文《浅论形式逻辑在刑事侦查中的运用》在《警钟》发表后，又获得了全省社会科学优秀论文二等奖。《山西日报》刊登了获奖论文的篇名和作者的姓名。这是侦调科的李慧敏发现的。

她拿着报，到二处刑警队找我，还说要看看我的这篇论文。我说在家里搁着，她说咋不在办公室放，让人们都看看，都知道知道，你还给偷偷地放家了。我说一篇烂文章，有啥看头。她说保险处长们也不知道这事。我说我没跟他们说过，她说呀呀呀小曹儿，你也是太低调了。

我说，不过在全局大会发言时，我给念过这个论文的底稿。慧敏说，小曹儿你还在大会上发过言？小华说，人家是省先进，跟省里开会回来发的言。慧敏说，呀呀呀还当过省先进？小华说，怎么样，你没看出来吧，更低调了吧？

慧敏非要看看我的这篇论文，还说下班就跟我到家去取。小华告诉她说小曹家可多书呢，让慧敏猜猜会有多少。慧敏猜说二百？三百？五百？小华说慧敏，你想也想不到有多少。我跟小华说我又做了三个书柜，基本上都把书摆出来了。

慧敏说，那咱们现在就去看。小华说不到下班时间呢。慧敏说，怕什么，处长骂就说是我把你们拉走了。

我们三个正要走，有人敲门说，找曹乃谦。

我一捩头,哇!常吃肉,常子龙。

我跟慧敏说咱们改日到我家吧,反回身招呼老同学。

常子龙说刚才到圆通寺了,是我妈告诉他这些日我是在处里。

他说有个事想求我给做做主,我说走走走,到家再说。他说咱们找个僻静的地方说,是我遇到个麻烦的事,不想让别人知道,只想叫你帮我出个主意,看看咋办。我说要这样的话,那更得到圆通寺,我有大大小小的任何事,都跟我妈说;事后证明,我妈的主意是最棒的。

常吃肉是我小学时最好的朋友,我妈也认得他。对对,我忘了,他的名字后来改成了常子龙。但我妈不知道,还叫他常吃肉,我也跟着叫他常吃肉。

他现在是城区冷饮厂的副厂长,经常出差。前两天刚刚又出差到了秦皇岛,可他比原计划提前回来了两天。他是早晨六点下的火车,可回了家,半天叫不开门。他以为是家人中煤气毒了,又狠死地敲。妻子这才把门打开,妻子的姐夫也在里面,可是孩子却已经上学走了。

我说,你有什么怀疑吗?他说,这还要怀疑吗?

我妈听了,没作声,连连地点头。

常吃肉说,我想跟她离婚。老曹你说像这种情况能不能离了?

我说,像这种情况……

我还没说完,我妈打断了我的分析,问常吃肉,她在你爹妈跟前咋样?

常吃肉说,对我爹妈倒是挺孝顺的。

我妈又问,你孩子多大了?

常吃肉说,有个九岁的女孩。

我妈说,你看,孩子也已经九岁了。

常吃肉说,可是,曹大妈我真想拿刀捅了他。

我妈说,你听大妈一句话,不能。你听大妈说,看在孩子的面上,也看在她的孝顺上,算了去哇。

那个中午,在我妈的劝说下,常吃肉终于表态说,听您的,这回放她一马。我妈说,既然这回算是把事搅明了,他们以后,那个也不了。

我想起,几年前,她在雁塔服装厂的包装车间,人们议论到这个问题时,我妈说"有了孩子能不离最好是不离"这样的话。

我妈在这个事情上的观点,是明显地跟老早前不一样了。常吃肉走后,我试探着问我妈。我妈说,招娃子,有时候得有点心胸,该饶人时且饶人;妈当年没饶忠孝妈,至今是越想越后悔。

看来我妈真的是对孟妗妡有了愧歉的自责了。

我妈又说,招娃子,记住了没?该让就让让,就像你在单位也是,让人一步自己宽。

我妈今天说的这几句有文化的话,都没说错。我说,"该饶人时且饶人""让人一步自己宽",妈您这两句话是跟谁学的?

我妈说,你参那会儿教娃们背《名贤集》,里头就有这些话。他们背,妈就拾掇进耳朵里了。

我妈常常也说些"今日有官坐,明日没马骑""为人一条路,恶人一堵墙"一类的话。我常想,这些话很高级,我妈是只认得三个字的大文盲,咋就知道了这些话,我这才明白了,原来出处是《名贤集》。

我说,妈,记住了。

我妈说,记住啥了?

我说,为人一条路,恶人一堵墙。

我妈知道我是在学她,笑着说,一个灰灰。

第二天中午,慧敏和他们办公室的小董到了我家。

一进屋,慧敏大声喊着说,哇,好气派!

后来她发现我的书是没有规矩地乱摆放着,我说,没顾得按规律摆放,先这么摆进去,慢慢再调整。她说,我跟你调整。

我俩倒过来倒过去地整整摆弄了三个中午,最后也不满意。

她又建议说,把所有的书都造册登记一下吧,看看究竟是多少本,总价值是多少钱。

我们试着弄了一中午,没弄几本,她说,这速度不行,这样吧,小曹,你别求整齐了,你先把它们都按着国别、书名、作者、出版社、价格,草草地登记下来,给我,我在单位抽空给重新誊清。

她用我们的"大同市公安局"红头公用信笺本,在上面画了表格,她又在上班时间里,抽着空儿,把我给她的草稿都给做了誊清。

总共是3290册书,总价是八千多元。我的书都是老早的版本,价格不贵。就拿托尔斯泰的《安娜·卡列尼娜》说吧,上下两册,才两块九毛钱。

她说,这是传家宝,记住啊,小曹,十倍的价格也不卖。我说当然。

我还撕开一个公用牛皮纸档案袋,做了个皮子,用毛笔字在上面写着"家珍"二字。

这是项大工程。在庆祝时,我让慧敏把她家的老吴也叫来。

喝酒时我们都说慧敏的性格就像是个男孩。她说,我知道你们都把我当成了男孩,我跟小曹整理书加起来最少说也有半个月,他从来就是把我当成个帮忙的了,半点也没想起我是个女孩。小董说,他想是想起了,只是胆胆儿小。

老吴说,跟这种胆胆儿小的人,出不了事。

人们都笑。

"跟这种胆胆儿小的人,出不了事",这话让我想起二虎前女朋友妹妹的话"招人哥你啥也好,就是有点胆胆儿小"。

有个案子急需要到太原,我们坐着安二飞机去了。

这是头一次坐飞机。飞机上只有六个座位,好像是两侧各三个。发动机声音太吵,听不清楚人说话。

到了太原,办完公事,我到了《警钟》编辑部。我想跟他们再要几本发了我论文的那一期杂志。那天慧敏要跟我要,我说就一本,这还是老周给我的。主编老赵给我找出五本,我谢过了正要走,老赵说小曹你工作在公安第一线,还是省级优秀侦查员,又写出这样的优秀论文,那一定是掌握了相当的逻辑推理知识。

我不知道他说这是啥意思,看他。他又接着说通过我的案例《迟了吗》,看出我具备一定的写作能力。最后,建议我试着写写推理小说。

他们再次提到了我的案例《迟了吗》,说那次不采用是因为我的这篇文章没有按照案例的格式来写,发表后不具备指导性和范例性,所以没有采用。但就文章的文学性来说,还是有的,说明作者具备一定的写作能力。

哈!"具备一定的写作能力",这话对我来说,是极大的鼓励。

可我连案例也不会写,哪敢答应写推理小说。我推辞说,工作忙得没时间,等以后再说。

我说我忙,那是借口,实际是因为我不会写,才那么说。

我当面是推辞了,背后觉得不妨试试。至于时间,鲁迅先生早就说过了,只要是动手,时间总是会挤出来的。写个什么内容呢?我想到了常吃肉遇到的悲伤事。

好!我不由得击了一下掌。

我有意地模仿着《尼罗河上的惨案》大侦探波罗的风格,一层层地设谜团,一层层地来开解。

我把题目叫作"第二者",意思是叫人们不要只是批判第三者,也不要忘记了这个第二者,因为没有第二者就没有第三者。

我妈问,俺娃是写啥呢?成天趴在桌子上写呀写。以前不见你这么地写不完。我说是单位让写个案例,写成的话,要跟书里编,就像是上次那样,您忘了?印着我的名字。

我妈说,那你咋不在单位写?我说单位乱哄哄的,我家里又有油漆味儿,反正是我在您这儿写,最出数儿。我妈说,噢,那俺娃写哇,妈出去。我说,您不出去也行,我又不怕您在跟前。

我写的时候我妈在地上轻手轻脚地做营生,让我想起小时候我做作业时,我妈也是这样。

写的当中,编不出个好的情节,心想这是乏了,缓缓。

我说妈您给讲个表舅的事,我可好听他的故事。我妈愣了一下说哪个表舅?我说就是那个"出了一头脚汗"的表舅。她笑了,说,哦你是说我那个愣表弟。

我妈想想说,愣表弟穿裤子分不出前后,今天朝了前,明儿不保就朝后了。我奇怪地说,啊?那他的尿尿口莫非就朝了后了?我妈说,那时候都是大裆裤,哪有个尿尿口。这倒也好,人家的裤子老也是不往出突圪膝盖。最后呢,他姐姐们都学他的样子,穿裤子间两天朝前,间两天朝后。

我想想说,有意思,您再给讲个。

我妈想想说,愣表弟小时候穿鞋也总是分不清左右,七八岁了还是。我妗妗就给他做牛舔鼻,牛舔鼻鞋不分左右。我说我们小学时,班里好多穿这种鞋的。当时我想叫您给做,您不给做。我妈说那好做,妈是不喜欢那种鞋,才不给你做。

我妈突然笑开了,说,我再给你说说这个愣表弟捉虱子。我说,捉虱子?那您讲。

我妈讲,一伙孩子们脱了主腰子,在日头窝儿底下捉虱子。愣表弟半天找不见一个,最后好不容易才捉住一个小的。他看看说,尔娃小,再叫尔娃活着哇么。说着,把小虱子又放在了主腰里。

哈——有意思。我说。

我妈说,你愣表舅心眼可好呢,不忍心往死处置小虱子。

我"啪"地一拍手,对,尔娃小,再叫尔娃活着哇么。

我这是联想到了我文章里面的情节了。原来的设计是,让那个女婴也死去,听了愣表舅的,决定让她活下来。

我妈不知道什么意思,摇摇头。

在圆通寺,我写了半个多月,终于在稿子的最后画了一个句号。

我把《第二者》誊好后,拿给二姐看,说,二姐你看我写了个东西。

那时候我们常说,这两天在家写了个东西,不敢说是写了什么东西。有人这么说,可能是出于谦虚。我这么说不是谦虚,我是真的不懂自己写出的这个东西是个什么东西。

二姐说,听四女儿说你在杂志上发表过论文,这写了个啥?我说,还是那个杂志的编辑部,跟我说叫我给写个推理方面的稿子。二姐说,哟哟哟,妹夫已经是特邀作家了。我说,哪儿呢,我瞎写呢。

二姐没看一半,放下稿子说,妹夫恕我直言,我看不下去了,你这是啥,胡编乱造的。

我的脸一下子感觉发了烧。

二姐把稿子放一边,说,不过我看出妹夫你能写,但你这是通俗作品,以后可以写写纯文学的。纯文学的东西才是正品。

通俗文学、纯文学,我以前没听说过,睢阁也没给我讲过。睢阁只给我讲过啥叫诗歌,啥叫散文,啥叫小说。可我最后也区分不出啥是小说啥是散文,只能看出啥是诗歌来。

我问二姐啥叫纯文学啥叫通俗文学。二姐说纯文学是写生活的,如《红楼梦》,通俗文学是写……如《西游记》,再比如你喜欢的那些推理小说、科幻小说,都算是通俗的作品。

我问那《水浒传》《三国演义》呢?二姐说,就我的理解是,《水浒传》接近纯文学,《三国演义》接近通俗的。《儒林外传》正是纯文学。

二姐说你在杂志上发表过论文,可以称作是作者了;有这个写作能力,那就大胆地写,要写就写纯文学的东西,写生活,写自己,好的纯文学作品往往是在写自己,如《简·爱》。夏绿蒂·勃朗特她还写过别人的故事,就不如写自己来得好。

我这才发现,二姐是高手,很高很高的高手。

我点着头,是是是地听着,领悟着。二姐否定的我的这个《第二者》,我就把它放在了书柜里,没再往出拿。原想着还要让雎阁看看,也算了吧。

《第二者》这篇我自己称作是"推理方面的东西",是我在当时写过的第三个作品。第一个是论文《浅论形式逻辑在刑事侦查中的运用》,第二个是案例《迟了吗》,第三个就是这个。

当我决定动手写的第四篇,是跟朋友在打赌,而且正式声明,是要拿出篇"小说"来,而不是"东西"。

但是,我现在想,当初如果没有这前三篇东西,或许我也不会跟那个朋友打赌,虚张声势地说,"来篇小说你给看"。

6. 打赌

小华给我办公桌上留了个条,上面写着个电话号码,我跟上衣兜掏出随身带的二指宽小电话簿儿,找找,找见了,是老昝家的号码。

老昝是我大同五中时的初中同班同学,叫昝贵,可我一直都叫他老昝。他家就在我家的房背后的八乌图井巷三号院住。我们两家的房,隔着个巷,墙对墙。初二时,我妈常到我爹的公社去种地,一走好长时间不回来。我跟我表哥两个人在圆通寺住,老昝几乎是天天到我家,找我们玩。

我最怕跟他玩"弹脑瓜儿"了。

弹脑瓜儿就是弹脑门儿,拇指与中指圈起来后,一发力,中指弹向了对方的脑门。

我们也不是直接轮流着你弹我一次我弹你一次,我们先是说谜语,让对方猜,对方猜不出,那就算是输了,就得挨脑瓜儿。我说的谜语对方大部分是猜不出,那我就赢了,我就弹对方的脑瓜儿。可我弹出的脑瓜儿,没有力量,对方不疼。昝贵还挖苦我说,你弹的那脑瓜儿,就像是给我挠痒痒,半丁点也不疼。

反正是我弹人家十个,不如人家弹我一个。只要是让老昝赢我一次,那可没我的好。吓得我紧紧地闭住眼,等着他弹。我准备好了挨他这一下,可他还不急着弹,还要"哈哈"地对着他圈起来的中指指甲哈气。然后,"嘣"的一下,弹住我的脑门,我好像是挨了一斧头,疼得哇哇叫,大家高兴得哈哈笑。

就连我表哥还有方悦哥,他们也都怕老昝的弹脑瓜儿。

1965年初中毕业,老昝考入山西省中医学校,地址在太原南面的太谷县。上了一个学期,老昝跟学校回来了。我们院慈法和尚还说,等你三年学成了,我把《本草纲目》给你哇。可没过半年,"文革"了,师父被红卫兵逼得上吊自杀了。

三年后,老昝分配在了岢岚县医药公司。1979年,老昝调回大同市医药公司当采购。

在我们都小的时候,慈法师父就说过,昝贵这孩子耳大,以后能当官。果然,1983年他当了大同市医药公司的业务副经理,二把手。他不是走门子当的,他没门子。他是邓小平复出后,建议领导班子老中青结合,还建议要有真文凭的内行上来。老昝又有真文凭,又懂行,就自然地当了官,应验了慈法师父的预言。

他家就有了电话了。

我们朋友们谁家也没电话,就他有。

可我看看表,这个时间他应该是在办公室。我就给他办公室打,没人接。怎么回事,工作时间他咋就在家里?我就又给他家打。

通了,是在家呢。

我故意说着普通话,说我找昝经理。我的语言能力差,贵贱学不会普通话。一说,就带出了醋味儿。

他说,啊是招人,我正还想找你。我说,你咋猜出是我?他说,你这处理普通话不仅带着醋味儿,还带着应县小石口的蒜味儿。老昝说话好挖苦人,我经常叫他说得干瞪眼,不会回答。

我问说你咋在家里?他说,你来我家一趟,我给你个好东西。

我说啥好东西?他说,给你个棋墩。我说啥棋墩?他说你下了多少年围棋不知道什么是棋墩?来吧,来了就知道了。我说非得现在就去?他说,对,还要让你感受一下什么是真正的云子。

老昝是到太原开会去了,昨晚刚回来。

他说的棋墩,十五公分厚,上面画着围棋格格。他说,你是山汉不懂得,人家国家级的围棋比赛,都是用这种棋墩。

他说的云子,是在两个草编的筐筐里放着。我捏出一颗黑色的云子,对着光照照后,下在天元上。

哇!感觉真的是不一样。

昝贵说,怎么样,跟你家的那张塑料棋纸铺在饭桌上的感觉不一样吧?

我又下了几颗棋子在墩上。

好好好!就是不一样。

他说我就知道你喜欢,也给你准备了一个。

我一下子想起,说,春天我做家具时不懂得这棋墩,要不的话,让木匠师傅给做一个。

昝贵说,行了,别费思量了,我给你一个。

老昝去太原前,已经让木匠师傅给做了一个了,但还没有往上画格格。这次他正好在太原买到了,就背了回来,决定把他做的那个给我。

我看了看,厚度大小跟他买的那个差不多。

我说太好了太好了。

过了些时,我求人把棋墩画好了。

我给他打电话,说我的棋墩做好了,请你过来验收验收、鉴定鉴定,试试新。我又说上次忘跟你说了,我家做了三个新书柜,这下把书基本上都摆出来了,你来看看。他说,最近忙,等抽出空儿就过去。

当官的就是忙。老昝在过了年后的正月时,才抽出空儿来了我家。他先跟提兜里掏出两个草编的盒盒。我一看就说,云子?

老昝说,有了棋墩,还能再用你那轻飘飘的塑料棋吗?

我说,这是你的那副?那你呢?

他说,这你甭管。

我说,太感谢老昝了。

他说,俗气,咱们弟兄还用谢吗?走,看看你的书柜去。

一进我的小屋,他先是吃了一惊,接着,不由得往后站站,说,哇!好好好!

他把我的书柜都打开看了看,你这是多会儿攒下这么多书?是不是跟孔乙己学的?

我说,这话可不敢乱说。

我告诉他说,你上太谷药校那三年,后来又到了岢岚工作,那几年我一有机会就买书,我出差办案不到商店,就是到书店。还有就是,我到大同书店的知青门市部找小黄小杨,查订购书目,然后邮购。还有个渠道是,跟人换,我发现了好书有时候就买两三本,为的就是跟人交换。

昝贵说,你有《吉尔·布拉斯》吗?我说有,我准确地给他找出来。他说,那你有《好兵帅克》吗?我又给他准确地抽出来。他说,我再考你,你有《一位女士的画像》吗?他这是故意不问代表作,而问的是作家的二流作品。我又给他抽了出来。

昝贵点点头说,是不少。我说只要是世界名著里的名家的代表作,你随便点,都有。他说,不见得吧。我说可以打赌。我心想,尽管我的书不是很全面,但一般读者知道的世界名著是有限的,只要是他能说出来,我十有八九是都有的。因此我敢跟他说打赌这样的话。

他说:"打赌你死输。你忘记了叫人家嫱嫱啥了吧?"

他这是又在挖苦我,说我戒烟的事儿。

我为了戒烟,下了有一百回决心,可是戒呀戒呀,戒不了。那次在二虎人家又说,这次一准戒。老昝说,戒不了呢?我说戒不了,叫嫱嫱叫姐姐。嫱嫱是二虎人的女儿。后来没戒了,见了人家嫱嫱,只好叫人家姐姐。后来又说戒呀,老昝说,戒不了,以后叫嫱嫱就得叫姨姨。我说行。可又没戒成功,见了嫱嫱,只好是叫人家姨姨。后来,我终于把烟戒了,但现在仍然是,叫二虎人的女儿叫嫱姨。没办法,赌话说在那里了,就得算数。

我说:"这回我准能赢。你说吧,作家是谁,代表作是啥?我准有。"

老昝说:"代表作我不知道,但作家我知道。"

我说:"那你说,作家是谁?"

老昝说:"作家是,曹乃谦。你有吗?这上面有他的书吗?"

我一下子愣住了,愣了一下说:"行,半年之内我写它一篇小说给你看。"

老昝说:"光是写出不算,发表了,变成铅字了才算。"

我说:"好!今天是1986年的农历正月,从二月二龙抬头算起,半年内写出来,一年内发表了。"

一进了农历的二月,我就开始动手。要是白天写,我就能坐在圆通寺我妈的炕头上写。在我妈那里写,我最能静下心来,最出活儿了。可是那些日局里面又要让干警们学习马列,还要求做笔记。

白天我只好在单位学习,还用我的方法,展开摊子,用毛笔在稿纸的背面抄马列。

我只能是下班后在家里写小说了。我不好意思说是写小说,我跟四女儿说是单位让写个案例,如果写好了,说不定能收进案例选编书里。

我就让丁丁到大屋跟她妈去睡,我在小屋偷偷地写了起来。

动手前,我就想到了二姐的话,写生活,写自己,写真事。我决定,写写我敬爱的慈法师父。

从1958年我九岁那年,我们家由北街的草帽巷往大西街的圆通寺搬家写起。起先,寺院里的慈法老和尚讨厌我们,不理我们。可我却是对他很感兴趣,也对这个寺院的大雄宝殿和佛堂感兴趣,对佛堂里的东西、两壁山墙上画着的鬼画更感兴趣。我顾不得我妈对我的限制和要"打断你的狗腿"的威胁,想着法子与他接近。

终于趁着一次"送房租钱"的机会,进了他的家,没等他喊喝我"出去",就大声地解释说,"善爷爷,刚才我妈把钱给给我,让我把我们家的房钱给给您,让您再给给佛爷会。" 当时他正跟一个白胡子老头下围棋,那个老头听我这么说,哈哈大笑。

下面是我的原文:

"哈……"白胡子老头放声大笑,胡子还一抖一抖的。

我不知道他笑个什么劲儿,只知道他不是因为走了好棋才这么高兴。他分明是在笑我。我让他笑得有点发毛。

"小孩儿。是佛教会,不是佛爷会。要叫师父,不能叫爷爷。懂了吗?"白胡子笑着说。

我爹我妈称他师父,我怎么也能称他师父呢?我很纳闷。但我没把我的疑问提出来,只点点头。

从那以后,我一发现那个白胡子老头进了后院,听着他们下开了棋,我就悄悄地也站进他家,假装是观棋。有一次"观棋"时,他的侄孙田方悦进来了,他骂他就懂得偷东西吃,不懂得主动打扫打扫佛堂。我一听,悄悄招呼着方悦,进了佛堂,打扫开了。打扫时,方悦又不知道跟哪儿偷出了红枣,也给我装了几个,我很害怕,打扫完后,就要往走溜,没想到慈法师父在屋里大声喊说,"招人,到西房洗洗手再走。"哇!他主动跟我说话了,还知道我的小名儿叫个招人。我高兴翻了。

我就回忆就写,就写就回忆,一路写下去,写到了八年后的1966

年……写到伤心的地方,我泪眼模糊地写不下去了,只好停下来,睡觉。第二天晚上再写,可仍然是伤心地写不下去,只好再放下笔。而终于在第三天就流泪就继续写的时候,控制不住自己,趴在写字台上,放声地痛哭起来。

我的哭声惊醒了在另一个屋睡觉的四女儿,过来问我咋了。她见我擤鼻涕的稿纸扔了一地,问我犯了什么病。她说,写个案例,你是哭啥?

既然四女儿知道了,我也就不瞒她了,我有空就写有空就写,用了差不多一个月的时间,信马由缰地写了两万三千多字。当时我对中篇呀短篇呀什么的没概念,就那么把一厚沓稿子,送给了我们大同的《云冈》杂志社。编辑部的老师看后说:"行,能用。但作为中篇有点短,作为短篇又有些长。再说我们杂志不登中篇。你把它删成八千字就用。"

我一听,挺高兴,给发就行,发了我打赌就赢了。于是我就听了人家的,删。用了一个星期,删成人家要求的数儿。

编辑老师还说,"佛的孤独"这个题名不好,好像是在讲经说佛,但你的这篇小说主要是写你跟和尚,那就改成"我与善缘和尚"。

在我删改完交给他们的半年后,我的这个《我与善缘和尚》就印成铅字了,登在了《云冈》的1987年第1期上。

这就是我这辈子写出的、也发表出来的头一篇小说。用个专业语叫处女作。

《我与善缘和尚》有插图,是武怀一画的,慈法师父站在山门口瞭我。

那天上午我把杂志拿到手就先向圆通寺跑去,让我妈看。我说妈妈妈妈,您看看这个光头老汉是谁?

我帮她戴上老花镜,她看看说,认不得。我说,这是慈法师父呀!我妈说,这老汉死了多少年了,咋上了书了?我说,您再看这三个字。我妈瞅瞅瞅地说,这不是又一个你?曹乃谦,你这是出书了?

我说噢,这是我写的小说。

我妈说,妈早就跟你说过,俺娃要是写的话,准能写成,你看看,成了。

我激动地说,妈,您真煊,您是金口玉言。

后来我又跑回了花园里,给丁丁的床上放了一本杂志,展开,在页眉上面用笔写道:丁丁,这是爸爸的小说。

紧接着我就又返到了二姐家,二姐看后夸说,妹夫,这就是小说,纯文学小说。

《我与善缘和尚》虽然是发表在1987年,但印出来时,还没有到正月十五,我还没过生日,周岁还是37。

《我与善缘和尚》发表后,老笞说,你写的是慈法师父,这素材本身就感人,你有本事再来一篇。我说来就来。

那些日,我正忙。

忻州窑矿发了大案,区队的工资员到矿劳资领了工资,把四十个人的工资装在挎包里,在回区队的路上,让三个人给抢了,把人也打昏了。

市公安局领导让四处二处的两个刑警队都上人,二处让我们侦破小组上。

白局长也来到矿上,给我们联合侦破组一条二条三条做指示,他做完指示,不走了,要坐镇指挥。他这一坐镇,就得按他的那几条来。我想,这下完了,这个案子破不了了。

白局长每天给我们组一条二条三条地布置的任务,当中有些走访任务。我就去曹平谦哥家走访,后来又想到到幼儿园。我答应过只要是来忻州窑矿,就来看靳老师。可找来问去,就连那个院子也没有了,原来的派出所和幼儿园都没有了,都搬到了山下。我觉得有点好笑。

中午在招待所休息时,我躺在床上,拿出笔记本,悄悄地写。写了三个中午,写出了《小嘧嘧》,晚上请了个假,回城在家里誊清出来,六千多字。第二天往矿上返之前,送给了《云冈》编辑部。

7. 灰灰

丁丁喜欢猫,我们在东风里住的时候,她整天站在窗户前,说是"看猫咪"。只要是真的看到哪家的小房顶上有猫路过,或者是卧着,她就高兴地"猫咪猫咪"地喊叫。

姥姥腰扭着了,得在床上静躺,不能看哄丁丁。正好我表妹丽丽到圆通寺时,知道了这个情况,就说表哥我给去,又能伺候姨娘,又能看丁丁。丽丽当时在城边儿的新添堡村当知青插队生,好请假。

丽丽在东风里伺候了丁丁姥姥二十多天,姥姥在丽丽的伺候下,腰疼好了。

丽丽跟我说,丁丁真喜欢猫,那我跟村人给要一只去。我说,咱们住在二层,家里不方便养猫。

在丁丁三岁时,我们搬到了花园里二楼一单元一号住。这是一层,能养猫了。就让丽丽跟新添堡的社员要回一只小的黄狸猫,丽丽说,这是只母的,以后能给丁丁生好多小猫。

丁丁叫黄狸猫叫狐狸,喜欢得不得了,成天抱着它,夜里还要搂着它睡觉。到圆通寺的时候,她还要抱着它。奶奶叫它虎虎,丁丁说,不叫虎虎,叫狐狸。

狐狸长大了,成天招引着别的猫来家,一两只的话,在就叫它们在吧。可常常是一来七八只,喊也喊不走,气得姥姥拿墩布赶,丁丁哭着不让赶。

丽丽说它是母猫,可来家两年多,丁丁已经上学前班了,还不见它肚里怀娃子。

星期六,丁丁二舅来家说第二天要到文瀛湖去钓鱼,他的三个女儿大英虎二英虎三英虎也要跟去玩儿。丁丁听说了,也要跟。大英虎已经是初中生了,有她看护妹妹们,大人放心。我们就同意了,让二舅把丁丁带走了。

丁丁不在家了,姥姥也说到二女家住一天去,就让接走了。

就是在那个星期天的上午,狐狸生猫娃子了。

当时我不在家,是四女儿发现的,可发现的时候,已经生出四只了,正在生第五只。狐狸大声吼叫着,把第五只也生下来了。五只猫娃都生在了床上,把床单弄得血糊糊的。四女儿想把它们换个地方,狐狸发出护食时的那种可怕的声音,不让四女儿动它们。等过了半个小时,狐狸把它的孩娃们都舔干净,才让动。四女儿把它们放在了一个大的装过肥皂的袼褙箱里,狐狸在箱子外守护着它的孩娃们。

五只小猫娃都不像它们的妈妈,各是各的样。

丁丁给五只小猫娃取的名字是:黄黄、白脖、国画、熊猫、灰灰。

夜里,大猫怕小猫冷,把小猫一个一个地都给叼到了我的被窝,可在天亮我醒来时发现,五只小猫都不在了,是又都给转移到了丁丁被窝里。每天夜里都是这样,大猫用嘴叼着小猫转移来转移去的,要找最暖和的被窝。其实当时的天气不是很冷。

白天,我们就把小猫娃都捉在了袼褙箱里。

箱子的四扇盖儿敞开着。该着喂奶的时候,大猫就卧进了箱子,五只小猫滚呀滚的,爬在妈妈身上吃奶。

过了一星期,小猫娃明显地长大了,也有精神了。在箱子里,有的睡觉,有的滚爬,白脖儿扒在箱子的边沿看外边,但也不敢出来。一会儿,它就一下一下打瞌睡,丢一下盹,它闪一下,醒了,可还不下去,还扒着箱边沿看外面,看着看着,又开始丢盹。丢丢丢的,又闪一下,又醒了。可它还是不下,还是扒着箱边沿看外面,看看看的,又开始丢盹。

丁丁领来三个小朋友到家参观她的小猫娃。丁丁抱着大猫,另三个抱着小猫,我给她们拍了个照。

丁丁整天抱着猫玩儿耍,搂着猫睡觉,她的身上起了猫癣。但当时只知道是癣,不知道是猫给传染的。

那癣一圈儿一圈儿的,一分钱的钢镚儿那么大小。起初只在脸上有,后来全身都有。起初脸上只是一两个,后来满脸都是。学校怕传染别的小朋友,不让她上学了,让她看好病再去。

二舅二妗都给她看过,没效果。我领她到我们机关门诊部,也没看好。她妈又领她到了地区医院,也看不好。不仅是看不好,还都不知道她这得的是什么名字的癣。

一个多月过去了,孩子痒痒得难受,可又不让抓挠。有大夫建议说上北京吧,估计大同看不好。

我妈说,要不领孩子到三医院去试试,不行再到北京。到了三医院皮肤科,大夫问说,你家是不是养着猫?我们说不仅是养着猫儿,而且是养着六只猫。大夫说,是不是她常抱猫?我说,她是天天白天抱着猫,睡觉也搂着猫。大夫说,她这是猫癣。我们说,我们家的另三个人也是常常抱猫,搂猫儿睡,可谁也没得了这种病。大夫说丁丁属于过敏性的体质,以后也只能是与猫隔离,她才能完全地康复。

大夫给开了一种三医院自制的外用药水,一抹,见效了,第二天不痒痒了,一个星期后,癣的颜色由原来的粉红色变浅了,一个月后彻底好了,能去学校了。

在这一个月当中,我们坚决要求丁丁不抱猫,不搂猫。

在这一个月当中,我们还做出个决定,把猫送人。丁丁想起身上的那种难受的痒痒就害怕。她同意了。

白脖儿最先不在这个家了。是它自己跳窗户出去玩儿,一会又绕到了走廊门口敲门要进,它觉得有意思,经常这么做游戏,可是有一次跳出去再没敲门,让人抱走了。

我说奶奶的家里有耗子了,丁丁说,别的小猫还不会抓老鼠,那就把狐狸给奶奶送圆通寺吧。正好狐狸小的时候常到圆通寺,也走不丢。

我就把狐狸抱给了我妈。可是后来让香女的儿子给借走了,说回村抓几个月耗子再还回来,可是借走就再没还。香女就是我在《高中九题·行礼》里提到的二宝的姐姐,东院二舅的女儿。

国画给了隔壁的邻居王祥夫。

熊猫让丁丁的同学抱走了,黄黄也让楼上的邻居要走了。

留下灰灰没人要,嫌它一身灰皮,不好看。因为它的不好看,灰灰于是就这么在这个家里留了下来。

妈妈一下子没有了,另四个兄弟姐妹也一下子没有了。灰灰很孤单,整天"喵喵"地叫着,很可怜。丁丁说,我不抱你,你看我我也不抱你,谁叫你让我得猫癣了?灰灰看着小主人骂它,脸上有种不明白是怎么回事的神情。

最初我们怕丁丁还抱灰灰,不让灰灰到丁丁那个屋,丁丁一跟学校回来,我们就把灰灰关在我们的屋里,把门关住。

楼房的门很严实,而且是只有从外推或者是从里拉,才能把门打开。我们心想着把门关紧了,灰灰自己是出不来的。谁能想到,一会儿,听到丁丁喊说"出去出去",原来是灰灰又进了丁丁屋。最先我们以为是谁进大屋,它乘机溜了出来,在我们到饭厅吃饭的时候,就又把它关进了大屋里面,还专门把门拉拉紧。可是不一会儿,它又出来了。这就奇怪了,四个人都在这里,它是怎么出来的?我又把它捉住,抱进了大屋。我把门推紧,也留在屋里观察它。

灰灰先是退着退着,退到距离门有一米多远的地方,然后一下子跃起,向门扑去。门扇遭到它的扑撞,又遭到门框的反弹,弹出了一点点。灰灰它再侧躺着身子,噌噌地用两只爪爪抠门扇的边沿,几下就把门抠出一道大的缝儿,把前腿伸进缝,把门扳开。

哎呀呀,真聪明。

我把她们几个都叫进来,看灰灰的表演。一家人都为灰灰的精彩表演而拍手。灰灰让拍手声吓了一跳,钻进床下,不一会儿又露出头观察,看看刚才人们拍手是发生了什么事。

灰灰发现小主人老是哼喝它,不像以前抱着它亲它,灰灰就也不再跟丁丁玩了,去找老主人。常常是顺着身子就爬上丁丁姥姥的肩膀。我岳母到厨房呀到哪儿呀,它都不下,就在肩膀上卧着不动。

二哥看见说,妈您咋惯它那呢。二哥怕灰灰把母亲抓着,慢慢地把灰灰捉了下来,可不一会儿它趁二哥不注意,好像是上树似的,把老主人的腿当成树干又嗖嗖嗖地爬了上去。岳母说二哥,就让它在哇就让它在哇,它又不沉。

有个早晨,灰灰嘴张得大大的,冲着人让人看,也叫不出声,嘴也合不住。我奇怪地抱起它,原来是嘴里有了东西,细看,是鱼的脊梁骨。丁丁要给掏,我说看它咬了你手,我用竹尺子把它的嘴撑住,丁丁好不容易才用铅笔把那块脊梁骨从嗓牙上撬下来。

没过两天,灰灰又闯了大祸,是它自己从二楼的外面窗台上摔了下来。

我曾经见到它从我们家的厨房外接部分的顶子上跳上过二楼的外窗台。它那是去找它的同胞黄黄,当时黄黄就在屋里的窗台上卧着。

我分析,这次它一定是又看见了黄黄,可它没有跳得准确,给从窗台上摔了下来。可它正巧是给摔在了小院里的一盆仙人掌上。

我在屋里听到惨叫声,跑出去,一看是灰灰在小院儿地上,动也不动,躺着。我以为它死了,往起抱它,可我就像是在抱一个仙人掌。原来,它的身上扎满了仙人掌的硬刺。

我把它放在椅子上。四女儿打着手电,我跟丁丁拨开它身上的毛,一根一根地寻找着,往出拔它身上的硬刺。单是左边一侧就大大小小找出二十多根。我们想给拔右侧的,但它不让我们给它翻身,一给翻身,就大声地惨叫。

它能呼吸,肚子一鼓一鼓地出着气。丁丁叫一声灰灰,它微弱地"呜"一声,算是回答。再叫,就不答应了。

它不让我们再给它挪地方了,就在椅子上侧身躺着。丁丁给它喂水,它努力地抬起头喝了半碗,但仍然是不让我们再动它。

半夜我醒来,它还在椅子上,没有挪窝儿。

岳母说,它的腰断了。

我到劳委技校叫来二哥。二哥说管它,死马当活马医吧。给它打了一针封闭针,先让它止住疼痛。后来又给它打了一针什么针,我不记得了。趁它打了针不疼痛时,我们赶快给它的另一侧身,寻找硬刺,都拔了出来。拔出硬刺的地方,有血水往出流。二哥又给它的身上抹了紫药水。

灰灰命大,没死。但是,不会走路了,两条后腿不能动。只能是靠两条前腿拉拽着身子,爬行着,一点点向前移动。

眼看着是一个严重残疾的小猫,它的身边得时时有个人,来专门伺候它才行。我妈说,你给妈抱来哇,尔娃也是条命呢。我就用提兜,把它兜到了圆通寺。

我妈正为刚才有个蚊子没打着,气得骂自个儿。

我说,妈,把灰灰给您提来了。

我妈说,放下哇,尔娃也是条命呢。

灰灰自己上不了炕,多会儿想上也得我妈往上抱它。它在地上抬起头,喵呜喵呜叫,意思是想上炕呀。想下地也是,看看地,看看我妈,喵呜喵呜叫。

我妈在地上给灰灰铺个棉垫,旁边是它送屎尿的沙簸箕。

房背后有人盖小房,剩下了沙子。我妈见房盖好了,问沙子要不了。那家人问说,您要这干啥?我妈说养了个拐猫。那家人说,那您措去哇么,我妈高兴得像是得了宝,措了人家好几袋。

中午我坐在炕上,吃饭,灰灰一下一下地,慢慢慢慢地爬到了我的腿上。我怕把它弄疼,不敢动它,它爬爬爬,跌进了我的两腿中间的窝窝处,我仍然是不敢动,又等了一阵,它才又慢慢地调整着身子,卧好了。我好感动,嚼了炒鸡蛋喂它。

我妈说尔娃可懂事了,那天夜里尔娃想下地,怕聒吵我,自己往地下跌,"哇"地大叫一声,把我吵醒了。我一看,是睡觉前我忘记了给它往炕上端送屎尿的沙簸箕了。

我妈说尔娃爬爬擦擦地跟了我三年,尔娃也是条命呢。

有些日,灰灰消化不好,拉肚子。我就让四女儿给开了好多干酵母。我妈稍嚼嚼后,用手指抿着喂给它。以后,灰灰一觉出胃不舒服,就自己爬到后炕,把纸袋儿咬破,自己嚼着吃干酵母片。

那次我问我妈说,它那是吃啥呢?嚼得嘎嘣嘣的。我妈说,就是四子上次给它拿的猫药。

我妈叫不来干酵母片,叫猫药。有意思。

我把这话说给四女儿,她听了也觉得有意思。

那以后我们把干酵母就叫猫药,要是谁消化不好,就说,吃点猫药哇。直到现在也是这个叫法。

灰灰常常是整上午地在炭仓那儿守着,眼睛盯着一处地方动也不动。我妈说它,看你那哈货还想逮个耗子?"哈货"是说那些没力量没本事,软弱无能的人。

房上有个黑大猫,看见灰灰,不知道怎么就知道灰灰是个拐猫,打不过它,就跳下炭垛,又跳下地,来攻击灰灰。灰灰受了惊吓,可又一下子跑不了,拼命地呼叫。正好我妈在院,大声地冲着那个黑猫喝喊,它这才跳上炭垛又蹿上了房顶,逃跑了。

那个大黑猫一直在瞅着机会,要来欺负灰灰。那个大黑猫它根本没想到,我妈饲养的四只母鸡,会保护灰灰。母鸡们只要是听到灰灰的呼叫声,就会一齐冲过来,扑向大黑猫,鸹它。这样雄壮的场面,我亲眼看到过两次。我觉得有点不可思议。

可是,悲惨的事情还是发生了。

后来当灰灰又在守护炭仓,想抓个老鼠时,躲在炭垛上的大黑猫,观察一阵后,发现这家的老主人没在院里,母鸡们也没在院里,它就猛地一下跳了下来,扑向灰灰。灰灰自然是没有半点反抗的能力,想转身往家爬,可也爬不快。我妈在屋里听到灰灰惊慌的呼叫声,大声"打打"地喊喝着,赶紧往出跑。母鸡们也往过跑,但是他们到得迟了,灰灰的右后腿让大黑猫给扯下两寸长的一块皮,流着血。

我进家时,我妈正给灰灰抹紫药水,灰灰冲着我低声地"喵呜,喵呜"叫。

我一下子气愤了,拔出腰间五四枪,"哗啦"地把子弹推上膛,冲出院想找大黑猫算账,想一枪把它打死。

我妈追了出来:"招娃子你闯鬼呀,野子子打着人呀。"

在我妈的提醒下,我这才冷静了下来,把枪别在了套里。

那以后,凡是灰灰守在炭仓时,我妈就在旁边守着灰灰。我妈回家时,也把灰灰抱回家,不让它单独地在院里。

再后来,我妈给用碗扣在扣着的酒盅上,酒盅边沿下再放一点吃的,她用这种方法逮老鼠,给灰灰吃。

可是,因为灰灰后腿的伤口太大,一直没有好彻底。这只可怜的

167

残疾猫,终于不行了,身体发烧。我把二哥又叫来了,给打退烧针,可还是退不下去。

它好几天不想吃东西了,就连我妈给它捉了老鼠,它也不想看了,趴在棉垫上,动也不动,只能是从身体的一起一伏,看出它还活着。

那天中午我一进门,眼睛扫不见灰灰,它的棉垫也不在地上了。

我说,妈,灰灰呢?死了?

这时,我听到"喵呜"的一声低叫。

是灰灰在一进门的篓子里回答我。

我蹲下身,探进手,摸摸它的头,它也不理我,不像是以往那样,我一摸它它就用头拱我,现在它是已经没有力量拱我了。

第二天的早晨,我急急地从家里返到圆通寺。一进门,看我妈。我妈说,死了。

我把灰灰装在布袋里,放进车筐。后衣架还插着一把铁锹。我顺着去矿务局的方向,一直往西骑,左瞅右看,我不知道把它埋在哪里合适,后来一下子想到,埋到我们学校后边。

灰灰是只高智商的猫,也应该埋在高级学府的旁边。

我埋了灰灰回到圆通寺。我妈跟我说,你到厕所去看看,看看粪池里有啥。我不明白我妈是什么意思,看我妈。我妈说,尔娃灰灰死了,咋还能叫它活?

我跑到厕所看,看到那只大黑猫的尸首,在粪池里泡着。

我问说:"妈,您咋就把那个坏家伙给弄死了?"

我妈没说是咋弄死的,只是说:"咋还能叫它活?"

我看见我妈的眼里闪着那种凶凶的光。

8. 宣教科

贵锁是部队下来的正营职干部,也没说在我们刑警队任什么职务,刘队长让他跟着我们侦破组搞案子。他的字写得很快,很流利,正适合做询问笔录。

糖厂案子我们带回个小后生,长得就像是电影里的娄阿鼠,小眼睛偷偷地看人,看了这个看那个。你一看他,他赶快把头捩一边儿。他平素就有小偷小摸行为,正好案发的第二天,他又偷了一饭盒白糖,出车间时让扣住了。他不是我的怀疑对象,可他有利用的价值,我就把他带回队里询问,让贵锁做笔录。

贵锁问说,老实讲吧,你偷了几回?

娄阿鼠说,老实讲,就给您偷了两回。

贵锁说,啊,你给我偷了两回?

娄阿鼠说,不是不是,给您偷了三……那个四回。

贵锁大声说,你怎么是给我偷了? 我认也认不得你,什么时候让你偷了?

娄阿鼠说,我真的是,给您偷了四回,要不,就是,五回,对了,想起了,我就是给您偷了五回。

贵锁一拍桌子,说,还搅!

我们在旁边哈哈大笑。贵锁转身跟我们说,你们看看,你们看看。我们笑得更厉害了。

"给您",是"跟您说"的意思。

贵锁是晋南人,听不懂雁北乡下人的话,气得脸也红了。

贵锁爱人老张在粮食局下面的供应站上班儿,他问我家好吃莜面不好吃,我说雁北人没有不好吃莜面的。他说,那你去找老张,买上一袋;后来又补充说,内供。

一袋五十斤,我们家留一半,给我妈提了一半。我妈高兴地说,哎呀,年长了没吃莜面了,我记得俺娃最好吃压饸饹。我说,记得呢,小时候放学一进门,饭没熟的话,我就跟笼里够出冷饸饹,撕开,倒点酱油醋麻油调一碗,真香。我妈说,俺娃记性好,小小儿时候的事也记得。

为了感谢贵锁,大年我专门去他家拜年,给他孩子一人五块压岁钱。

后来他不在我们刑警队了,当了党委秘书。

老王在我们做家具的那年,小牛又给他生了个宝贝儿子。老王是我们朋友里头认字最多的一个。他给大女儿取名叫憬陶,二女叫憬苊。这下有了儿子了,叫齐齐,意思是齐全了。

老王说,你在糖厂破过案,给齐齐在那里批点白糖。我找保卫科给他批了一袋。五十斤。出厂价。

我女儿丁丁的作文在班里老是受到表扬,老王跟我说,这保险跟你的指导有关系,苊苊的作文不行,你也给她指拨指拨。二虎也说过这样的话,让指导他家姣姣写作文。四女儿说,那你干脆给朋友的孩子们办个作文班吧。我就让孩子们在每个星期日的上午,来我家写作文,当堂交稿,现场讲评。有人给传出去了,说曹乃谦办了个小作家班儿。

在二姐的"写生活、写自己、写真事"的启发下,我也要求孩子们这样做。

王憬莅的作文里写了一件事,说她的语文老师在课堂上把她的莅念错了,念成"位"。下面的同学大声说,错了错了老师错了,那个字不念"位"念"立"。老师气得骂憬莅:"回家改名字去!这是啥家长,成心叫人往错认。"莅莅吓得回家让爸爸给改名字。

她的这件事写得很有意思,我给这篇作文打了90分。

班里的学生,我最看好杨凌雁,她不仅是长出了灵气,作文也写得好,我预言她以后是个文学才女。

慧敏跟我说,小曹儿开窍了,听说你家办了个小作家班。我说又不是收费班,都是朋友们的孩子。她说把我的吴炎炎也收上,我说行。她说还有一个小男孩,表弟的孩子,他爸爸在口泉火车站工作。我说一块儿来吧。又一个星期日上午,她把吴炎炎和那个小男孩送我家了。

我写慈法师父的小说在《云冈》发表后,我专门给贵锁送了一本。过了些时,他打电话把我约到他的党委秘书办说,小曹你能写会画的,听说以前还在矿务局文工团待过,你是个文人,应该是坐办公室的。

又说，我看了你的小说，真感人，你应该继续写才对。可你现在整天东跑西跑地搞案子，哪有时间发挥你的特长。

我说没办法，搞案子是我的工作。他说政治处想让你去，你想不想去？我说只要是不让我写政工材料，就去。他说，那好了。

在我站起正要走的时候，他突然问我，小曹你是哪年入的党？我说我哪年也没入过党。他"啊"了一声说，怎么，你还没解决组织问题？我说我可想解决呢，可就是解决不了。他说你入党申请是哪年递上的。我说，最早是1974年，后来又写了好多，都递上去了，都没音。他说，呀呀呀，算算，这都十二年了，地方呀，在这方面哪么也是不如部队。我说，后来我也就没了这个想法了，好好儿破我的案就行了。

最后他说，行了小曹，我知道了。

贵锁跟我谈完话的一个星期后，慧敏就敲我们刑警队的门就喊，小曹儿，有人找。我出了楼道，见就她自己，我问谁找我。她笑着趴我耳边悄悄说，有好消息。我心想着，好消息，那一准是我打赌写的第二篇小说《小嘧嘧》又印出来了。我说是不是又发了？她说，什么又发了？我一想，我这第二篇小说的事，还没跟任何人说过。我就说，我会有啥好事？她说，什么又发了，是不是你又投了小说稿子了？

我永远也别想瞒住人什么事，我只好承认，说又写了，送给了《云冈》编辑部。她说，比这事儿大。然后鬼毛溜眼地看看左右，说，局长问我说，是不是你们处小曹的组织问题还没解决。我说，这算啥好事。她说，天机不可泄露，你甭跟人说，然后走开了。

就在那天下午,二处组织委员叫我,给了我一张表,让填,我一看,是张党员登记表。

原来的唐科长退休了,这是又换了个人当组织委员。那人嘴张得就好像是油砟也似的,忔腻腻地对我笑。

我没笑。看着这张表儿,我想哭。

见我没笑,也没表现出兴奋的样子。他收住了笑眉眼说,预备期是一年,这一年当中你不犯大错误的话,才算是正式了。

我没吱声。

我的这个事,一直没跟我妈说过,我怕我妈又瞎骂,甚至会说,不稀罕它,把那个表撕了,剟在他脸上。

但我在心里跟我爹说了。我说爹,我的组织问题解决了。但有一点要告诉您的是,我肯定不是通过不光彩的方法来解决的,我既没跑,也没送。我要那样的话,我知道您一定不会原谅我,我要那样的话,我自己羞也会羞死。

1987年8月,局里开大会,宣布我是政治处宣传教育科的科长。贵锁是分管宣传教育科的副处长。

给我的宣传教育科安排了两个小年轻,白文涛管宣传,李波管教育。

这下我可有时间写小说了。

老爹,你还想跟我打赌吗?

我到了圆通寺,跟我妈说,您明天中午别给我准备饭了,明儿中午我还请您到我办公室去吃。我妈说俺娃明儿又值班？我说不是值班，是我换了新的办公室，明天是礼拜日，我请您去参观参观。

我平素在家不做什么家务，但我是每个星期日的上午，都要开洗衣机。我又说妈，您把盖物的护里拆下来，明天上午我洗完给您拿过来。

第二天我在花园里洗完了衣服，给我妈把洗完又甩干的护里拿到圆通寺，担在院的绳子上，然后领我妈步行着到了我们公安局。

我先把我妈送上了我们宣传教育科。我说妈，这是我的桌子，您看我的这把椅子多好，还有坐垫，您坐哇。我妈按了按坐垫，没坐，她趴在窗台上看看街外说，妈又看见花园的东湖了，妈上次来过你这个屋。我说不是，那次我领您来的是楼下的这个屋，现在咱们是又多上了一层，在那个屋的楼上。

我妈说，当时那个屋好多桌子，这个屋就三个，看这宽敞的，您看，还有床。

打饭时，我跟食堂借了一只碗，吃完饭我到食堂送碗回来，进屋不见我妈了，我以为她是去厕所了。尽管是星期日，可每个部门都有值班的，她认不得字，别是进了男厕所。我赶快先进了男厕所看，没有。我就站在走廊等，怕她出了厕所认不得我的办公室。等了好长时间，不见她出来，我就走到女厕所门口"妈，妈"地喊，里面没人答应，我进去看，我妈没在里面。哪儿去了？回家了？咋不跟我说一声就回家了。下楼问门卫，说没见你妈出去。我们进来的时候跟他打了声招呼，他知道老人是我妈。

这就奇怪了,我赶快又返上我们科,这下看见了,看见床前我妈的鞋了,她在床上睡着了。床在大卷柜后缩着,进门不专门看,不会看见有床。

她睡着了,就别往醒叫了,我想起楼下刑警队我的卷柜还有东西没拿上来,我还拿着刑警队的门钥匙。我就下了楼,等我把东西整理好抱上来,这下我妈可真的是不在了。她一定是醒来不见我,就自己回家了。

管她,走不丢。那年我妈自己坐着火车到太原,还一点也没绕路地找到了医院,她肯定不会有事。再说,那个白局长退休了,不会在大门口拦住她,问为啥又来公安局吃我们的食堂。

可当我把抱上来的东西放好,一转身,我妈进来了,说妈刚才给睡了一觉,妈一吃晌饭就想跌倒头睡一觉,醒来一看俺娃不在了,心想着俺娃一准是尿去了,妈也就去洋茅厕尿了泡。

我不由得失笑起来。想起一个词,时空错位。

我妈说,看这床单白的,白士布。我说是的确良。我妈说,哪么俺娃们也是拾掇得干净。我说我们科小白是回民,爱干净。我妈说,回民都是干净,咱们房后头库大大他们一家人都是那干干净净的。

我妈说,刚才还梦见你姥姥了。我跟你姥爷在西洼种瓜,你姥姥给送来饭,提着黑瓷饭罐。我说妈,以后我就不再搞侦破案件的工作了,就每天能保证跟您吃午饭了。

我妈说不做破案的事,那你就不用跟坏人打交道了,妈就放心了。我妈问那你以后做啥工作呀?我说是机关工作,以后能有时间写小说了。

　　事后慧敏跟我讲我才知道,半年前,局领导就开始大调整班子,先是调整决定了各处级干部,谁当正处谁当副处。那些正处副处们,各自也都已经知道了,但没有正式下文件公布以前,谁也不准外露,否则就取消你的资格。

　　紧接着,又开始商定处以下的科职人员,处长副处长悄悄地物色挑选人员,就在这个时候,贵锁找我谈话,问我想不想到政治处。我说只要是不让我写政工材料,我就愿意。也就是说,那次贵锁还是党委秘书时,就已经清楚自己是政治处的副处长了,甚至也已经清楚是分管宣传教育,于是他就向领导推荐我到宣传教育科。也就是在那个时候,他才知道我已经递交入党申请书十二年了,可还是个群众。

　　于是贵锁就说,行了,我知道了。

　　慧敏说我到宣传教育科,是贵锁一手给忙乱成的。

　　他向正处长孙赞东推荐我,孙赞东说,行,乃谦我们熟悉。

　　赞东是我五中的同学,比我小三岁,不是一个年级的。后来他也到了红九矿宣传队,弹琵琶。不过那时候,我已经到了矿务局文工团。我们没往来,但也相互知道。后来他上了政法大学,毕业后到了市公安局,当了团委书记。

　　他到市局当团委书记时,我在楼梯碰到过他。后来各忙各的,也不联系。

　　这次大调整班子,赞东当了政治处处长,贵锁向他一推荐我,他就同意了。

这时我又回想起,慧敏那天跟我说,局长问她,"二处小曹还没有解决组织问题?"

慧敏在这次的大调整中接了贵锁的班,被任命为党委秘书。那一定是局长找她谈话时,赞东或贵锁已经向局长推荐了想让我当宣传教育科的科长,可又说小曹还不是党员的这件事。于是,局长找慧敏谈话,也顺便地问到了我。

当时这样的事都是党的机密,所以慧敏跟我说,天机不可泄露。可她还是跟我泄露了一点。只不过是我没有这方面的头脑,没有想到这算是什么好消息。

到宣传教育科,对于我今后的前程来说是好还是不好,这是另一回事,但这得感谢贵锁赞东他们二人。知遇也好,错爱也好,这得感谢他们看得起我。

为了感谢他们,我向他们保证,一定会把接受的第一个任务漂亮地完成。

我接受的第一个任务是由宣传教育科组织歌咏队,去参加国庆节那天在市体育馆进行的"十月金秋歌咏比赛"。

市里要求,所有县团单位必须组织一个歌咏队参赛,每个队必须演唱五首歌曲,而且其中必须有一首是自己单位作词作曲的创作歌曲。

时间还挺紧,不到一个半月了。

赞东说,贵锁你带着小白小李,负责组织人员,乃谦你给创作歌曲。

　　我在圆通寺我妈的家,先把词编写了出来,后配曲子。我妈说招娃你干啥呢,梆梆梆、梆梆梆的。我说我编歌儿呢。我妈说,你不破案子了又编歌儿。我说回头领您去看看我们比赛。

　　一个星期,我作词作曲的《公安战士进行曲》编写出来了,赞东识谱,一看就说好。我给贵锁也试唱过,他说好,有军人的气魄。

　　又过了一个星期,贵锁和小白小李把百人合唱队也组织起来了。除了市局机关外,又跟四个分局还有交警队挑选人员。四十个女的六十个男的。

　　这个百人合唱团,女的一个比一个漂亮,男的一个比一个英俊。

　　我最看好南郊分局的陈彩霞,小姑娘人长得精神,性格泼辣,说话吧吧的,有点晴雯那种嘴不饶人的劲儿。她的嗓音纯正还甜美,唱"一条大河波浪宽"那段,我让她领唱。

　　第二天就要比赛,我让昝婶婶领着我妈到体育馆看我们比赛,昝婶婶说票呢?我说不要票,您俩到时大大方方进就行了。

　　上午八点半瞭着她们来了,我把她们安顿在了观众台。赛完我又把她们送出体育馆。

　　我问我妈看好了没,我妈说看好了。昝婶婶说,啥看好了,曹大妈圪窝在座儿上睡得呼呼的。我说那么多人唱,您还能睡着?我妈说,我一看唱就瞌睡。

　　我想起我小时候,我们一家三口到南戏院看戏时也是,任你台上咋敲锣打鼓,我妈一直是丢盹,戏散了,她心亮了机明了。

我们市公安局这次参赛的结果是,获得了组织、演唱、服装等等的几乎全部的优秀奖。

所有的创作歌曲的评比,也是不分等级,只评优秀奖。在参赛的二十几个单位的二十几首创作歌曲里,只评出了三个优秀奖,其中有"曹乃谦作词作曲"的《公安战士进行曲》。

后来,我的这首创作歌曲还被刊印在了《大同交通》报纸上,说是"供广大爱好者传唱"。

进了宣传教育科后,我的第二篇小说《小嘧嘧》又发表在了《云冈》上。编辑部有个好心人跟我介绍说,谁谁谁的评论文章写得好,你求他给你写个评论,这样就会引起更多读者的注意,你的知名度在大同一下子就提高了。我说我不做这样的事。他说,其实你也用不着咋求,你给他送上两瓶高粱白或者是送上两条迎宾烟,他就会给你写。我说,我不做这事。他说,你不给人家送,人家凭什么白夸写。我说不,我不求人夸我,谁看好我的文章,他想写主动写,想夸主动夸,我在心里也会感激他们的。但是,我决不会求着人来夸自己,弄虚作假这不是我的性格。他说,人家给你写了评论,以后,你的文章说不定还能获个《云冈》小说奖散文奖什么的,你想想,那奖金早就超出了你花出的烟钱酒钱的数儿。比如说,你送礼花了一百块,可你的奖金是三百块,除去你花出的,还剩余着二百块净落不说,还多出了一个《云冈》奖,这样你是名也有了利也有了。我说,快打住快打住,你快甭说了,我讨厌这样的做法!我这一辈子决不做这样的事。他说,愣去哇,你

179

不这样做,你即使写得再好,最多也就是大同文坛上的一个隐士,没人会知道你。我说,隐士就隐士,靠送礼换来的这奖那奖,我不需要。

我用了半个月的时间,连采访带写作,又写出了报告文学《十字路口的丰碑》,宣传我们市的好交警郭和平。省公安厅杂志的记者下来,把我的这个稿子要走了,后来几乎是原文登载在《警钟》上,但作者署的是记者自己的名。

我又写了一篇散文《永久的怀念》,也是宣传郭和平。

我的这些文章都被人收集之后,又给改编成了电影剧本。

我们处里有人说,他们把你的稿子这么用来用去,也不跟你说一声,更不署你的名,他们这样做是不对的,你跟他们打官司。我说打什么打,他们用,是瞧得起我的稿子,是说我写好了,我感谢还来不及呢。

我在宣教科里,真正算起来,也就是待了一年的时间。

1988年过完农历的二月二,市局领导又给我布置了新的任务,让编写《大同公安史》。

从此,我就脱离开了宣传教育科的琐碎工作。

9. 公安史

1988年正月,孙赞东处长把我叫到办公室说,乃谦,你另有任务,刘局长点名叫你参加编写《大同公安史》,具体的情况你去找刘局长。

当时我们的局长叫张升东,刘局长是常务副局长,二把手。

赞东又说,乃谦,过年时在岳母家说起,你原来跟我大姨子是初中同班同学。我问叫个啥?他说,萧桂梅。

哇!我们班的文艺委员。我们两个一起办班里的板报,她画我写,同学们悄悄议论说是"天仙配",可惜没缘分。

我问,她找了个做啥的?赞东说,你认得。我说,我认得?谁?他说,高昆。

哇!昆哥。他是我们矿务局文工团的演员,排《红灯记》时,扮王连举,后来到了矿务局医院,中医科大夫,手绵绵的,给人号脉。

我说,赞东你说失笑不失笑,按说大同也有三百多万人口,咋说起谁都能勾挂上。赞东说,不是大同不够大,而是精英不够多。

我点头。领导说出的话,有琢磨头。

我问,几个人写公安史?他说两个人,还有一个是周新和。

我说,哇,又巧了,周新和也是我同班的同学,大同一中高中的。

赞东说,你看,我说的是精英不多吧。全公安局就挑出你们两个,还正好又是同班同学,看来大同一中是出精英的地方。

我说,我可算不了什么精英,最多是个山中没猴子,松鼠称大王。说完,我有点后悔,抖文总是不好。

赞东笑说,你找刘局长去吧。

我叫了老周,找刘局长。刘局长说,市里成立了大同市史志办,要求各局都相应成立,咱们局是你们两人。

我们两个相互看看,笑。

我真也是觉得好笑。1965年我和老周考到了一个班,一步一步走到现在,这又成了一个办公室的了。我认为,这不是精英不精英的问题,这是缘分。

刘局长说,听说你们是同班同学?到底也是大同一中的学子厉害,一定完成任务啊。我和老周同时点头。刘局长说,乃谦,你的那篇写和尚的小说我看了,好,感人,还深刻,里面虽然是什么批评的话也没说,可叫人看过后,就觉得是批评了什么。他又说,《人民日报》总编对你的那个评论也好,娓娓道来。

刘局长说的"娓娓道来",是《人民日报》主任吴晔看了我的《我与善缘和尚》后的评论,他说:"至浓而淡,浓情寓于琐细,佛道人道?且娓娓说去,不管归处自有归处。"

刘局长说,那是处女作吧?老周说,是乃谦写的头一篇小说。刘局长说,头一篇小说就受到了《人民日报》总编的好评,乃谦你厉害呀。

我说吴晔不是总编,是《人民日报》的副刊部主任。刘局长说,那也了不得。老周说,乃谦我还没见过这个评论呢。我说,等我给你看,在《云冈》87年第3期上呢。

刘局长说,乃谦你编写的《公安战士进行曲》获得了市里的奖励,咱们这个公安史,也得获奖呀。

我说没问题,一定。我举了下拳头说,保证。

老周说,尽力。

刘局长笑着说,你们两人一个内向一个是……他没有想起个准确的词,最后说,"活泼"。

我们笑。

刘局长说,办公室也给你们腾出来了,需要什么跟我打招呼,我给批。具体的是怎么个事,明天上午九点,你们到市委史志办,王书记给你们开会。他是市常务副书记,这个事他亲自抓,而且是一抓到底。

我和老周说好了,第二天各走各的,九点准时到市史志办。老周先到的,给领了几份资料。

看资料知道,要求的是三年内完成。史志时间下限是,1985年前,上限没有,越前越好,有多前写多前。但必须是有多少说多少,务求真实,有啥说啥;以史料为准,不得虚构。

市里的史志办说全国数武汉这个工作做得好,已经走到前头。我们就跟刘局长提出到武汉公安局取取经,学习学习。他同意说去吧,早去早回,早动手早完成。

两个老同学,还是关系要好的老同学,要一起出差,去登黄鹤楼。我高兴得睡不着,问老周,他说也是。

我跟我妈说,我到武汉去呀,单位让我出差呢。我妈说,去那儿做啥呢?我说,单位让我写公安史,先让我们去武汉取取经。我妈说,听死鬼师父说过这个地方,净是寺院。她突然想起说,你们取啥经?

当时忠义表弟正在我家,来看姑姑了。听我妈这么说,我们先是都愣住了,后来是忠义明白姑姑说的是啥了。

忠义说,姑姑,您说的那是五台,五台就在山西,人家武汉离这儿可远呢。我想起我妈去过太原,就说,比去太原再远好几个去太原。

我妈还不明白,说,那当警察的去那儿取啥经?

我笑了,说,妈,不是您说的那个取经,人家是那个取,那个经。我也说不清了,笑。

玉玉也笑,忠义也笑,一家人笑。

忠义说,越说越糊涂,快甭跟姑姑说了。

见人们笑她,我妈说,我不懂哎,我不问咪。最后是玉玉给姨姨说清了,我妈这才点头,说,我当是和尚念的经呢!招娃子,那咋不叫别人去?

忠义说,姑姑您当那好写呢?那可不是捉一个人就能写,那可是得有写作功底的人才能写。

我妈说,我早就说过,我那娃娃到了那天津北京也是那好好里头的那好好,这又到那个……大城市去取经去呀。

一家人又都笑。

1988年3月10日,我和老周坐火车出发,22日返回大同。

在武汉我给四女儿买了一双皮鞋,老周也给爱人小张买了。里面是黑色的毛皮,像是狗皮。

在北京,我给我妈买了一块高级表,瑞士梅花。

在天桥逛旧货市场时,原想着是买副云子围棋,没想到一下子发现了这块梅花表,标价120元。服务员说,上海的价瑞士的表,我问为什么这么便宜,他说,旧货嘛,他说也不太老,五三年的。我听听,声音是脆脆的,也不知道准不准,没敢买。回了北京市公安局招待所,越想越后悔,给我妈买!第二天一大早,我就赶到了那里,九点才开门,跑去一看,在!

我原想着是给妈买点吃的,不买东西。这下好了,给我妈一块表。

我为我这个决定而激动,好几回在心里夸赞自个儿,这次可办了个漂亮事。

一出市场门,碰到了常吃肉和杏花,杏花也是我的小学同班同学。

"啊!你?离了?"我悄悄问常吃肉。

"不是,是我出差。领着杏花出来玩儿。"

"好,好。"

他跟我说,她有她的初一,我就有我的十五。我当然知道他的"她有她的初一"是什么意思。他是说,如果光有初一没有十五,就不平衡。

我说,这下,平衡了。

他让我代问曹大妈好。他说,如果不是老人劝我,那些日我真的是想不开了,非要把她那个王八蛋姐夫拿刀捅了不可;要是那样的话,哪有我们今日的幸福。他把杏花的肩膀搂得更紧了。

我照他的话说,有初一,就该有十五。

分手时,杏花说,老曹再见。她也叫我老曹。

我跟她握了握手。

刚才杏花脸没红,可这下脸红得真厉害,像桃花。

回家,把表掏出来,放在我妈手心,妈,给您的。

我设计了好多方案,看看咋能叫我妈接受这块表。方案一,方案二,方案三。没想到,我妈说,你给妈买的,妈戴,叫你死鬼爹看看。我妈说这话,有点快哭的样子。

我妈以前可不是动不动就扁起嘴要哭的,她是变性格了。老了?

玉玉说,姨姨我教您认表。我妈说用不着教,我认得马蹄表就能认得这个表。玉玉叫我妈认现在是几点,我妈抬起手腕看看说,看不着哎,眼花得看不着哎。玉玉给够老花镜,我妈说,甭够了,我也不看它,我戴着它就顶是戴着个镯子就行了。戴到单位让他们看看,我儿子出差给他妈买的,英格。

玉玉说,不是英格,是梅花。

我妈说,管他,反正是进口好表。

我的第二篇小说《小嗞嗞》在《云冈》刊登后,我给昝贵送去一本。当时他在单位,他翻看着杂志说,行啊行招人,祝贺祝贺。中午在他家喝啤酒时,他说你这是不是跟《云冈》杂志的编辑熟悉。

听他这话音,是怀疑我走了门子。

就是因为不愿托关系走门子,我写申请后的第十二个年头才入了党。他这居然怀疑我这。我说,老昝你这是啥意思?他说没啥意思。我说没啥意思你刚才说那话是啥意思?他说招人你甭急,我是说《云冈》是本地办的小杂志,你有本事在《北京文学》来一篇。我说来就来。他说,你能在《北京文学》来一篇,这才算你有真本事。

他这还是对我有点怀疑,意思是说,《北京文学》杂志社你肯定拉不上关系,那要是能发了,那才算你真的本事。我说,老昝你等着。

前两篇我写的是城市题材,而这次写的是农村的,写写我十二年前在北温窑给知青带队时,让我难忘的人和事。写城市和写农村,语言应该有区别。于是,我想起了斯坦贝克。想起了他那使我陶醉的《人与鼠》。斯坦贝克用的是他熟悉的美国南方的乡土语言,而我熟悉的当然是雁北地区农民的语言了,进一步说,我最熟悉的就是我们应县的家乡话。

这里,我再次感谢李陀老师,是他给我推荐的斯坦贝克。我也再次感谢斯坦贝克,是他的《人与鼠》,使我定下了用乡土气息的语言基调来写《温家窑风景》。现在回想起来,同样的题材同样的素材,我如果用了别样的语言写了,那汪曾祺老就不一定会看好我的这篇小说了,也不会给我这篇小说写专评了,也就不会进一步地引起海内外文学界的关注了。

语言风格定下来了,结构呢?

那些时,我刚刚看了一本跟书一样的杂志《外国文艺》,里面有个短篇小说引起了我的好奇。不到五千字的小说里面,又分成了七八个小的章节,还都有标题。这七八个章节独立成篇,内容还又都关联着。我从来没看到过这样的小说形式。我就专门留心地记一记作者:阿根廷的博尔赫斯,那篇小说的题目和内容都忘记了,但这个结构形式我觉得很是新颖(后来我买到过博尔赫斯的文集,他的小说净是这种样式)。我的这第三篇小说,为什么不也来这么一下呢?一个小题一个小题地写,每个题一千字。我这篇小说打算写六千字,那就写六个题。好,就这么定了。

至于每一小篇的题目,那我照契诃夫的办。我最佩服契诃夫给小说取名儿了,写农民就是《农民》,写妓女就是《妓女》,从来不绕绕弯弯。我给我的这六篇定下的题目是,《亲家》《莜麦秸窝里》《女人》《愣二疯了》《锅扣大爷》《男人》。

如何才能做到每一篇的字数不超出一千呢?冰山理论发明者海明威大师早已经告诉我了:把八分之七留在海下。好,简约,简约,再简约。

可当我把六篇都写出来后,加起一算,字数超出了七千。不行,按既定方针办,于是,把《男人》取掉,留下五篇。

我的第三篇小说《温家窑风景五题》写好了,可我不知道《北京文学》杂志社的地址,我就到《云冈》编辑部打听,碰到文友乌人,他告诉我,说北京作协和《北京文学》举办文学创作函授班面向全国招学员,这就要来大同组织笔会进行面授。他让我赶快报个名,就能参加这次的笔会。

哇!居然有这么巧的事。

事先没约会,你正想找她,她就要来。缘分,缘分。

我赶快寄资料,报了名。

是《北京文学》编辑季恩寿老师给我回的信,他特别地提醒了我在大同面授学员的时间。他知道我是在大同公安局的刑警队工作,怕我到时出差,那就误了。他还告诉我说这次笔会由副主编李陀带队,并将邀请汪曾祺老先生到会作指导。

哇！太是个好消息了。

1988年4月20日，汪老他们来了，就住在大同市政府招待所，创作笔会也在那里举行，离我们单位不远，我可以抽空儿去听课。

知道他们来了，我在头天晚上把早已经写好的第三篇小说《温家窑风景五题》给了季老师。在这之前，我让一家省级刊物的编辑看过，得到了"清爽宜人"的评价，但说内容有些涉嫌自由化。因为这，我把握不准该不该让汪老他们看，就让季老师给把关决定。第二天上午我一进会场，季老师就笑笑地跟我打招呼，告诉我说："乃谦，汪老要见你。他非常喜欢你的这篇小说。"

我不会讲普通话，说的是带有应县腔的大同话，但汪老完全能听懂。就连我不注意时说了我们的方言，他也能完全听得懂，还解释给李陀老师他们听。我在汪老跟前，一点也不紧张，就像他是我家乡的人，是我的父老乡亲，我老早就认识他似的。汪老赠送了我一本他的创作谈《晚翠文谈》，他还当面签了字"曹乃谦同志惠存 汪曾祺 一九八八年四月 大同"。我要给他钱，他说啥也不要。

汪老问我，像《温家窑风景》这样的题材你还有没？我说有，有好多好多。他说那你继续写，以后出一本书，让李陀给找出版社，我给你写序。

那几天创作班还到了云冈到了恒山，在逛大同九龙壁时，人们都邀请汪老单独拍照，我也想拍，可不敢上前，只是站在旁边看。汪老却主动招呼我，来，小伙子。我真高兴。那是汪老来大同几天，我唯一的一张跟汪老的合影。可后来人们说我穿着警服，挎着黄挎包，傻蛋一个。我说我是工作时间偷着来参加笔会的,所以穿着警服。

朋友老王也想见见汪老,就在创作班要结束的头天晚饭后,我专门领着老王去了招待所。他们正在会议室,在大桌上铺了画毡铺了宣纸,请汪老写毛笔字。好多人都围着看,我和老王也围上去。汪老写的是"大哉云冈佛　奇绝悬空寺　大同风水好　创作多佳士"。大同文联主席应化雨说,这个我们文联收藏了。又有别的人净提出让写,汪老都满足了他们的请求。

老王悄悄跟我说,你也求一幅吧,珍贵着呢。我说我不敢。当时我真的是也想要,可我真的是不敢。季老师看见我,把我悄悄拉到一旁说,李陀和汪老都说,这次来大同发现了曹乃谦,不虚此行。

在汪老建议下,小说改成了《到黑夜想你没办法》。

"到黑夜想你没办法",这是小说里的人物锅扣大爷唱的麻烦调的其中一句。

这篇小说发在了《北京文学》1988年的第6期上,汪老写了专评《读〈到黑夜想你没办法〉》同期发表。

这得感谢老爸,我说这次我又赢了,可我这次请客。

因为有汪老的鼎立推荐,我的这篇小说引起了海内外文学界的关注。《小说选刊》和台湾的《联合晚报》、香港的《博益月刊》相继转载,还被收进《人民文学一九八八年短篇小说选》(人民文学出版社)、《一九八八年全国短篇小说佳作集》(上海文艺出版社)、《中国小说一九八八》(香港三联书店)、《八十年代中国大陆小说选》(台湾洪范书店)等十多种文学集里。同时也引起了各种文学刊物的关注,都找上门跟我约稿。

1989年5月,我要到郑州出差,打听好车次,算好时间,我能在北京待七个小时。我决定去汪老家拜访。

那时还没有出租车,下了火车得坐公共汽车。我跟售票员说,到了蒲黄榆站麻烦你喊我一声。可我等了一站不喊我,等了一站不喊我。在又要停车时,我挤过去问她,蒲黄榆快到呀不呢?她说,早过了早过了。一听早过了,我赶快下车。下了车就赶快往回返。返到了头一站,抬头看看站牌,不是蒲黄榆站。问等车的人,才知道刚才那个售票员哄我。根本还不到站,蒲黄榆站还在前头。一气之下,我不坐车了,步行着走了三站,到了蒲黄榆。

那天很热,我刚理了光头没几天,头上的汗不打一处往下爬。一进汪老家门,他给我从冰箱里够出瓶啤酒,"嘭"地启开。他取杯的当中,我举起瓶就吹喇叭。他说:"呛着!呛着!"说着拉过瓶把酒给我倒在杯里。后又出了他的那间小屋,一会儿返进来,递给我一块凉凉的湿毛巾。

十四年前我爹就去世了,在汪老跟前,我感受到那种久违了的关爱。

听说汪老留我在家吃好的喝好的,我妈说汪老多大了?我说七十多岁,她说那是你的父辈。我说,汪老真像是父亲一样关心我。我妈说,那你给汪老家拿啥了?我说啥也没拿。我妈说,看看你这个孩子,空手栅栏的去眊长辈，不懂得个仁恭礼法。我说我当时也想着是看拿些啥礼呢，可我不知道找见找不见汪老家，那要是找不见，或者是找见了，可家没人，那我咋办？我提上一大兜东西咋处理？当天我还要去河南，还再远哇哇地提回家？

我妈说，你那么也是死相。那你找见汪老家后，不会抽个空下楼到商店买上再返回去。我说我也想到了这样办，可我没想到，一进家，汪老他们热情地招待，吃呀喝呀的，没空出门。

我妈说，你看看你这事办的。我说以后再补报哇。我妈说以后啥呢以后，你这就到红旗商场看买些啥稀罕的，给汪老寄去，妈给你钱。我说我有我有。

去跟老王说了这个事，老王说，招人我给汪老去送哇。

我看他。

老王说，我过两天要到东北，大同到东北得路过北京倒车，我正好给你专门送一趟，也趁机再见见汪老。

哇，这真是个好机会。

我给买了五瓶汾酒。我还教给老王说，万一去了汪老家，汪老正好不在家，那你又急着赶火车，那你留给邻居，或者就放在门口也丢不了。老王说我到时候看哇。

老王跟东北回来说，汪老真热情，要留他吃饭。可老王假装说急着赶火车，不能在了。老王说，那次汪老说，曹乃谦的小说有一股莜面味儿，我喜欢。

以前,我没有专门看过文学杂志。写史志的时候,我开始买《小说月报》《小说选刊》《人民文学》,想知道一下国内高手们的水平。看后,心里有数了。觉得差不多,接近,各有各的好。但这是当时的个人认识和看法。这个认识和看法,我没有跟任何人说过,跟四女儿也没说,我只是在心里更自信了。

老周跟我一起待了不到半年,在7月时,领导让他回了他的法制调研办公室,去接受新的任务了。

刘局长问我需要人再给你派一个,我说,不要,我喜欢独立思考。他说要的话,你跟我打招呼。我怕他真的给派,我又明确说不要了。

从那以后,我一个人一个办公室,一直工作了两年半。

刚写史志时,我妈问过,你的新家还是那一层?我知道我妈是想来视察了。我换了新的地点我妈就想视察,她想随时都能想象出她的儿子这个时候是在哪里,在干什么。这样她的心就踏实。

我说还在那一层,换了屋子了。这些时忙,资料堆得乱哄哄的,等清利了,我叫您再参观参观。老周走了,屋子就我一个人了,资料也查看得差不多了,都还回了档案室。我又把我妈请来了。这次的办公室看不见大街了,但能看见公安局后院,能看见我打饭。

我说妈,您想在这儿住也行,我每天给您去打饭。我妈说,那能使得上,人家这是机关。我说没事,这个办公室就我一个人,您在我跟前坐着,我就能写出好的东西来。

用了两年时间,我把公安史写完了,受到市史志办的表彰。当时市里有一半的单位还没有写完，还在继续写。而且是好多的人在那里忙着，他们的史志办最少的也是三个人，还有的是七八个的。

大同市公安局的史志办，只有曹乃谦一个人。

市委史志办见我正篇写完了，又给市公安局史志办下了新的任务，又让写《大同帮派篇》，算是正篇的副篇。于是，我就又接受了这个任务。

后来又用了一年时间，写《大同一贯道》《大同九宫道》《大同同志会》《大同三青团》《大同反动会道门》《大同土匪》。

有人对我说，你就在这里写写写，能写出个啥出息？你不看看人家别的人，在这三年里，一个一个的都提了，看你，还是个烂科长。这里不妨说出这个人是谁，他就是老在看唐科长打扑克的那个细个子。当时他自己从来不玩，就是喜欢观看。人们都失笑，都说他看别人打牌还看得这么上瘾。后来人们发现，他在一旁观看，是为了看另外三家的牌，然后指导着唐科长出牌。唐科长很少输，就是因为有他的暗中帮助。自从把组织问题解决了以后，细个子不再看唐科长他们打牌了。这个既没文才也没武艺的同志，因为会钻营，又有个好爸爸，现在已经是一个很有实权的处的副处长了，他这是看我可怜，在好心提醒我。

我不稀罕他同情，我说我不好当官，好写作。他说有钱难买好嘛，那你就好好地写吧。

我心想，我在这里写，能给公安局做出看得见的成绩，对得起政府给我发的工资。

还有让我最感到高兴的是,我工作时,没有像白领导那样的长官瞎指挥我,使我能够充分地发挥自己的爱好和特长,来为单位做贡献。要不的话,怎么能在别的单位还没写一半的时候,我的《大同公安史》就写完了,还受到表彰?

还有最主要的是,我在这里做工做出成绩的同时,自己充分地得到了一种享受,那就是,自由。

天马行空,独往独来,逍遥自在的那种自由。

编辑部九题

1. 地震

四女儿在1983年到省城的药检所培训过三个月，1988年秋天她又要到省医学院带薪上大专，时间是两年。也就是那年的秋天，女儿丁丁按学区分配，到大同七中上初中了。

我中午要到圆通寺陪老母，那丁丁就还和上次一样，中午到龙港园姥姥家吃饭，下午放学后回花园里。我写大同公安史，能按时上下班，也就能按时回家，给孩子做晚饭。

跟我一个院儿的邻居杨老师，是我初中大同五中和高中大同一中的同校同学。我办过小作家班儿指导孩子们写作文，他的大女儿杨凌雁和二女儿杨凌云都参加了。

杨凌云跟丁丁同岁，上初中时，正好分在了一个班。四女儿上大学走后，我就跟杨老师说，让凌云晚饭后来我家，跟丁丁做伴儿。杨老师说，那正好是两个孩子能一起复习功课。

晚上她俩在一个床上睡觉，在大屋。我是在小屋。

杨老师还让凌云把洗漱用具也拿过来了，早晨洗漱后，两个人一起去学校。

我们家不专门吃早饭，我给她俩事先准备了面包，一人拿一个，就走就吃。杨老师也准备，反正一准备都是两份儿。

我是必须要到圆通寺，跟我妈去吃早饭。我发现，我在刑警队搞案子时，我有时候不去跟她吃早饭的话，那她自己就不吃了。

现在，我就每天让我妈把鸡蛋打好，把火生好，我来了给做鸡蛋汤。现烙的糖饼，我在巷口就给买上了。吃完，我去公安局写史志。中午再过来吃我妈做的大烩菜，喝她给我打好的生啤酒。

放寒假，四女儿回来了。她跟太原给我提回五个玻璃瓶装的青岛黑啤酒，她说我见你在红九矿时，跟喜民两个人常喝这个酒，我正好是在五一大楼看见了。

我在红九矿喝黑啤酒，那是二十多年前的事，她还记得，而也是自那以后，我再没喝过这种酒。我高兴，叫来老王跟我喝。

过了正月十五，又开学呀，四女儿又要去太原，我妈给她买了一篮麻花，让她带。老王家的小牛给她做了两罐头瓶蒜蓉辣酱，我给做油炸莲花豆。她沉得拿也拿不动。

四女儿来信说，她把好吃的拿去学校，小孩子们净偷吃她的。

她四十了，在班里年龄最大。班里还有不到二十岁的。

老王差不多每天晚上来跟我下棋。

象棋我下不过老王，输多赢少。围棋，老王赢少输多。二十多年了,都是这样。老王好下象棋,我好下围棋;我如果赢了,下围棋;我如输了,再下象棋。我们这种做法,是跟去世的慈法师父他们学的。

为了不影响大屋两个学生学习和睡觉,我先把两个屋的门关紧,下棋的时候,用两个手指把棋轻轻地捏起来,放的时候,也是这样,轻轻地轻轻地。

我们常常是下到夜里十一点多,但不超十二点,因为第二天我们都还要上班。有天正下着,满盘的围棋子突然就移动了位置,紧接着,哗哗地掉地下了。老王喊说招人你干啥?我正想说"你干啥推桌子",这时,我觉出坐在椅子上有点不稳,晃动。同时,吊着的灯管晃起来。

地震!我俩都意识到了,同时大声喊"地震"。

我脑子里什么也没想,下意识地跑到大屋,喊丁丁和凌云,快起!地震!同时,拉起她们就往院里跑。

院里好像是还没有人,我们是第一拨儿冲出来的。

晃动也好像是停止了。

我说丁丁和凌云"你们别动,等爸爸",我赶快跑回家,给她俩把衣裳抱出来。这时候我才想到老王,他是多会儿走的,我半点儿也没印象。

我再出来,院里已经都是人了。

我把衣裳给了她俩。她俩说,鞋呢?这时才知道她们让我拉得急,连鞋也没穿。我又回屋给她们把鞋提出来。杨老师他们也都跑出来了,跟丁丁和凌云说话。

我说丁丁,快走,到奶奶家。

路灯亮堂堂的。

一路都是人,南往北的,北往南的,还都挺高兴,说说笑笑的,好像是过大年熬夜呢。

路过公园,见人们都进到里面。

我拉着丁丁的手,连走带跑地到了圆通寺。见家灯着着,窗帘也挂着,门没有锁,可家里没有我妈。我到厕所门口喊,也没有。

我说,走,找奶奶去。

我以为我妈是到玉玉家了,正打算到北小巷去找,玉玉领着军娃和二子来了,才知道我妈没有去那里。

我说保险是到花园里了。我让丁丁跟玉玉她们就在圆通寺等着,我又往花园里返。玉玉说,要走两岔岔呀。我说我注意着。

在公园门口,看见了我妈。她就是到花园里去找我们,没敲开门,又返回来了。

我妈说,人们都说楼房最不安全,妈怕俺娃两个不懂得,赶快去说给你们来咱们圆通寺,咱们家南小房是大殿,最保险。

这当中又有几次余震,我们在路上走着,没有感觉到。

第二天知道,大同县是地震中心。震级是六级,据报道说,有"房屋倒塌",也有"人员伤亡"。

二姐的家是防震的,能防八级地震,我让丁丁到了二姨家住。二姐让我也去他们家,我说我跟我妈在圆通寺住。圆通寺的大殿是木架结构,原则上也是防震的。

我说我跟我妈住在南小房。

我在心里想,要死我也要跟我妈死一块儿。

二姐说,要碰上唐山那么大的地震,我这防震楼也怕是不行。二姐夫说,那是百年不遇的大地震,不可能再次发生。

我想起二姐夫的老家就是唐山的,我问说,唐山那次到底是死了多少人,二姐夫说,官方的说法是二十四万,老百姓说那就多了去了。二姐说,你姐夫的外甥宣宣跟老家来了说,四十多万。二姐想起啥,说,宣宣说地震前,鸡子狗子都有反应,可惜人们都不重视。我说我家的灰灰要是活着,这次也一定会有反应,可惜死了。

四女儿给二姐家来长途电话了,问询情况。四女儿说太原也有震感。她年龄大,当班长,自己一个人在小屋睡,当时觉出在摇晃,可翻了个身,一会儿就又睡着了。第二天早晨,四女儿起来洗漱,才发觉同学们都不在她们的宿舍了。这才知道,大屋宿舍的同学都跑下楼,在操场待了一黑夜。

跟四女儿一块上山西医学院的,还有她们药政科的刘敬敏,她男人是铁路的职工,她坐火车不要钱,一个星期回家一次。她找到我说,卫生局给每个人发了三根秒杆儿,搭防震棚,让我去领。她问我你们单位给发啥?我说啥也没有。她说你们公安局的人都有本事,不稀罕。我说正好是坑了我这个没本事的了。她笑。

她说小周不在家,苦了你跟丁丁,要注意保重身体啊。

哼哈都是气,冷热不一般,听了她的话,我很觉得温暖。

起初学校都放了假,后来观察观察,没啥事,又让学生们回校读书。老王的苊苊说,真麻烦,又上学呀。我听了说,什么话!不好好儿学习,曹叔可跟你不客气。苊苊缩缩膀子,不敢作声。

　　苊苊比丁丁小三岁,也当过我"小作家"班儿的学员,我敢骂她,要换她姐姐陶陶,我可不敢。

　　只要是我去了老王家,见苊苊不做作业,我就说,做作业去。她说,做完了。我说,作业还有个做完的?再做。她赶快掏出书本来,写。我跟老王悄悄笑,说我小时候我妈就是这样逼我的。

　　反正是,苊苊一见我来了,就忙着找书,一种要学习的样子。

　　北小巷的房,也是木架结构的,玉玉领着孩子们回家去了。但居委会干部下来宣传说,黑夜睡觉还是不要大意,防患意识还是要有,不要把门插死,院门也不要关。街道和派出所夜间有巡逻的,你们可以安心睡觉。

　　玉玉说,安啥心睡啥觉,疯子又跟精神病院放出来了,又作害邻居们呢。

　　北小巷搬来一个疯女人,说男人是在省公安厅当官。我最后弄清楚了,她丈夫是派出所的协勤人员,从小没爹妈,教养院长大,姓党,叫个党渊,家有四个儿子。

　　疯女人经常是早早地起来,给邻居家的门口倒垃圾,后来发展到倒屎尿,再后来又发展到砸玻璃,把半头砖扔进你家里。

　　也有人找过那家人,党渊说,我们也不想让她这样,可我们也管不住,她是个疯子,要能管住的话,那她就不是疯子了。人们说,你们得想办法给她看,不能这样祸害人哇。他说谁说不看,到精神病院一看,说没病。

人们都说她的病是装的,她根本就没病,她是想欺负人。

玉玉吓得不敢自己住,我妈说,姨姨跟你住些时,吓不死她,敢来作害咱家。

我自己在圆通寺的南小房儿睡。

早晨五点多,我正睡得好好儿的,玉玉领着两个孩子来敲门。

玉玉说疯子早晨把半砖头砸进了门玻璃,姨姨激下地提着棒子就追,追到她家院门,一棒子把疯子打倒在地上了。她家人出来,把她拉回家,我也把姨姨拉回家了。过了一会儿我出去打听,她院人说,疯子送医院了,姨姨把疯子打得头破血流了。

我问说,姨姨呢?玉玉说,姨姨不来,我硬拉也不来,还拿着棍子在我家,说,我等着她呢,揳死我抵她的命。

我觉得这个事有点严重。

我赶快和玉玉到了北小巷,我妈果然是在家,手握着棍子。街上的邻居也在我们家,有的说,三十六计走为上。也有的说,不怕他们,看他们能做个啥。

我家隔壁邻居跟我摇头说,问题不大,血是流了,但我见她自己用手绢捂着脸,就哭就跟着儿子走了。我一听这么说,把心放下了,首先是出不了人命,这咋也好说。

我妈说,爷爷连狼也捅死过,怕个她?叫她扑,再来给爷扑,还没给她股好的。

玉玉说，不管咋说，姨姨您躲一躲哇。

我妈说，你越躲她越厉害，以为是怕她，你一厉害了，她就怕你了。

有街坊说，您有警察儿子，我们可不敢。

玉玉说，军娃二子一天路过人家的街门，不敢打您，打这两个孩子咋办？再说，如果再有点啥的话，您这不是给姨哥找麻烦？

我妈一听会给儿子带来麻烦，这才有了些动摇。

大家又劝说了一气，总算是把我妈劝动了，跟着我回了圆通寺。

我让玉玉到学校说给孩子们，放学直接回圆通寺。这些天躲一躲好。

当中我去过几次北小巷，观察，出出进进的，就是叫党渊他们看见，我们不是躲，不是怕你。

过了两天，我跟我妈说，看来是过去了，我看玉玉他们能回去住了。我妈说，你还嫩着呢！妈知道，这种人你得把他们彻底治住才行，要回，也得妈陪着他们。

我觉得没啥事了，就说，你想陪就再陪上些日。

我妈跟玉玉和孩子们，又回了北小巷。

我妈的那根棍子就在门背后立着，一出街就把棍子拄上了。她说，恶狗当道卧，手拿半头砖，它咬不咬你，你也得做好准备，提防着才对。

那天早晨，我妈送军军和二子上学，碰到疯子正在她的街门口站着。

军军说，姥姥看，疯子。我妈手拉着二子，跟军军说，你两个甭怕，把头抬起来,不看她,跟着姥姥往前走。

快走到疯子跟前,我妈就走就大声地冲着疯子说,疯子,爷爷可告给你,你敢对这两个孩子怎么着,看爷不揍死你个疯子才怪。

疯子没反应,好像是没听着。

我妈领着军军和二子过去了。

疯子突然在背后大声吼说,站住!你骂谁疯子?说着追了上来。

我妈站住了,转过身,紧握着的棍子"咔咔"地敲着地,大声说:"爷爷骂你!爷爷就是骂你个疯子!来!给爷爷往上扑!"

这时候,疯子的恶样子一下子收敛起来,放低了声音,把头也低下了,说:"我就知道曹大妈您就是骂我呢。"说完赶快捩转身往院子走去。

有几个街坊看见了,都哈哈笑。

有个后生说,毛主席教导我们说,美帝国主义和一切反动派都是纸老虎。

那天中午,党渊进了玉玉家,笑笑地说,曹大妈,我家疯子打了您几块玻璃?我得赔您。

我妈说,一块玻璃赔啥。又说,你老婆去治伤,花多少钱,我给出。

他说,出啥呢出,是她先拿砖头砸的您家的玻璃。

我妈说,这几日好些了,我见。

他说,好多了,看来您是给她治了病了。

街邻居们说,曹大妈,他们家人说她这病治不了,您看,您这下给她治了。也有人说,本来就地震呢,人心惶惶的,这下,可以安心睡觉了。

2. 挂职

1991年汪老就介绍我入了中国作协,介绍人还有我们省作家协会主席焦祖尧。当时我统共才发了有十来个短篇,这就能入了会,属于破例。汪老说不在多少,有的人虽然是一本又一本地出书,可那就像大野地响了几个小鞭炮。你的一个短篇就赛过有的人的一本书。他对我的鼓励、扶持、培植让我感激不尽。

后来,我老是借出差的机会去看望他老人家。每次去,他总要留我吃饭,那次他说:"今儿有点稀罕的吃的。"是台湾腊肠。他喝的是白酒,给我喝的啤酒。就是在那天的饭后,我大胆地提出了想要汪老的画。他当下就跟书房取过来一幅,让我看。我说好。我们又一起返到书房,他在画儿上题了字:槐花小院静无人　画赠乃谦。

那以后,我就把我的书房称作"槐花书屋"。

后来,我们又发现,我俩的生日都是在农历的正月十五元宵节。我妈说,招娃子,这真是缘分哪。

那次汪老给我写信说,明天是我七十一岁生日,作了一首诗《七十一岁》,抄给你看看。

《七十一岁》是首七律诗,最后两句是:元宵节也休空过,尚有风鸡酒一壶。

这封信的落款是:曾祺　正月十四。

忠义表弟说,表哥你已经是中国的作家了,应该换换笔了。我说换啥笔,他说该用电脑写作了。

我笑了,他原来说的是电脑。

在忠义的说服下,我动心了。

他说我先请你跟表嫂看看我的电脑去。我们就去了。以前我没见过,电脑原来就像是电视机似的,在桌子上摆着。他打开后,先打出一句话:表哥表嫂你们好!

看后,我不由得拍着手说,真好真好!

他又打出一句话说:表哥表嫂,换笔吧。

然后又很快地把刚才打出的两行字换了个位置,成了"表哥表嫂,换笔吧。表哥表嫂你们好!"

我大声说,换换换!

吃饭时,忠义又给在电脑上放音乐碟儿。他说,这是只能听音乐的,以后还能放有图像的,就跟看电影一样。

一个星期后,我家小屋的缝纫机换成了电脑桌,上面摆上了"286"电脑。

拼音输入法简单是简单,可我不会说普通话,前鼻音后鼻音,卷不卷舌头,简单一个字,打一个不是打一个不是,一气之下,学五笔。

王码五笔输入法和"横一垂二三点捺"的四角号码查字方法有点像。越学越有兴趣,把两万多字的《大同帮会篇》打完后,五笔学会了。

当时,我们公安局还没有电脑,局办公室的打印室,使用的还是四通打字机。

以前,我工作时间在单位写史志,业余时间回家写小说。自从有了电脑,我把写史志的工作,也放在了家里写,写好拷在软盘上,到单位的文印室打印。

后来我嫌麻烦,干脆又让忠义给买了针孔式的打印机。忠义说,表哥,打印纸需要多少,我供应。

是表弟忠义推着我进入了现代化。

1992年,山西省作家协会要签订合同制作家,时间是三年。全省选出十个人,其中有我。省里还让合同制作家下基层去挂职,体验生活,时间也是三年,让自己报,想去哪儿挂职。1975年,我在北郊区东胜庄公社的北温窑村给知青带过队,我想去那儿。

当时叫公社,现在叫乡,我就报的是东胜庄乡。

省文学院王宁副院长带着合同手续,来大同找我了。他说必须得我们单位的领导在上面签了字,再盖上公章才行。

分管我写史志的刘局长到市政管理局当一把手去了,又调来个新的领导,虽然是已经调来半年多了,可人家不认识我。管他,我妈常说借米借上借不上,又丢不了半升。我就领着王宁敲门进了新领导的办公室。

领导好像是没看见进来两个人,没理我们。我介绍说这是省文学院王院长。那个人还是不理我们,既没让省城的客人坐下,更别说是倒水呀什么的。

我们就那样站着跟人家说了一气话。

后来我说,王院长想尽早地回太原,想把文件带走。

那个人说,搁那儿哇。他终于说了一句话。听口音是晋南那边的。王宁赶快说,听口音咱们是老乡。

那个人没搭理老乡。

我说,那领导您忙。

那个人仍是没理我们。

我们出去了。

我觉得很对不起王宁,说,早知道那个人是这样的牛烘烘没人味儿,咱们找一把手去,反正是有个人签就行了。

第二天我在走廊一直瞭,一直瞭,好不容易瞭见了那个人进了办公室,我跟了进去,问这事儿。那个人说还没上会,等上了会再定。

等上会?那得多会儿才上会?

我去求党办秘书李慧敏。她说,行了,那我给你打照着吧。

一个星期后,慧敏给我打电话,让我去找那个人。

我赶快去了。

那个人说,听说你写公安史,写完了?我说都写完了,还受到了市史志办的表彰。那个说,听说你还是宣教科的科长,你走了科长的工作谁来做?

我说你们再找别的人。他说你不后悔,我说不后悔。他说,那好,不后悔就行。说着在上面签了字。

冬天,省组织部下文件,明确我到东胜庄乡挂职三年,任乡里的党委副书记。

副乡职别的,一律给家装电话,王永书记让我自己到邮局去办理,拿回发票,报销。我总共花了三千六。当时,私人家自己是不舍得花这个钱的。自1968年参加工作以来,我的工资一直没有涨过。一个月仍然是五十四块。我的一伙朋友里,就是老昝家有电话,这下我家也有了。

王书记还要给我派小车,我说我不要。他说,乡里还有公用的车,曹书记你不要专车,那你多会儿想用车,跟乡办公室说,他们给你安排。

他们叫我曹书记,让我想起了我的爹爹。自我小时候起,就听人们叫他曹书记。最初是曹支书,后来是曹书记。

东胜庄有四个煤矿,乡里所有的正式工作人员,每年都白给你一吨煤。不是正式的人员,两年给一吨。

我来挂职不到一个月,王永书记就主动问我说,知道你母亲家是要烧煤,那就让车给老人送上一车。他问我老人家里有搁处吗?我说有,他说那就先拉上一"130",加长的,能拉三吨半。

王书记想得周到,他还让车上坐着三个工人,给卸煤。

我妈想也没想过这个好事,我也没想到这个事。因为我当年给知青带队,没听说东胜庄公社有煤矿,更不知道会有这种福利。

进入腊月,王书记说曹书记你懂得文艺,今年的秧歌队你就给咱们组织哇,正月十六上区里去比赛。你正月初九来,把她们集中起来,练上三五天就行了。

见我犹豫,他说都是老腿旧胳膊的些灰老板们,可爱好个扭秧歌呢,一通知,欢欢儿地就都跑来了;一敲鼓,不用你催,自己就扭开了。

王书记说的"灰老板",是指结过婚的女人们。这是雁北地区的说法,也叫"二老板"。

正月初九上午,吉普车把我接到乡里,秧歌队的二老板们都已经站了一院。

正如王书记所说,一敲鼓,二老板们就自动地扭开了,水平还真的不错。二老板们能说能笑,一下子就跟我熟悉起来,最后强烈要求让我给打鼓。她们说,曹书记你敲的鼓点,我们踩着稳。我说,行。

上一年,东胜庄的秧歌队获得第三名,这次,我们是第一。王书记是评委,他说,这次的第一名跟你有关系。首先,乡里的副书记亲自打鼓,这是要加分的。

我在乡里的工作是分管学校。

乡里有一所初级中学,还有十多个小学分散在各村里。

东胜庄乡跟内蒙古的凉城紧挨着。凉城有个很大的湖,这头到那头十多里。这个湖叫岱海。教师节时,我提议领老师到内蒙古凉城的岱海去玩玩儿,王书记同意。

老师们高兴坏了,感激得不知道咋说我好呀,盼着我每年都领他们去一趟。岱海的干炸小鲫鱼比四女儿二哥做的好吃,还不贵。十块五斤,我买了两个十块的,要了车送回城,给我妈留一大包,给家里一大包。我妈说给你表哥送些,喝酒。

表哥的分厂跟美国合资,做白色的旅游皮鞋。真漂亮。他给我和四女儿每人一双。

表哥分了新楼房,两室两厅,他们没把客厅当厅,摆了床。这样,冬儿和春儿也是一人一间。表哥现在的房,比我的好多了,我为他高兴。

弟兄俩喝酒,表嫂又给我们炒了花生米,我俩把一瓶汾酒喝了了。我们就喝就说,说起以前我每次来,给带一瓶浑源老白干,一顿还不舍得喝完。表哥说,看那时候穷的。

表哥有权了,把表嫂的工作也调到了他们厂。表嫂说多会儿也不能忘记小周二姐夫。表哥说,是姑姑给找的二姐夫。我心想,你们在心里头懂得感恩,这就好。

我挂职的第二个农历大年前,腊月二十二我回城时,王书记说你跟老母亲和家人多团聚团聚,正月十二我让车去接你,来了后,你十五就别回去了,在乡里给咱们值班。可他没提秧歌队的事,我也没提。心想到时把原班人马集中起来,练上两天就行了。即使有几个不能来的,多几个人少几个人也无所谓。

正月十二吉普车来家接我,路上听司机说,咱们乡今年不扭秧歌了,是搞威风锣鼓。王书记请了太钢威风锣鼓队的三位专家来作指导。他说太钢的专家们初六就已经跟太原来了。

锣鼓队操练的地点在学校操场。

到了乡里,我让把车直接开进了学校。当时他们正在"咚咚嚓嚓"地练习。见我来了,停下来。其中有人给太原的专家介绍说,这是乡里的挂职副书记。

太原专家让大家正式操练一次,还说,咱们让曹书记听完给指导指导。

女指挥我从没见过,可咋看咋像是我的表妹丽丽。

练完问她才知道,她是王书记的侄女,在呼市上大学,放假回来,王书记组织锣鼓队,让她给当指挥。

我说请问你尊姓大名,她笑着说,大名儿王丽,小名儿丽丽。

啊?!我睁大了眼。

天下居然有这么巧的事。

但当时我也没跟她说。

正月十五上午,太钢的客人就要坐火车回太原,王书记让我把他们送到火车站。送走客人往乡里返的时候,我到了圆通寺。我说妈,今儿是十五,我在乡里值班不能回家,您跟我到乡里给我过生日吧。我妈说,妈早就想到到你的乡里了。还说,你爹在打小日本儿时,就是在北山区。他常说烂布袋窑烂布袋窑。我说烂布袋窑后来改成了新荣了,北山区也叫成新荣区了。

中午,我把饭打回宿舍吃,还吩咐王丽丽说,你也到我宿舍,陪我妈吃吧。

我妈看见王丽丽进来,愣了一下,说,丽子,俺娃咋也来了?

我哈哈笑。

见我大笑,王丽丽也笑,可她不知道是怎么回事。

我说,妈,这不是咱们那个丽丽。我扭头又跟王丽丽说,我妈把你认成我的表妹了。

她说,是吗?有那么像吗?

我说像极了,要不我妈咋也会问你"丽子俺娃咋也来了"。

她说,莫非你表妹也叫个丽丽?

我说,那是肯定的,有意思吧?

她说,真有意思,那我也叫你表哥算了。我说行。她说,那我开学到了学校,就跟同学们说,作家曹乃谦是我的表哥。我说行。她说,那你得给我本书,上面写"赠表妹丽丽"。

我说行,但我现在还没出书,我给你本《北京文学》,上面有我的《到黑夜想你没办法》。她说,啥?见她疑惑的样子,一定是听岔了,我赶快又说,我的小说叫"到黑夜想你没办法"。她说,这题名好怪,那我一定得好好儿看看。

我的屋是个一米六的双人床,冬天睡两个人有点挤。原打算让我妈睡我屋,我到前面的乡值班室睡。

王丽丽是睡在乡里的客房,她说,那我把姑姑领走吧,我的屋里是两个床。

黑夜晚饭后的九点钟,乡里在东胜村的南面平坦地方,要放一个小时焰火。全乡所有村的人们,只要是出了院,抬头都能看到。但是乡周围的几个村里的人都专门过乡里看。

天气半点也不冷,月亮大大的白白的。

丽丽给我妈披着她的大衣,我说谢谢,她说,我叫姑姑呢嘛。

我给我妈提了一把食堂的凳子,我们一起到了村南。

我妈说,为给俺娃过生日,还要放花呢。我妈不是糊涂,她是故意这样说。

王丽丽说,看我表哥命多好,我还没碰到过有谁是正月十五的生日。

我妈说,还有汪老是。

王丽丽说,汪老?可是说汪曾祺?

我说,你知道汪老?

王丽丽说,我们大学的文科生,没有不知道汪老的。是我们的教授向我们推荐他的《受戒》,我们都看过,好!

我妈赶快往过拉话题说,你看,汪老也是正月十五的生日。

我妈很看重这个正月十五的生日。我还想到过一个问题,我妈抱养我,或许跟我的这个生日有关系。

挂职的最后一年,王书记又主动说,过些时你就回你们单位呀,那让"130"再给老人送上一车烧的。

我妈高兴,那天说出了为啥喜欢烧的。这也是我一直想弄明白的一个问题;我以前也问过,可她从来不正面说说是怎么回事,说着说着就给打岔儿说别的了。

她说,妈主要是在抱着你要饭的那个时候,让冻怕了。

在我出生七个月大时,也就是在1949年的9月,我妈抱着我从应县下马峪村里出来,一路步行,来到了一百八十里外的大同,找一个叫曹敦善的人。可我爹出外工作后,名字改成楚修德了。而且我爹是在北山区工作,不在大同城。打问了一个多月,没找见我爹,可身上带的盘缠已经花光了,不能住店了。她就开始要饭。

她说,路上看见个木片片赶快拾起来,装在烂筐筐里。垃圾堆看见几颗撂炭,那比看见金子也高兴。

到了晚上,我妈就在太宁观门前的墙角那处地方烧火堆,烧上一阵后,她就用一片瓦,把火堆推到另一个位置,让刚才的火堆位置空出来。我妈坐上去,再把我抱在她盘着的腿窝窝当中。

她用这种方法,轮替地往热烧地面,为的是让我们有个热的"地炕"可坐。整个夜里,她都是在不住地做着这种热地炕,有次她实在是熬得不行了,靠着墙角给睡着了。听到我的哭声,她醒了。可是,跟前的火堆已经灭了,摸摸我身底下,早已经冰凉了。

说着,她哭了。

这时,我也早已经是泪眼汪汪的了。

我说妈您别说了,我知道了。妈以后您就放心哇,有儿子在,我会永远地让您有足够的烧的。

3. 编辑部

我在东胜庄乡挂职的这三年期间,大同市与雁北地区合并,取消了雁北地区。雁北地区的所有部门、机关,也都归在了大同市相应的部门机关里。人们叫这个事叫雁同合并。

雁北地区公安局和大同市公安局合在了一起,人员一下子多了一倍。公安局把原来后院儿的食堂和礼堂拆了,在这个地址上又盖了一座四层楼。局机关都搬到了新楼。

政治处不叫政治处了,叫政治部。我原来的宣教科叫成了宣教处。

我写史志时,李慧敏是党委秘书。雁同合并后,她当了政治部的副主任,李贵锁也是部里的副主任。

我们原来的正主任孙赞东,到了市检察院。现在的正主任姓张,是原来雁北的。

1996年春天,我挂职结束,回局了,看看我的史志办,还在,先开门进去打扫了打扫,就去找老周。

老周说刘局长调到市政管理局当一把手去了,他走前行政处的领导说,史志办一直锁着,在那里闲着。刘局长说,市史志办没说撤销,咱们局里的史志办也不敢撤。

于是这个史志办就在那里锁着。

我说我这回来,该做啥,这得领导说话。

我问刘局长不在局了,现在谁管史志这个事。老周说,不清楚。他说了好几个局领导的名字,我一个也不认识。

他帮我想起,问说,当时是哪个领导批你到的省文学院当合同制作家。我说是谁谁谁。老周说,那个人还在,还是局里的二把手,分管政治部。

我去找那个人说,我回来了。他坐在那里,看看我,问你是谁?

那个人不记得我了。我想起,人家原来也不认得我。

我赶快解释说，我叫曹乃谦，三年前我找您批过手续，当省文学院的合同制作家，后来到乡下挂职三年，这回来了。

那个人说，你原来是公安局哪个部门的？我说，原来是宣教科的，后来写史志写了四年，再后来挂的职。

这下他想起来了，说，你走了以后，宣教科又安排了人，当时你不是同意吗？我说对，我同意，现在看让我去哪儿。他说，等等哇，我跟政治部碰碰再说。

人多，慧敏和贵锁两个副主任一个办公室。

慧敏说，你现在挂职回来，你挂职那儿是啥职务。我说是乡里的党委副书记。贵锁说，咱们政治处原来是不到三十个人，现在政治部是五十多个人，狼多肉少，一个萝卜一个坑儿。慧敏说，乡党委是政府部门，那儿的副书记，在咱们公安局应该是正处职，小曹那就还应该是按正处职对待你才行。

我说，咋对待无所谓，有个地方待就行。

慧敏说，你宣教科时的办公桌现在在哪儿？我说我进过宣教处了，看了看，没见我的桌子。我到别的办公室都看了，都没有。倒是见了我写毛笔字时候的笔洗，在一个不认识的人桌子上摆着，给种了花儿了。

贵锁想起了，你的桌子大概是搬家的时候放在地下室，我叫秘书办给开门，你找找。

慧敏说，那你写史志时的桌子呢？我说还在前楼史志办。她说，那你还在那儿待着，正好还是一个人一个办公室，省得在这里挤。

这下,我成了一个没娘的孩儿。

有时候我也到慧敏和贵锁那里,转上一会儿,又回了我的史志办。

有时候,我也到老周办公室坐会儿。雁同合并前,成立了法制办公室,老周是主任,现在还是。

我就这么等消息,等通知,等着看让我到哪里。

老王说,不忙了,你不会坐办公室写你的小说?我说,不行,我写东西必须得静下心来才能写,在单位写小说,静不下心来,写不成。

不忙了,我去五中看看闫老师去,看看他的糖尿病好了没。好是没好,但不像上次那么瘦了。闫老师说快退休呀,我说您已经是,退休呀?他说,1937年出生,你算算。我说,呀,三七年,那您比我整整大一轮。我是四九年。闫老师说,我早就知道你跟我一样,都是属牛的。

他办公室的老师说,属牛的太原则,性格不灵活。

闫老师问我的情况,我跟他说了。办公室的那个老师说,你光等不行,得跑。

我说,现在还时兴跑?他说,越来越时兴了,记住,不跑不送原地不动。我想起了,那年我没入党时,就是他说的这句话。

我说,我讨厌这种做法,我就不跑,就不送,看看他们咋处理我。

他说,原地不动。你信不信?

我摇头,说不知道。

他说,你不信的话,那就骑驴看唱本,走着瞧。

写到这里,有个事实也在这里说一下,那就是,正是因为我的这个不跑不送,到最后,真的是原地不动。直到退休,我这个参加工作四十年、警龄三十六年的老警察,退休时仍然是个科员。我敢相信,全国的公安人员里,跟我同时在那年退休的里面,警龄最长工资最低的人,是我。

这是后话,以后也不会提,我只是在这里,捎带着说说,供读者一笑。

等着等着,慧敏给我送来了四本厚厚的新书说小曹儿,好好复习吧,半年后公务员过渡考试呀,谁考不过,单位就要辞退。

我说正好,这下我有了做的了。

我每天抱着书背呀背,相信准能考个好成绩。

背得好好儿的,有人敲我门,开开门,两个人,说是行政处的。一个介绍另一个说,是我们处长。

他们说让换房。说是局长的指示,让我换到招待所。

也是在我挂职这三年当中,盖后楼时,同时盖了南楼,是个三层小楼,做招待所。于是我就换到了招待所,还是个单人标间,还有卫生间,马桶是坐式的。卫生间有点脏,但我试了试,下水能用。这下好了,我尿尿不用出屋子。

刚换过来没注意,后来发现,地上是铺着木纹地板革。

后来又发现,墙上还贴着壁纸。

再注意注意,还有啥?

哇! 墙周围的下部分,全是我做家具时的五合板,油漆着本色。

好好好!

再后来又发现这个屋和红旗商场的办公楼正对着,在我的这个屋,能看见对面办公室的两个女人,还能看见一个女的打算盘,指头飞快。我开窗看了看街外,楼下的街道是背巷,路窄,最多是五米。也就是说,我的办公室和女人们,距离也就是隔着五米,她们窗户也开着,我能听见她"啪啪啦啦"打算盘的声音。

我一下子想起,这得让我妈看看我的新家。我把窗帘拉了半个,看不见女人了。

我返回圆通寺。

妈,您快跟我看看我的新办公室,那就不是办公室,那就是住人的家,比住人的家还好,您就见也没见过,想也想不到。

第二天正好是个礼拜,吃了早饭我就把我妈领来了。我妈肯定是没有见过这样的家,也肯定是没有到过这样的坐着尿尿的洋厕所,而且还是就在屋子里。

我妈"啧啧啧,啧啧啧"地咂着舌头,夸个不够。

我妈好比较,她问说,别人的家也是这样的?我说不是不是,就连局长的家也不是这样的。我妈说,那咋就叫俺娃住这么好的家?我说……我一下子说不出个啥原因来。我说,他们是让我在这儿给写呢。我妈说,我早就说过,俺娃到了那天津北京也是那好好里头的好好。

我妈发现卫生间脏,说好好儿的家,这不行,妈给俺娃把这池子洗洗。

光拿毛巾擦不净。我妈说,你等等,妈回去取碱面去,取刷子。我说大老远的。我妈说,一拐弯就到了,有多远。我说,你愿跑就跑哇,我背书呀。

我怕我妈返回时找不见这个屋,心想一会儿下招待所楼门前等她。没想到我背着背着,忘了时间,听到我妈在楼道"招人——招人——"地大声喊。我"来啦来啦"地跑下楼。我妈就是找不见我的屋了。

我妈用个布兜子兜来碱面、刷子,还有半瓶醋。她当下就在洗脸池上撒了点碱面,滴上醋,用刷子一刷,把脏底子刷起去了,干净了。我说您缓缓再擦,她说,俺娃进去背哇,把我推进屋里,把门关住。我又拉开门,把灯给按着。我妈说,看这好的,啥都是齐齐备备的。

我妈不仅是把卫生间给擦洗了,又推开门进来,把地板革也给擦了。

我是躺在床上背,当我坐起后发现皮鞋不在了。

原来是我妈把我的鞋也给洗了,洗得湿漉漉的。

我爹从来没有穿过皮鞋。我妈也没有穿过皮鞋。我也没有专门买过,这是当警察发的。我的皮鞋是四女儿在家擦她的的时候,顺便给我擦。

我说妈,皮鞋不能用水洗;湿了的话,这得赶快上油。她说,妈不懂得哎。我说没事,晚上回家我再上。

我又躺下来背。

看看表快到中午了,我喊说,妈咱们吃饭去。我妈提着我的鞋进来了,我一看皮鞋打了油,擦得亮亮的。我妈刚才听说皮鞋水洗后得赶快打油,她就到了红旗商场,问询着买了鞋油和鞋刷,还问人家服务员咋使用。

我说妈您咋就一下子能学会擦皮鞋?我妈说,鼻子底下莫非没个嘴?啥不懂了不会问问人?你那学习哇不是?啥不懂了问问人。

我说我这些都不用问人,都懂,只要是背会就行。

半年后,开考,尽管我背得烂熟,但我不敢说我的成绩是在前头,因为那几乎是开卷考试,你抄我我看你,最后也显不出个谁好来。

但也有个人不抄,不作弊。结果,他不及格,麻烦、伤心、忧虑,还带点愤怒,他得了癌症,半年后死了。我为这个正直人写了一篇散文,《哈罗,雷鸣》,悼念他。

这个值得尊敬的、比我还死相、使我哀伤的人,他就叫雷鸣。

在公务员过渡前,国家建立了人民警察警衔制度,设五等十三级,我是三级警督,倒数第五级。后来又给我们编了警号,按全省的警察排下来的。一看这个警号,就能查出是谁。我的警号是"020033"。在全局的几千号警察里头,我排在第33位。

"33"这个数字,我觉得很熟悉。想想,噢,想起了,我妈说我爹爹是在三十三岁那年参加的工作。看来,33,在我家是个吉祥的数字。

1997年,省里下来了新局长,姓李。人们都说这是个有文化的人。

李局长搞"云剑"行动,搞大案,成绩好,受到市委表扬。正好省厅要求各地市的公安局办内部刊物。阳泉市公安局办的是《阳泉公安》，长治市公安局办的是《长治久安》。

李局长决定乘"云剑"行动的东风，创办《云剑》刊物，让物色办刊的人选。最初推荐我的是党委秘书叶向东，他说政治部有个曹乃谦，他的小说受到诺贝尔奖评委马悦然的关注。

李局长又问办公室主任，他也证实了叶秘书的说法。李局长又问政治部主任李慧敏，慧敏说让小曹办，没问题。

李局长于是让慧敏告诉我，说先试办一期。

慧敏跟我谈话，我答应了。

《北岳》杂志编辑段增发是我朋友，我请他帮我办了创刊号。封面是铜版纸彩色的，内文48个页码，设"卷首语""工作指导""队伍建设""业务研究""案例选登""警官手记""警官论坛""警苑橄榄""域外瞭望""警备动态""法律顾问""编读往来"等十多个栏目。

同志们看后说好，没一个不说好的。

李局长批示，正式创办。

人们都提醒我说，你问问编辑部是啥待遇，我说管他，我喜欢这个工作。啥待遇，让领导去看吧。

就这样，我的史志办就成了编辑部了，门头上正式地做了牌子，叫作"政治部《云剑》编辑部"。

阳泉的《阳泉公安》和长治的《长治久安》，每期都给我们公安局寄。

领导们都知道，他们的主编、副主编、执行主编、责编、美编，最少五个人。问我再要几个人。我说，不要了，就我一个就行。

我喜欢单干。于是，我一个人把这个工作承担了下来。

一年五期。本来是季刊，一年四期，但每年再加一期增刊。增刊往往还更复杂些。

我一个人又当主编又当责编又当美编，还得骑着自行车来来回回地跑印刷厂。校对时一个人怕失误，总是要回家让四女儿跟我校对一次。她说，你不帮我做家务不说了，咋还得让我帮你做工作？我说我妈是个文盲，要是我妈有文化，那我就不求你了。

我在1998年正式接受《云剑》编辑工作，自主自由地、心情愉悦地工作了十二年，直到2009年退休。

在这十二年当中，因为我的辛苦我的勤劳，我差不多年年是优秀公务员，后来因为在"指导公安业务，交流工作经验，展示警界风采，建设警察文化"中做出的贡献，我还荣立过一次个人三等功。

优秀公务员、个人三等功，这些都跟工资不挂钩，大家就评给我。可是提拔晋级这样的事，跟工资有关系，那就没我的份儿了。我也不敢想望那些，因为那得活动。凡是得"活动"的事，我都是退得远远的。

4. 圆通寺

在我九岁的那年，我们家从草帽巷搬到了圆通寺。寺院还不是空的，里头还有个老和尚，每天十一点还按时地烧香、敲磬。可我不知道我们家咋就搬到了寺里住。当初我只顾着瞎高兴瞎激动，根本就也没有想起问这个问题。后来,我才慢慢地知道了。

1949年5月,大同和平解放了。解放的初期,政府限制宗教活动,把圆通寺外院的十多间禅房作成了政府的办公地点,1958年,这个外院又改成了家属院,我们家也分得了其中的一间,就住了进来。

圆通寺在大西街,进了西门路南的第一个巷。站在巷口瞭望,正对着的大门,就是圆通寺的山门。

山门外左右两边蹲着高大的石头狮子。进山门得先上五个大青石台阶,上了台阶有月台,月台顶有门廊。跨过石头门闲,才算是进了门楼。门楼很是宽大,也有门廊。然后再下三个台阶才是踏进了外院。

外院的西边,有五间西房,最南的一户是我们家。

外院的正面,是高大的佛堂。佛堂比我们住人的西房高出了许多,叫我看,高出有半间房也多。

搬家那天我们家吃的是油炸糕,我爹就帮着捏糕就说,搬家不吃糕一年搬三遭。我问爹这是啥意思。他说这是老百姓的一句老话,意思说,搬家那天得吃油炸糕,要不的话,那一年里还得搬。我问那咱们还搬不了?他说不再搬了,咱们吃了油炸糕,就不再搬了。

我高兴地说,那太好了,住在庙里多好。我们班的同学听说我要住在庙里,都说真好,都说多会儿也能住庙里才好。

我爹说,咱们这不叫庙,叫寺,寺院,圆通寺。我妈说,那货,你跟娃娃说说,啥叫庙啥叫寺。我爹说,庙是道家住的地方,里面供养的是神圣。寺是和尚住的地方,里面供养的是佛祖。咱们后院就有大雄宝殿,供养着如来佛。

我高兴地拍手,哇,西天取经,如来佛。

和尚叫慈法,是个老头。

以前外院都是些办公室的大人,现在一下子换进些家属们,光是大大小小的孩子就有七个,整天吵吵闹闹的,慈法很是讨厌我们,还专门告诉家长,不让孩子们进后院。

佛堂东西两边都有半圆顶小门,没有门,只是个门洞,通向里院。

西边通向里院的这个半圆顶小门洞。一边是佛堂,一边就是我家窗户前的墙角。进了门洞,是通向里院的过道,过道很长,左首是佛堂的山墙,右首是厕所的东墙。

因为原来是办公的地方,厕所也很讲究,有顶子,还分男女。一进半圆门洞看见的厕所门是男厕所,而女厕所的门是在另一头,得进了里院才能到女厕所。

在搬进圆通寺一个星期的晚饭后,我妈去了五舅家,留我自己在家做作业。她走了那么十多分钟后,我再也坐不住了。

尽管我妈吩咐不让我进里院,可我总能到厕所吧?

我就跳下地,去厕所。但我没真的去厕所,我是轻手轻脚悄悄地顺着厕所和佛堂山墙当中的通道往前走,走走走,哇,眼前很是开阔。我知道这是走进了里院。

里面很大,对面是比佛堂更高大的大雄宝殿。撅头向东看,佛堂的后边,竟是和佛堂相连着的三间正房。这三间正房的山墙是和佛堂的山墙连接着的。因此,进里院的这个通道很长很长。

我没敢去侦察大雄宝殿,而是从三间正房窗前经过,又左拐弯到了佛堂的东边,顺着东墙,往外走。走走走,从佛堂东边的那个半圆顶门洞儿出来了,到了外院。

我这下明白了。如果圆通寺是个回字的话。那么,佛堂加上里院的三间正房,正是回字里面的口字。也就是说,如果走回头路的话,我能从佛堂东边的半圆门洞进到里院,还能右拐弯再右拐弯,从佛堂西边的半圆门洞儿出来,到了我们家的窗台前。

于是我没有从前院回我们家,我又返回头进了佛堂东边的半圆门洞儿,顺着原路,进了后院,又经过三间正房,拐向厕所和佛堂的通道,最后从西边的半圆门洞出来了,到了我家的窗户前。

这次我经过里面的三间正房时,我断定,慈法师父就在拉着窗帘的东边那间屋子住着。我还断定,慈法家的房和佛堂在里面是相通着的。要不的话,佛堂正门老也不开,可我却能听到有人在里面敲磬。最初我不知道是在敲磬,以为是敲一种小的钟。

后来,我慢慢慢慢地跟慈法师父熟悉了,帮他拉风箱,帮他打扫家,帮他倒垃圾,还给他往死打苍蝇。

师父跟我妈表扬我说,招人打扫佛堂,从来不像方悦,方悦是看看搜搜寻寻的偷吃点啥呢,招人从来没有过,哪怕一回呢,也没有。

方悦是师父的侄孙,在大同三中上学。常来师父这里,帮三爷劈柴打炭做粗笨营生。

师父还跟我妈夸我说,招人不仅是这个方面手脚稳重,还有个方面是,他做活儿,从来不是打了这个摔了那个的,他做点营生,利利索索,能让你放心。

我妈背后说过我,到师父家不许像方悦那样,偷吃东西。我说我从不。我妈说,但师父要是真心给你,你也不能说是背抄过手硬不要,那样就是不识人敬了。我说啥不识人敬?我妈看看我,眼睛一瞪说,行了!我不敢再说。

在我上初中一年级时,我表哥跟村里来了,住我们家。那几年正是"困难时期",我妈就把她的口粮留给我和表哥,到我爹工作的单位、怀仁清水河公社开荒种地夫了。我妈走后,我跟师父学着做饭。先是学会拌疙瘩汤,后来连蒸馒头这种难做的饭也学会了。我兑碱从来是百分之百地不失误,这一点,就连师父也做不到。我妈佩服得不行。

腊八一大早,师父敲我们门,给我送腊八粥,说快吃,迟了得红眼儿病呀。我起来,开开门,师父把坌堆堆一碗腊八粥递在我手里说,快关门快关门,感冒呀。他就说就赶快把门推住。

我把碗端进里面。我够了两双筷子,又爬上炕钻进被窝,跟表哥趴在被窝里吃。一大碗,红红的粥,撒着白糖,后来回想起,还有枣儿香味。

我妈从来也做不好个腊八粥,我妈做的腊八粥老也是有一股焦煳味。

腊月二十三,方悦骑车跟村里来了,来给三爷打扫房。

我跟表哥也参加,把师父的三间房粉刷后,师父请我们吃豆腐馅儿包子。

吃完饭,师父给我们喝茶。我们说起了圆通寺。我问师父咱们圆通寺是多会儿盖起来的?师父说不能说是盖,应该说建。我又重问说,是多会儿建起来的?

师父就给我们讲了一段历史,说明朝末年,大同有个将领叫姜瓖,李自成来了他投顺了李自成;李自成败了,他又投顺了清朝。后来他又联络上人,自封为天下大元帅,在府文庙大成殿供起了朱元璋的神位,举起反清大旗。山西各府都积极响应,声势闹得很大。一年后,被多尔衮带领清军镇压了。清军攻进大同城后,多尔衮下令屠城。见人就杀,鸡犬不留。整整搜杀了三天。直杀得城里一个人也没有了,之后,还把城墙都砍下五尺。

我问说,清军砍城墙做啥?

师父说,那叫"斩城问罪",后来又开始放火,烧代王府,烧衙门,烧民房。

方悦问说,哎呀呀,那是不是把咱们圆通寺也烧了?

我说,没烧圆通寺。

方悦说,你又没见你咋知道没烧?

我说,那时候还没有圆通寺呢,咋烧。

师父笑,骂方悦说,看你也是一个笨柴头。

方悦说,对对对,我忘了。

表哥问,那咱们的圆通寺是后来盖的吗?

方悦说，不叫盖，叫建。

我说，师父您再讲。

师父继续讲，他说，大同城荒废了几年后，大同的知府曹振彦带领着别的地方官，筹款筹粮，清理废墟，恢复街市……

方悦打断师父的话，问说，三爷您不是说大同城里一个人也没有了，咋还有大同知府？

师父说，大同城里没人了，可大同知府还有，是在阳高设立着。

我说，师父您再讲。

师父讲，这个曹知府为大同的重建尽了职立了功，四年后，到他又升迁到别的地方上任时，大同已经基本上复兴了。

师父喝了口茶，又问说你们知道《红楼梦》是谁著的。大家都知道，说是曹雪芹。师父说，这个对修复大同有重大贡献的曹振彦知府，正是曹雪芹的高祖。也就是说，是曹雪芹爷爷的爷爷。

我们三个都"噢"地点头。

表哥问，师父你说了半天，没说为啥那个……建圆通寺？

师父说，我上面讲的，都跟为啥建圆通寺有关系。

我说师父您再喝口茶。师父笑，又喝口茶，继续讲。

师父说，曹知府在大同的四年当中，先是修复城池、城墙，后又整修鼓楼、观音堂、关帝庙、五岳庙、太宁观、三元宫，再后来又新建开化寺、皇城戏台。在清康熙二年，朝廷下旨，命令大同府建一个寺院，以超度"戊子之变"死难的十几万军民亡魂。这个寺院就是咱们现在的圆通寺。

方悦问,"戊子之变"是啥意思?

师父说,就是说当年姜瓖举旗反清的那个事,那一年是顺治六年,也就是戊子年,人们就叫"戊子之变"。

我问,顺治六年是公元哪年?

师父说,也就是公元的1649年。

我问,康熙二年是哪一年。

师父说,是1663年。

我说,今年正是1963年,也就是说,圆通寺建寺,整整是300年了。

师父说,哎呀呀,这是值得纪念的日子。你们走哇,到前院儿去哇,我得诵经。又说,明儿我还得去告给佛教会,让他们也得有纪念活动。

三年后的夏天,"文革"开始了。

三个月后,慈法师父被大同三中的红卫兵拉出去游街,回来后又让站高桌上,批斗。让我悲伤的那一天,我在《流水四韵·慈法之死》里写过,这里不再说了。但那天夜里有一件事,我以前没说过,现在写在这里。

那天半夜,表哥跟厂里回来了,他把我推醒说,突鹉怪叫呢。我说胡说。

第二天早晨,我醒来,见表哥也在炕上睡,我问他你是啥时候回来的?他说半夜,我不是还跟你说话了吗?我说我忘了。他说,半夜我进院儿,听到突鹉怪在佛堂顶上叫呢,叫完"忒儿"一声飞了。我说你

231

咋半夜回来了？他说，在厂子宿舍我贵贱是睡不着，就回了，没运气，一进院给听着突鹚怪叫了。他说，你知道不，突鹚怪叫，是要死人的。我说那是迷信，没理他。

我做好拌疙瘩汤，去里院，想叫师父过来喝拌汤，或者是问问他，还是给他端过去？可门从里面插着，心想师父一准困了，让他睡吧，我中午跟学校买上菜包子再回来。我没多想，就去了学校。

没想到，就是在那个夜里，慈法师父他上吊自杀了。

关于突鹚怪叫的这件事，我在中篇小说《佛的孤独》里没写到过，我怕人们不相信，以为我是在瞎编。这次我把他写出来，是我妈在后来判断分析出了突鹚怪叫的原因的。

我妈说，忠孝半夜回来的时候，师父老汉他已经上吊死了，人一死了腑脏就要有变化，就要发出一种味道，而突鹚怪对这种味道很敏感，于是就跟什么地方飞来了，落在了佛堂顶上。正好忠孝半夜跟外面进来了，又把它吓走了。

我妈还分析说，当你们睡下以后，它就又飞回来了，可你们两个睡死了，没听着。

对，肯定就是这么回事。我妈的分析是不会有错的。

佛堂，后来我知道，我们院的佛堂是外行人们瞎叫呢，实际上该称作过殿才对。

过殿和后院大殿里的佛像都让红卫兵砸烂了，砸不烂的搬走了。

好好的一个圆通寺，就像是"戊子之变"遭到了清兵毁坏的大同，不成个样子了。

圆通寺过殿的面宽是三间，和后院慈法住的堂屋三间是一样的。

过殿有前廊，前廊进深足有两米。前廊的三根前檩，是用两根暗柱和两根明柱支着，很明显是把前廊分成了三等份儿。当年我妈为了给我腾出西房做结婚的新房，在过殿前廊靠我们的那边的三分之一处，让朋友二虎他们给垒起个小南房，计划着在我结婚后，他们住这个小南房。这个，我在《同声四调·新房》里写到了。

过了几年，后院儿西侧的配殿，当了街道的幼儿园了。又过了几年，整个后院成了街办的磨光厂了。用细砂轮打磨铝勺铝铲，整天是刺耳的"嚓——嚓——"声。工人们戴着的防尘口罩，像猪嘴。铝勺铝铲磨出来是亮闪闪的，可那铝粉尘荡得工人们的脸黑黑的，一个个越发像是猪八戒。

又过了两年，后院变成了街办的印刷厂。刺耳的"嚓嚓"声没有了，又是"吭噔，吧嗒"机器揭纸的声音。机器不嫌乏，这种"吭噔，吧嗒"的声音一刻也不消停。

街办印刷厂把后院的大雄宝殿、所有的配殿，还有过殿都当成了厂房，他们就学了我家的样子，在过殿前廊当中那三分之一处盖成了办公室。人家的这个房比我家的那个大，一直盖在了院的下面，又延伸到院的当中。这样，我家一出门，再也不是很大的前院了，看见的，是印刷厂办公室的后墙。

下寺坡舅姥姥给我妈找了个对换房的关系，那家人信佛，又是一个老汉，他想跟我们家换房，住在圆通寺。老汉家是上房，面积也大。

可我妈说不换。舅姥姥说,上房冬天暖夏天凉,不比你住个小西房强。

我妈说不跟他换,我为了住这儿,慈法师父能保佑招人。舅姥姥说,慈法连自个儿也没保住,还能保佑个别人?我妈说,能,师父上天了,就成了菩萨佛了,就能保佑招人。您是不知道,死鬼师父活着的时候,对招人比对任何人也好,比我们当爹妈的对招人也好。

又过了两年,改革开放了,我家隔壁的新邻居要开饭店呀。跟我妈商量说,曹大妈,我想在我窗前盖房当厨房,可这一下就堵了您出街了,但我给从您家山墙旁边的西墙上开个门,您跟那里就一下子出了街了。

他说的这个西墙,正在男厕所的门前与我家山墙之间。西墙下有一大块空地,是我表哥和方悦曾经垒兔窝的地方,也是我妈垛过炭的地方。

新邻居又说,这样一改,您正好自己是两个单独的小方院儿。我妈说,我单独的小方院是好,可外院人们到厕所怎么到?他说,街上有的是官茅厕,他们想到厕所他们到街上的官茅厕去。这个厕所就成了您一家的了。

早在街办印刷厂时候,厂子怕我们外院人到里院进了他们厂子,把东边半圆门洞堵死了,把我家这边半圆门洞厕所那儿原来进里院的通道,也给从半路堵死了。剩下那半个通道,我妈正好放炭。

我妈说新邻居,你们看哇,只要我能出了街,我是不会妨碍你开饭馆儿的。邻居一听挺高兴,说,我就知道曹大妈您通情达理。还说,您跟招人解释解释。我妈说我同意,招人没意见。

说干就干,邻居没用半天,给从我们房的山墙旁边的西墙当中掏开个门洞,还装了门框,安了门,里外都能上锁。这门框和门,看样子是早就准备好了的。以后我妈一出街门,就是我家房后边的八乌图井巷了。

第二天,邻居他们就动手,盖他们的厨房。厨房与印刷厂的后墙顶住了,使得我妈这里真的成了一个封闭的小院儿。

这个小院儿出了半圆门洞后,又有一个比小院还大的空间,又能放炭又有厕所。厕所原来有五个蹲坑,我妈只留了外边的一个,其余四个用我以前跟矿上拉回的松木表皮板盖住了。

我妈说,再拉回炭,就放在这里面。厕所有顶,下雨也不怕淋了里面的东西。

我妈很是满意这个环境。我也觉得我妈有这么个利利静静的小院儿是不错。

我妈说,招娃子,你知道不知道,这是死鬼慈法给安排的,为的是你能坐在这里利利静静地写。

这是1986年大夏天的事。

当时,我和老昝打赌后,已经写出了头一篇小说《佛的孤独》的草稿,两万两千多字。编辑说字数太多,让删改成八千后,就能用。那些日,我一有空儿就来圆通寺改写。而我这八千字稿子最后的十几页,就是在这个独立的小院儿誊抄出来的。

我记得很清楚,我在西房坐在炕上,趴在小桌上写,我妈在小南房给做饭。做熟问我在哪里吃呀,我说端过来吧,我正好都誊好了。

半年后,这篇小说发表在《云冈》杂志的1987年1月号上,我妈又说这是慈法师父保佑的。她说,慈法现在已经是成佛了,成了慈法菩萨了。

我想想,我妈这话或许是有道理的,要不为啥当我跟朋友打赌写第一篇小说的时候,就想起是要写慈法师父呢?

又一个半年后,我从工矿科调到了宣教科,我妈也说这是慈法菩萨保佑的。

后来,局里让我写公安史,我有了单独的办公室。再后来,我到了东胜庄乡挂职。

我妈认为,她的招人一切都好,一切都好那都是慈法菩萨给保佑的。

1993年,圆通寺开始修复。

这是个太好的消息了。

新来的一个和尚在操办着修复的事,三年的时间,把里院差不多弄好了。我和我妈都进去看过,确实是搞得不错。我妈说,比原来的圆通寺还好,慈法师父要活着,可要高兴。

开始修复外院了,让外院的住户们腾房。

和尚跟我妈说,曹大妈您别往走搬了,修到您这里,别处也盖得差不多了,这么多的房,给您再挪个住处就行了。我妈说咋也好说,你们看哇。

外院住户好多家,有一家因为搬迁问题协商不通,惊动了法庭,强拆!

房顶上,几个人刨烟囱;下面,邻居男人大骂,女人哭闹。

看红火的叫喊着起哄,执法的人高声呵斥,最后,邻居男人让派出所警察给带走了。

这个情况我没见。我是听说的。

那些日,我刚接受了试办一期内部刊物《云剑》的任务,正忙着下各个分局去征稿。

就是在强拆的那天,不知道谁跟我妈说,曹大妈,人家把您招人也告到法院了。

就是这一句话,把我妈吓坏了。这个女人啥也不怕,就怕她的儿子出事。

过了几天她问我,这些日俺娃不来跟妈吃午饭是咋了?我说我下基层约稿。她说,是不是有人把俺娃告了?我不明白她说的是啥意思,看她。她说,你看,妈就知道。我说,您说啥?她说,招娃子,不怕他,怕也不怕他,有慈法菩萨保佑俺娃,不怕他。

我不明白她说啥,可也没太在意我妈的这个反常情况。

稿子组织齐全了,我开始编辑。

那天中午我早早地回了圆通寺,可我妈不在家。早晨我说好的,中午要回来吃饭,可家里半点做饭的样子都没有。我妈这是哪儿去了?我在圆通寺大门口,问要饭的八斤和润喜儿,你们上午几点见曹大妈了?他俩都说没见着。

我去北小巷玉玉家找,没有。到下寺坡舅姥姥家找,也没有。后来又到仓门五舅家找,也没有。

莫非是到了小南街门市部?按说是不会的,我妈已经有两年不去打工了。可我还是去问了问,也没有。

我有点急了,这是怎么回事?

我一下觉出不对劲,赶快骑车到了交警事故科打听,答复是没听说上午有什么交通事故。

可,这是去哪儿了?

从来没有发生过这样的事。

我想想,还有可能是去了哪儿?

我一下子想起,表哥家。

可即使是到了表哥家,表嫂要留在那里吃饭,我妈也不会忘记儿子在家等她。即使是那样,表哥也不会不来圆通寺跟我打个招呼。

看看表,已经是下午快两点半多了。表哥是皮鞋分厂的厂长,他肯定是按时去上班了,要去也是去厂子。

一去,有了消息。

上午我妈到厂子找我表哥,让他领着到雨村去找田方悦。表哥说我忙得哪有空去雨村。我妈生气了,在厂子里就大骂表哥。表哥最后安排了一个工人,骑着自行车带着我妈去了雨村。

一听是这事,我放心了。可表哥说我,兄弟,我觉得有点不对,姑姑的脑子有了问题,好像是疯了,任何劝说的话都听不进去。

我说我妈没说去找方悦干啥?表哥说,我也问了,人家说,这你甭管,你送我去雨村就行了。

跟皮鞋厂出来,我又回了圆通寺,我妈还没回来。想着她一定是在方悦那里吃饭了,我这时才觉出了肚子饿。我就到巷口买了两个糖饼,就走就吃,赶返回家,也吃光了。

我又动手做搁锅面,就做就等我妈。

我妈去找方悦干啥？这我一直是想不出来。

天黑下来了,听得街门响。我赶快出去迎接,就是我妈。我高兴地说妈您干啥去了？她没回答我,推开我进了家。

可看她的眉脸,是笑笑的。她把毛巾做的那种兜子放在箱顶,从里面捧出一块石头,摆在箱顶。回头说我,招人来跪,跪,说着她跪了下来。我说您这是干啥？她严厉地说,跪下！想起我表哥说她是疯了,我不敢再问了,也赶快跟着她跪了下来。她磕头,我也跟着磕头。

后来,我终于问清楚了,她到雨村是想让方悦领着去找他三爷的坟。方悦的三爷就是慈法师父。

可她并没有找见方悦,后来问村里的人,有人告诉她慈法在村南的一片坟地埋着。她就跟表哥派的那个工人去了。她在坟地找到一块石头,说,就是就是,就抱着回来了。

她跟我说,是慈法菩萨,你看你看,是哇？

我看看那块巴掌大的石头,倒也真是像是个佛像的模样。

我顺着她说,是是,就是。

她说,以后有慈法菩萨保佑,俺娃就啥也甭怕了。

我点头说,噢噢。

我看出来,我妈的脑子真的是有点问题。

那些天我每天都要一天好几次地回家,去看看她在不在家,在做什么。

正是在那几天,我接到了北京来的信。拆开看,汪老去世了。治丧委员会让我去参加追悼会。可我想想我妈的反常情况,真的是不敢离开。只好去了一封吊唁信表示了我的悲痛心情。

那天中午我一进圆通寺家门,鼻子里闻一股佛堂里的味道。我的脑子里马上想到,家里点香了。一看箱顶,慈法的石头像前,有了香炉,里头还插着三炷着着的香,在冒烟。

一下子,我的心里不知道是种什么样的感觉涌上来,说不出的那种。

但我知道,我妈她根本就不是原来钢钢骨骨的那个我的妈了。

5. 三表姨

我在散文集《你变成狐子我变成狼》书里的《伺母日记》记着,1998年7月19日上午九点多,老母急忙忙地到了牛角巷二虎家,跟他妈说:"高大娘快点,有灰人在西门外的广场正打我招人呢。"高大娘一听也急了,从街上叫了几个邻居,和我老母相跟着赶到西门外。可是,广场平平静静的,哪有个打架的场面。高大娘问我老母,您咋知道招人在广场碰到灰人了。老母说:"我在家看见的。"

邻居们这才知道,曹大妈这是疯了。

第二天上午10点多,老母又拄着拐杖到了二虎家,又跟高大娘说灰人们正在西门外打我招人呢。高大娘哪还会再相信有这事儿,说她瞎说呢。老母很生气地走了。别人不相信,她相信,因为老人家又"看见"了。老母返回家取了菜刀,就"噔噔噔"地拄着拐杖往街外走,要到广场去解救她的儿子。

寺院门外要饭的八斤和润喜儿问明白了是怎么回事,就说这还了得,走,曹大妈,我们跟您去。一个左手拄着拐杖右手提着菜刀的白发苍苍的小老人,一左一右跟着两个衣衫破烂手握半头砖的要饭人,其中一个的脸上是明光光的红伤疤,像鬼。三个人气恨恨怒冲冲地向广场进发。他们的身后跟着看红火的人们。队伍越来越大,越来越浩荡。过来两个交警,企图驱散已经妨碍了交通的人伙,但作用不大,只好向110报警。

十一点半,我在公安局办公室接到电话,让到巡警大队的盘问室,说那里有三个闹事的人,让我去认领。他们说的是三个闹事儿的人,所以当时我根本就没想到里面会有我的老母亲。

我妈这是得了幻觉幻想病,而且还要把她幻觉幻想出来的事,当成是正在发生的事。可当我一出现在她的面前,她的病就好些了。

我跟七舅商量,让我妈离开圆通寺这个环境,到村里走些日子散散心。

按原来的计划我们是回钗锂村,我跟七妗妗也要了村里他们的房钥匙。可老母却要回下马峪。我一是觉得,下马峪没个合适的吃住的地方,二是在下马峪我妈肯定是要到我爹的坟前,那样子她会更加伤心。但无论怎么哄劝都说服不了她,只好依着她。

我想到了三表姨,如果她能跟我们回村的话,那我们就能住在喜舅舅家。

喜舅舅和三表姨的母亲,我妈叫姑姑。他们叫我妈叫表姐。可喜舅舅大名叫曹喜谦,按下马峪村里姓曹的来说,跟我又是平辈。

喜舅舅不想让我叫他舅舅,想叫我叫他喜哥。在我四五岁的时候,他就指着我说,你叫我喜舅舅,我可吃恼你这个。

"吃恼"是应县话,意思是为这件事很不高兴、很不愉快。这是相当于"吃惊""吃香"类的词组。

我妈说他,你个愣喜娃,娃娃叫你舅舅还吃恼,那叫你啥?喜舅舅说,我叫曹喜谦,他叫曹乃谦,他该叫我哥哥才对。

三表姨说,他叫你哥哥,可他叫我姨姨,那你就也跟着叫我姨姨哇。

姑姥姥骂他,一个铜钵子不机明货。

"铜钵子""不机明",这也都是应县话,意思是带点傻。

喜舅舅半点也不傻,手很巧,我想要他编的叫蚂蚱笼,他说,那你叫我声喜哥。我就说,喜哥,把你的蚂蚱笼给我哇。他说,我这是两个,那你还得再叫我一声。我又叫他一声喜哥。他高兴地说,兄弟想要,都给你拿去哇。

我们在下马峪原来是有房的,可自我爹在六十三岁时去世后,我妈说再也不想看见那个房,两间卖了七十块,顶是白给了人。

要回下马峪去住,我首先是想到了喜舅舅。我们直接去他家也行,可总是不如让三表姨带着我们好。再说了,我也是想告诉告诉三表姨,我妈犯病了。

我就给三表姨打了电话,说了我妈的情况,三表姨一听,"啊"了一声,当下就说,招人那你等三姨的,我们这就动身回去看表姐。

我跟我妈说咱们等等,陕坝的三表姨来看您呀。我妈一听三表姨,高兴地说,那咱们等等你三姨,一块儿回村。

三表姨现在在内蒙古巴盟的杭锦后旗住。人们把那个地区叫作陕坝。

三表姨比我大十岁,在她十二三的时候,我的姑姥爷就去世了。姑姥姥不到四十,说不再嫁人。她就自己拉扯三个孩子。大表姨结婚给了本村姓石的一家人之后,我妈就劝姑姥姥说,姑姑咱们得想个法子,不嫁人就不嫁人,可咱们不能是死守在村里,当个男人似的没完没了地受苦。姑姥姥说,那还能有个啥法子呢?我妈说我跟五子给您盘算了,走哇,跟我到大同,不嫁人,咱们找个上锅的营生,也比您在村里受笨苦强。

我妈说的上锅,就是给人家当保姆。

姑姥姥在我妈的一再劝说下,同意了。

我妈先回了大同,让五舅抓紧给打听主儿家。

在我上小学三年级时,五舅给联系着了一家,说为人好。首先孝顺是出了名的,叫许志远,是雁北地区的专员。

那是个正月,一过大年,我妈赶快回村,把姑姥姥引到圆通寺。先在我家住,过了十五,姑姥姥正式到了许家去当保姆。在许家吃住,一个月挣五块工钱,还给一块零花钱。

// 清风三叹 //

在我上小学四年级时,三表姨跟村里来圆通寺了。晚饭后我做完作业,她就给我讲故事,可都是她在下马峪念书时学过的课本里的东西,她一说,我就知道她下面要讲什么。老是这样,她觉得没意思,后来说那咱们断谜(音 méi)来,我说个谜,你断。

断谜,这是我们应县人的说法,就是猜谜语。

我说你说。

她说,房上的灰,树上的炭……她还没说完,我紧接着说,河里有个沤不烂。

她说,一棵树不高高儿,上头……我就抢着说,挂着个小刀刀儿。

她说,一点一横长,梯子担上房,大狼张开嘴……我又说,小狼往里藏。

三姨气得说,不跟你断了。我说断断断,这回我不往着猜还不行?

三表姨说,那,我也没有了。

我说,那我说你断。

她说,你说。

我说,一个姑娘不嫌羞,撅起屁股让人抠。

三表姨不知道这个是荤谜素断,大喊说,表姐你看你招人灰说啥?

我说,是锁子锁子,是吊锁。

三表姨这次是来相对象的。男方叫任步云,在内蒙古工作。他的母亲是在大同市的段市长家当保姆。这两个当保姆的要强的女人要结亲家。

五妗妗给三表姨做了新上衣。

男女双方是在仓门十号院五舅家见的面,一见,相对了。

男方请了没几天假,很快就要走。

我说,三姨我知道啦,知道你来我家这是来做啥呢,是想结婚呀。

三姨跟我妈说,表姐你看你这个灰娃娃,要笑他三姨呢。

三表姨走的那天,我拦腰抱住她说,不要你去结婚,不要你去结婚。

我哭着喊着说不让她结婚,她也是不住地流泪。

从此,大名叫任步云的一个男子汉,就是我的三表姨夫。

三表姨去了内蒙古,给我们来信了。信里跟我妈说,表姐,招人真灵,你要好好供养他念大学。

当时是我给我妈念这封信。

我妈说我,听着没?我说听着了。

我妈说,你不好好儿学,看我不搂断你的狗腿是好的。

三姨夫一直在内蒙古工作,后来当了杭锦后旗的书记。三姨在旗供销社上班。

我结婚后,三表姨听说我想给四女儿买辆26车子,她就给我寄回来了,深绿色,女式永久牌儿,大链盒儿,还能高低中地变速。整个大同市也可能是只有这一辆。

三表姨又问招人俺娃还缺啥?表?缝纫机?我一听三表姨主动问,就说要不再给买块进口表,我戴的是上海牌儿的。三表姨说,你家有缝纫机吗?我说没有。三表姨说,好了,那这次一便儿吧。

245

半年后,三表姨给寄来了一块英格表,一架蝴蝶牌缝纫机。我把英格表给了四女儿戴,把结婚时给她的百浪多我戴了。

后来我知道,三表姨那里这些东西也不是很好买,按她的话说,这是为了"报答表姐对我们的拉拽"。

姑姥姥一直跟着许志远,整个儿成了那家的一口人了。许志远说要给老人养老送终,姑姥姥不,在她七十岁的时候,到了内蒙古三表姨家。七十八岁时,查出了癌症病。

当姑姥姥自己觉出身体不行的时候,她说要回老家,回下马峪。

三表姨送的,这次是住在了仓门。

姑姥姥知道自己得的是啥病,可老人钢骨,让躺不躺,腰板挺得直直的坐在那里。她是坚强,不想让人看出自己的病样子。

姑姥姥说,许志远是个大孝子,每天也是先到隔壁的母亲那间屋跟母亲说话,直到母亲说,你走吧,我睡呀,这才敢离开。还说,他母亲一不高兴了就说,跪下,他就赶快跪下,母亲不让他起不敢起,就一直跪着。

我妈说我,听着没,我说听着了。

当时是在五舅家。文文表弟说我,表哥,姑姑以后让你跪呀。五舅说,跪算个啥,父打子不羞,不孝顺还拿耳光扇你们。文文缩起肩膀不作声了。

大家都笑。

可我母亲没让我跪过,只是动不动就让"站那儿"。

姑姥姥回村时,四女儿给了一大塑料袋葡萄糖粉。喜舅舅说,姑姥姥回村饭量一天不如一天,后来就不吃东西了,我们每天只是把招人媳妇给的那个粉给泼点。

姑姥姥直到走前的最后一口水,也喂的是这种葡萄糖粉冲的饮料。

接到我电话的第五天,三表姨和三姨夫跟内蒙古回来了。

我事先就跟朋友加兄弟昝贵说好了,他让司机小林把我们送到了下马峪喜舅舅家。

我没跟喜舅舅说我们为什么回来,老母也没说什么。她好像是根本就记不得自己幻觉过什么事情。

吃过午饭老母就说想到坟地看看,我看三表姨,三表姨点头。我跟三表姨他们商量过了。三姨夫说,老人想做啥就做啥,顺其自然。我就领她去了。

进了坟地,我妈就坐倒在坟前哭开了。"那货哎——那货的哎。那货哎——那货的哎。"她在哭我爹。

我妈叫我爹叫那货。她不会述说,就这么一句,哭了足有半个钟头。怕她哭坏身体,我劝她别伤心了,可我劝不住,只好也站在一边流泪。

后来倒是她自己说,你看你三姨来了。我捩转身,三表姨跟姨夫都来了。

我妈不哭了,三表姨把手绢给了她。

我妈擦擦泪说,他三姨夫你看,还是村里好。

// 清风三叹 //

三姨夫说，下马峪就是好。

也就是在这次，我问老母："妈，您常说的转山头，是怎么回事？"我妈记不得具体的年代。三表姨跟我说，我爹1944年参加了地下工作，先头是在应县周边打游击。有次回村让人报告了，乡公所的警察来家捉我爹。我爹跳墙跑了。我母亲让乡公所的警察叫走了，捆在树上用皮带抽打，让说出我爹藏哪儿了，我妈死不承认我爹回来过。三表姨说，后来是姑姥爷托着人，我妈才让放出来了。自那以后，我爹再回家时，就不在家住，领着我妈进南山。

老妈说，他们共进过好几次山，凡是那样的日子，脑袋就别在了裤腰带上了。她说说不定啥时候就没命了。她还说睡在石头上，前半夜很暖和可后半夜就凉了，还说身上的虱子一圪蛋一圪蛋的。

三表姨说，再后来，你爹就到了大同一带活动。你爹要领你妈，你妈不跟。

三姨夫跟我妈说："表姐你要是那时跟上姐夫一了儿到了大同的话，那现在也是抗战干部了。"

我跟三表姨领着老母在村西散步，碰到了叔伯五嫂子。她是原来跟我们一个堂屋地的二大娘的大儿媳妇。五嫂子说："招人你是忘了，我结婚时，你还不会走。你妈把你抱在我的怀里，让我抱抱。说新媳妇抱了，就会走呀。可不，我是腊月结的婚，你到正月就会走了。"我说："这得感谢嫂子你。"她说："要感谢你得感谢五大妈。不是五大妈你能到了大同？不是五大妈你跟你五哥还不是一样的庄家农户人？"三表姨说："是人家招人命好。你说表姐？"我老母说："用说？"那意思

248

是"招人的命好是不用说的"。

我问三表姨记不记得我刚会走时候的事,三表姨说那还不记得,你正月十五会站的,第二天就会走了,第三天就到我家让姑姥姥看,还跟喜舅舅说,喜舅舅你以后不能再骂我是招软软了,我会走了。

我听了,觉得很失笑。

三表姨说:"你一会走……招人,你知不知道你四岁才会站?"

我说:"知道。"

三表姨说:"不过,你是一会站了,没两天就会走了。你妈让我们家的狗跟你结拜弟兄。"

我说:"三表姨你快说说这是咋回事,我妈咋叫我跟狗结拜弟兄?"

三表姨说:"你姑姥爷去世了,你姑姥姥黑夜总觉得说是有人在窗户外,我们家就养了一条狗。你会走了,你妈怕你出街让狗咬,把你吓着。她就把我们家狗叫到你家,把你吃了一半的饭,专门不让你吃了,就端给狗吃。还要把你叫到狗跟前跟狗说,记住,甭咬招人,招人是你的弟兄。又跟狗说,你去说给别的狗,也不能咬招人。"

我越听越觉得有意思,想象着当时的情景,一个光头小孩跟狗结拜弟兄,问我老母:"妈,那顶事不?"

老母说:"那还不顶事?你想想,你这辈子让狗咬过没?"

我想想说:"没有。真的没有。我看见狗,半点也不吓得慌。"

三表姨说:"你妈是你的保护神,多会也是为你着想着呢。"

喜舅舅的大女儿和二女儿都嫁在了本村,她们请我们去家吃饺子。

我姥姥去世时,是喜舅舅领着二女到钗锂村行的礼,当时她是十三四岁,那时我就发现了她的漂亮,悄悄地跟着看人家。这次,眼前的这个二女呀,简直是把我惊呆了,整个儿是让我犯傻。

她天天来父亲家,看姑姑。可我每次都是躲得她远远的。那天她又来了,我就出院坐着。后来他们说完话,她跟家出来了要走。见她出来了,我赶快站起。她看着我说,稳稳坐那儿哇么,站起干啥。听她这么说,我赶快原地坐了下来,愣愣地望着她的背影出了街门。

我得出个结论,凡是二女都好看。五舅家的丽丽是二女,七舅家的平平是二女,钗锂村三舅舅家的二姐,仓门武叔家的二女,还有四女儿的二姐,也都好看。

对了,我姨姨是二女,三表姨也是二女,都好。反正我碰到的,凡是二女都好。

村里人听说我妈回来了,都来看她们。有叫她换梅的,有叫五大妈的,有叫五奶奶的。除了头两天,其余的中午饭我们都没在喜舅舅家吃,这家请完那家唤,早早就都排好了。老母很高兴,很觉得有面子。

甫谦大哥也请了我们,原来三表姨跟甫谦哥在一个班念过书。

在他家吃完饭,我妈居然给躺在毡子上睡着了。三表姨和姨夫回喜舅舅家了,我和甫谦哥在另一个屋说话。他告诉我,他母亲去世后,他父亲一直没有再娶,四年前也离开了人世。他问我孩子干啥,我说大学毕业了,当英语教师。他说咱们这一支的人天生聪明,都是承继了母亲的灵气,可惜你记不住她。我没言语。这时,兄嫂过来说五大妈醒了。

我们就过去了。

我妈跟甫谦大哥说,我梦见你爹了,挎着筐子拾粪呢。

我们都笑了。

每天早晨我都和老母到村外散步,她从不用我搀扶,自己拄着拐杖走。我就走就吹着箫陪伴着她。走得乏了,我们在路边的水泥防渗渠坐下歇缓。

因为是早晨,有雾气,天空不是很蓝,但很干净。天底下,到处是绿绿的。村里,家家户户的屋顶都飘着白色的炊烟。除了嘹亮的鸡鸣,还不时地有牛羊驴马的叫声远远地传过来。一个俊俏的小媳妇提着篮篮过来了,走到我们跟前站住说,您回啦?我妈说你出地呀?她又看着我的箫说,你吹得真好听,我就做饭还就听呢。她走后老母说:"你看,认也认不得咱们就问候咱们呢,认也认不得你就夸你呢。"有人夸她儿子她高兴。

可能是下马峪明朗的阳光皎洁的月色清除了老母心头的烦躁,也可能是下马峪清新的空气和谐的色彩净化了她的头脑,也可能是下马峪浓浓的乡情纯纯的乡音稳定了她的情绪,还可能是来下马峪的头一天她在坟地的号哭,把堵在胸口的郁闷都吐出去了,反正是,这半个月里她老人家的言谈和行动一直很正常,没有出什么差错,更没有出现幻觉。

事先就约定好了。我们在下马峪住二十天,老昝叫小林来下马峪接我们,我们又跟三表姨领着我妈回到了大同。

三表姨要回内蒙古杭锦后旗,跟我老母说:"表姐,走哇,跟我到陕坝过八月十五,去海散海散。"老母说:"我离不开招人。"三表姨说:"叫招人也去。"老母说:"招人不给人家上班儿啦,净跟上我瞎转能行?"三表姨说:"表姐你知道这就行。以后把心放宽,别乱思谋这思谋那的,给人家招人添麻烦。"老母说:"我不了。以后不了。不瞎思谋了。瞎思谋这那的,净给招人添麻烦。"

一家人都笑。老母也笑。

我也笑。

我笑是觉得,老母的话一点也不乱,完全是个正常人说的话了。

6. 东关

三表姨走后,怕再有个什么反复,我和七舅商量,把我妈送到七舅家。为的是七妗妗不上班,整天能陪她说话,这样她就不感到孤独。她没表示出不愿意,顺顺当当地听从着我们的安排。

中午下班我去七舅家看老母,七妗妗留我在他家吃饺子。

我们应县人吃饺子,有个习惯是让客人来尝尝煮好了没。意思是由客人决定饺子皮儿的软硬,该不该出锅。没有客人的话,那就是由家里最尊贵的人来尝。

饺子煮得差不多了,七妗妗捞出一个,把碗递给我让我尝。我没推让,接过碗,夹开一看,里面有个钢镚儿。七妗妗说,看俺娃那命好的,尝饺子就尝着了钢镚儿。

我老母说:"你们当是啥?招娃那命,你们当是啥?"

去年我们家就集资了新房,地点在东关的雁北中医院家属院。院里原来是平房,都拆了,盖了四栋六层楼房。市卫生局职员,都有份儿集资。四女儿是卫生局药政科的,集资了其中的一套。

因为地址是在东关,人们都叫东关,不说是卫生局家属楼。

半年前我们就开始装修,自老母有了病,停了下来。这次从应县回来我又请了匠人,开始动工。

无论多忙,我每天总要去仓门七舅家一趟,让老母看看我,知道我还好好儿地活着,没出什么事儿。我跟老母说新装修的家里面也有您的一间,以后您就跟我们住一起吧。她说噢。

1998年10月5日,我把老母从七舅那里接回花园里我家过了个中秋节,夜里,我跟女儿和四女儿三个人挤在一起,腾出女儿的床让给老母。

第二天,我把老母送到了我们的新房。

新房已经装修完了,屋里有股油漆味儿,我妈不嫌。她像个验收员似的这里看看那里看看,不住口地说,行了,行了。招人,行了。过去的老财也没住过这么好的房。

我把二十四平米的客厅装修成书房,除了一面是采光大玻璃外,其余的三堵墙全是屋顶高的书柜,把我的四千多册书都码了进去。

我妈说:"啧啧,看这书多的。啧啧,净把钱买了这。"

验收到她的屋我说妈,您看这是您的房,您看这是您的床。她的嘴一扁一扁的但又控制着没哭出来,后来变成了笑模样,又重复着刚才的话说:"过去的老财他也没住过这么好的房。"

怕老母夜里摸不到按钮,我给她的床头安装的是拉盒开关。我让她试试好拉不,她说大天白日的费那电干啥。嘴里虽这么说,但还是"咯吧咯吧"地试了两下说,好拉。真好拉。

老母自从八月十六住进新房,我就一直没让她离开过,我不想让她再回寺院住了。我从圆通寺把她的衣物被褥和洗漱用具拿了过来,哄她说佛教会给了咱们五千块钱,把圆通寺的房收回去了。她问家里的东西呢,我说烂箱烂柜新房这里用不着,全给了高大娘。她说,管它,给给去哇。可一下子又惊惊乍乍地问:"啤酒壶呢?"我说那当然拿回了。她说:"我就说。"

我还像在圆通寺那时候,每天早早地就提着牛奶和椰味儿面包过来了,午饭晚饭也是跟她在一起吃。不同的是,她再也用不着挖灰生火了。

煤气灶还在旧房没搬来,我用电炒锅做饭,但都是从饭店往回端现成的。嫌麻烦,我不打生啤酒了,一捆一捆地买瓶儿装的云冈牌啤酒。老母又问生的好还是熟的好,我说还是您给打的生啤好。她说要不妈还每日给你打去哇,我说那可做不得,小心走丢的。她说噢,走丢就灰了就回不了家了见不着你了。

老母自己在我们的新居住了五十多天。后来的一个星期日,我们全家都搬来了。

老母最奇怪电饭煲做出的米饭咋就半点儿也不焦煳,我告诉她快煳的时候就自动断电了,她说看那好的。她叫电饭煲的那两个指示灯叫"人儿",一煮米她就守在桌子旁给看着,等到指示灯一变换就大声地向我们报告说"人儿跳过去了,人儿跳过去了",好像她不守在那里,"人儿"就跳不过去似的。

晚上我让老母跟我们一起看电视,她问咋老也没山西梆子,我说我们不好看那。她说我可好看,你死鬼爹也可好看。四女儿跟我说,要不咱们再买上个大电视,省得你一看踢足球我们就啥也看不成了。我说那太好了。

大电视买回了,我先给老母找山西梆子,没找见,找见了京剧。老母说这就是这就是,我说这是京剧,她说你们年轻人不懂得,这就是山西梆子,我说那您就看吧。

不管是什么剧种,只要是古装戏她都叫山西梆子。古装戏也不是天天有,没戏了她就跟我和四女儿去看电视剧,可不管看啥,看着看着她就丢开盹了,让她去睡她说还看,看着看着她又睡着了,有时还打呼噜,但电视一关她就被"吵"醒了。

隔个十天半个月,七妗妗来家,在电淋浴下,帮着给我老母洗个澡。洗着澡,跟兄弟媳妇说说老古家常话,老母的情绪就好些。七妗妗家人多,等着她做饭。我也不强留,用自行车把七妗妗送到仓门。

老母跟我们说你七妗妗尔娃好人,小小儿就嫁给你七舅了。我和四女儿问他们结婚时是多大,老母说,俩人都还是十六七的小娃娃。

我想起了,七舅结婚后,我爹才又给他联系着到大同三中上了学。

自老母有了病,我一直没动手搞过创作。看护老母和搞创作,这两样事都得全身心去投入,不能兼顾,否则的话哪样事也做不好。我当然得先顾恩重如山的老母,我要先当孝子后当作家。后来她老人家的病好了,我又能动手写了,已经写了十多天。

我的习惯是在后半夜起来写,怕电脑的"嗒嗒"声影响别人睡觉,我把书房的两扇门都关住。可在第一天老母就推门过来了,我压低着声音说把您吵醒了?她也压低着声音说我原来在后半夜也睡不着。她从没见过我打电脑,说要看看,我就给她搬了把椅子。这要是换个别人看着,我肯定写不在心上,可老母坐在我身旁就没关系,影响不了我的思路。一连几天,或迟或早老母总要进来。我知道在我们白天上班的时候她睡好了,就没往走劝她;我还知道她心里在想,儿子不睡觉,那我就也过来陪着他。她说招人你写字写得真好。她是个文盲,半个字也认不得,却夸我写得好,我觉得挺好笑。她又说,你看你写得一溜一溜的。我指指门,意思是怕她影响四女儿和孩子睡觉,不让她说话。她明白了,点点头。可她隔一会儿又说你打乏了,缓缓。我说不乏,您想睡睡去吧。她说不想睡。隔一会儿她又说,我看你缓缓哇,乏的。我说不乏,您想睡睡去吧。她说不想睡。

第二天早晨不到5点,老母就推开我们门喊招人,我正睡得香,没听着。她又四子四子地喊四女儿小名儿,四女儿问做啥。她哭丧着声音说我当招人死了,又说那两天他早就起了可今儿还没起,我当他是死了。

既然老母把我吵醒了,那我就干脆起来打电脑。打着打着听见老母又推开了孙女儿的门叫丁丁:"丁子起哇,丁子起哇。"丁丁没好气地问说干啥,她说:"奶奶知道你渴了,你起来喝口水哇。"

老人家今天这是怎么了？该不是又要犯病？我不敢往下想,看看她的神情,好像没事儿。

可是在第三天上午的10点多,接到楼道对门邻居老葛的电话,告给我你妈说电脑着了。我吓了一跳,赶快回家。原来是昨天早晨打电脑当中停电了,我没关显示器开关,上午我上班时,来电了。老母看见屏幕亮着,就在屋里狠死地拍着门喊人。

虽是一场虚惊,并没有发生什么火灾。但有更大的不幸发生了,那就是,老母的幻觉症又重犯了。

我又请了假,整天陪着老母。白天她还好些,眼睛痴痴的不说话,可每到半夜就大声吵嚷,无论我和四女儿怎么唤叫她都清醒不了,用冰凉的湿毛巾擦着她的脸时,她还在不管不顾地叫骂。

"来！给爷上,不捅死你是假的。"

"招人俺娃不哭,俺娃不吓,有妈呢。"

"叫你扑。给爷扑。"

"不捅死你是假的。"

四女儿说她这是在跟人打架,我说不是跟人,是跟狼。她这是又回到了五十年前的那个日子。

我跟老母说:"妈您醒醒,狼让您给捅死了。"她说:"谁让它要吃我招人。"四女儿问:"招人是谁?"她说:"招人是我娃娃。"四女儿又问:"他现在在哪儿呢?"她说:"到学校上学去了。"四女儿指着我问:"您说这个人是个谁?老母眨巴眨巴眼想了想说:"是个招人。"

大夫批评我,说老母的病重犯是因为我给停了药的过,这回再往好治可不容易了。七舅说我看主要是因为你们两个白天上班家里没人,老人孤独的过,我看给老人雇个人聊聊天说说话会好的。我们一致的看法是,雇生人不行,要雇就得雇个熟人。我回下马峪雇来了我父亲的侄孙女,一个月三百块钱,人家挺愿意在,可我老母不让她接近,她一到跟前就"呸呸"地往人家脸上唾。没办法,我只好又把她送回了村。

站在厨房看见地区中医院有孩子们在学自行车,我一下想起小时候,我在圆通寺院里学自行车,我妈怕我摔倒,给扶着车后边,她说:"你爹一辈子也不会骑个车,妈更不会,你给妈学会它。"扶了两次我嫌她碍事,不让她扶了。我跟三角框掏着骑,没两天就学会了。在院里学的时候没摔跤,可头一次出街骑,撞在一头小毛驴身上,摔倒了。小毛驴主人让我赔毛驴。正好我妈过来了,跟他吵架,说:"行。我赔你头毛驴。你得先赔我娃娃。"人们给拉开了。那是小学二年级的事。

七舅说要不再来我这里住些日子,看看能不能调理过来。

在七舅家住了几天,老母的疯说疯闹没什么好转,却又发生了另外的事故。七舅家床高,老母在夜里给摔倒在地下,不能走路了。第二天七舅把老人送回我家说,没事没事,骨头没断,过些日就好了。

七舅说他姐姐没事,可我不放心。我家就住在地区医院旁边,舅舅走后我把我的警察皮帽给老母按在头上,把她背到医院,拍了片子做了检查,骨科大夫也说骨头没事儿,我这才背着老母回家。

外面正飘着大片大片的雪花。路上有熟人说,你这是背着老母奔梁山去呀?他这是在跟我开玩笑,可我却笑不起来。

老母左边的坐骨软组织受到了严重的损伤,大夫说因为她年老,要想恢复到能坐的程度得三个月,要想行走得五个月后。要这么说,在这三五个月内她老人家的脸得人给洗,饭得人给喂,大小便也得人侍候,大夫说还得勤给她翻身,要不得了褥疮像她这个年龄就好不了了。那怎么办,要不我请长假?正想到这里,老母在我背上喊叫说:"发山水了,发山水了!"

回了家才发现,我的警帽和她的一只棉鞋不知道在啥时候给丢了。我赶快返回原路找,鞋找见了,可警察帽让人拾走了。

我问说,妈,鞋和帽子掉了您咋不言语?她说,桑干河发大水呢,桑干河发大水呢。

当初那个英雄的小妇人,现在竟然成了这个样子。我"唉"地叹了口气,同时禁不住落下了伤心的泪。

按大夫的吩咐,又给吃了几天药后,老母似乎是好些了,问说你七妗妗该来再给我洗洗。我说四子帮您洗。她说咋好意思叫人家媳妇帮着洗。我说让玉玉来。我妈说噢。

我把玉玉叫来,因为不能坐,只是打了热水简单地帮她洗了个澡,换换内衣。

洗完玉玉悄悄跟我说:"姨姨问七妗妗是不是有病了。"我说:"姨姨脑子还机明。"

我老母就是猜对了。七妗妗有了病,孩子们领到北京看去了。

我过五十岁的生日那天,老母说,招人俺娃的生日好,一世界的人今天都吃好的穿好的,又放炮子又点灯笼,又拢旺火又闹红火,为给你过生日。按她的说法,好像在我出生前人们不闹元宵似的。

中午四女儿跟老母说:"一会儿吃饭时把您扶起坐在椅子上,看能坐不。"

老母想了想说:"能,我今儿觉得不疼了。"

四女儿说:"招人生日您高兴的过。"

老母说:"不用说也是,一世界的人能有几个是正月十五的生日,我活了八十多了就知道还有个汪老也是今儿的生日,再没听说过还有别人。"

四女儿说:"您还知道汪老?"

老母说:"常听招人说。"又说,"老汉尔娃好人,尔娃教招人写呢。"

我们把老母扶在了椅子上,她果然能坐了。吃完饭她说还想坐会儿,可怕她坐不稳摔倒,我们就找出条围脖儿拦腰兜紧,后面和椅背挽住。

老母说:"你俩把我当成小娃娃了。"

听说姐姐能坐了,七舅在电话里说我早就跟你们说没跌着。他说的没跌着是指骨头没断,因为是在他家摔的,他怕担责任,落埋怨。实际上谁也没说他什么,是他自己耍多心。

这些日,我和四女儿一有空儿就搀扶着老母练走路。老母像个小孩子似的就走就说"走一走,转一转,出野地,看一看"。

老母每三天大便一次,算计着老母今天要大便,我在单位把手头的工作忙完后就回了家。一进门,躺在床上的老母跟我说:"我刚才吃蹴了。"老母叫大便叫"吃蹴",这是她一贯的说法。她说:"是我自个儿去的,可咋冲也冲不下去。"我赶快跑进卫生间,原来她把我们给她裆里衬的纸尿巾掉进了便池里。那要是真冲下去可糟糕了。

老母自己能走了,能到卫生间送屎尿了,这太是一件大好事了。我和四女儿真高兴。

这天的一大早,老母就说,说上个啥也得叫你七妗妗来给我洗个澡。我说行,我给您叫去。老母说,妈主要是想你七妗妗了。我说我给您叫去。我早就想去了,七妗妗到北京做完手术回来,刀口一直不好。

我急急地赶到了仓门。

七舅坐着小板凳,靠着病床,他的手紧紧地握着七妗妗的手。七妗妗看见我,笑了一下,没说话,眼里流下了泪珠。我的鼻子一酸,也有泪流下来。

就在这天的下午,勤劳一生的我的亲爱的七妗妗离开了大家,走了。

半夜我跟仓门回来,老母又问:"妈等了一天,你咋没把七妗妗叫来?"

我说:"七妗妗有病,准备送回村休养去呀。以后不能来给您洗澡了。"

半天了,老母才说:"噢,回村里好。"

7. 钗锂村

丁丁请我们上楼去吃饭。丁丁的新房跟我们家是一个单元,我们在二层,他们就在我们楼上四层。

我搀扶着老母上楼。老母就走就说:"看这好的。楼上楼下电灯电话。"我说:"妈您跟哪儿学会这么句话?"老母说:"你死鬼爹好说这句话。说是就共产主了义了。可现在主了义了,却没了他了。"我赶快打岔说别的,怕她想起不愉快的事又犯病。

七舅来家看姐姐,跟兜里掏出个食品袋儿,里面裹着一个鸡大腿。七舅家啥时吃炖鸡肉,总要给姐姐拿个鸡大腿。这已经成了法定的事了。七舅跟他的孩子们说,多会儿也不能忘了姑姑对咱们的好,要是没有你姑姑就没有咱们一家。他这话是指他在大同三中住校上学时,到街道报名参加了抗美援朝志愿军,可是在到我们家跟姐姐告别时,让我妈把他锁在家里出不来,误了火车,没走成。七舅那一批报名十一个人,没一个活着回来的。他常常跟孩子们说:"我那次要是去了,也就成了烈士,哪能有你们?"为这事,我悄悄问过我妈,说您不怕人家街道告您,说您破坏抗美援朝?我妈说:"他们告我?我还想告他们呢。我兄弟才是十六七岁的一个孩子,就叫去当兵。他们这是违法的。"

七舅说快七月十五呀。老母说想回村上上坟,七舅说,过两天让四蛋送你去。

老母说,我主要是想在钗锂村里住两天。

七舅说,要那样的话,那我也跟你回。

四蛋就是一世。四蛋是小名儿,一世是我给他取的大名。

一世喜欢汽车。七妗妗他们都还没搬来大同前,在村里他就学会开了。来大同后,在众人的帮助下,他买了一辆红色的夏利,跑出租车。

老母没有问七妗妗的事。

我在单位编杂志,自己能挪对时间。我跟领导打了声招呼,决定跟我妈和七舅一块儿回村。

说的是回钗锂,十五这天,我妈在出了应县城后,却让四蛋把车开到下马峪。

原计划,我自己给我爹上坟,我妈要来就来吧。上完坟,老母又让我引着她到曹甫谦家。

老母跟甫谦大哥说:"五大妈跟你说个事。"大哥说:"您有啥事盼咐哇。"老母:"五大妈要是死了,你得帮着招人打发五大妈。他啥也不懂得。"大哥说:"看您说的。精精神神的说这话。"老母说:"五大妈跟你说正事呢。"大哥说:"这还用说。有那一日的话,我会尽全力的。"老母说:"有你这句话,那五大妈就放心了。"

跟下马峪返到钗锂村,老母跟七舅又去给姥姥上了坟。

今天无论给谁上坟,老母都没有哭,嘴里却是说:"看今儿这天蓝的。"

在往钗锂村返的时候,我妈说,我看咱那房长时不烧了,别让耗子把炕洞给盗了。

我妈能想起这么个问题,这说明脑子没问题。

七舅说,按说家里半点粮也没有,不会招了耗子。

我妈说,我看是我到二宝家哇,他爹不是跟他一起吗,我想跟老二好好地拉呱拉呱。

我妈说的老二就是我以前提到的东院二舅舅。我的两个舅舅都是跟着他们排下来的。二宝是二舅舅的儿子。

我在《流水四韵》一书里的《高中九题·行礼》就写到了二宝,他跟我和表哥相跟着,到席家堡表姐家参加婚礼。当时他是十多岁,现在已经是拉家带口的了,有一男一女两个孩子了。

二宝勤劳,盖起了四间大瓦房。家里还让细木工在堂屋做了暖阁,当佛堂。里面供着祖宗牌位,请了菩萨,又请了财神。二宝说,改革了,住一起哇,相互有个照应。

二宝和方悦一样,说出的话,幽默风趣,还永远是善解人意的那种语言,从不伤害谁。

我们直接把车停在了二宝大门口。

二舅迎接出来,大嗓门喊着说我妈,这个灰姐姐,你是不是走错门了,来了兄弟家?

我妈上了两处坟没哭,可这嘴扁着快哭呀;可又没哭,笑了。二舅舅倒是抬起手背在擦眼泪。路上我们算了算,他们大概是有十年没见面了。

他俩手拉着手,进了家。

四蛋吃完中午饭开车走了。

我真是信服我妈。看上去她成天疯说乱道的,可半点也不糊涂。七舅家炕洞就是让耗子给盗了,烧不进火;烧了半天,炕头才有点热乎气。

我跟我妈就住在了二宝家,跟二舅舅一个屋。他们两个半夜了还说话,他们有说不完的话。

夜里,我做了个奇怪的梦。

表妹说,表哥你不是喜欢月亮吗?我来了。她从窗户飘进来,躺进了我的怀里。我说几点了,你不赶快回去,天就要亮了。她说,那好吧,明天再来。就又跟窗户飘走了,飘向了月亮。我跟她招手,招着招着,醒了。

我醒了,屋子里不黑,二舅舅和我妈都在轻微地打着酣。

人常说,日有所思夜有所梦,我这是在白天想到了什么?真是奇怪。

我细细地想,费劲地想,可我想不出,梦中的这个表妹是哪个表妹。

我的表妹多了,少说也有一打金钗。

眼看着快想出来了,可又想不出来了。眼看着快清晰了,可又模糊了。想着想着，我又进入到梦里了。

表妹说，表哥咱们进山去。我说走。我们踏着白冰，往山里走。走着走着，拐向了西沟。走着走着表妹说，你看我。我一捩头啊，吓了我一跳。她全身一点衣裳也没有，像个冰雕，立在坡上。我喊说，冻着冻着。

我妈把我推醒，说俺娃梦魇了。

我一下子清醒了，说，妈，我明天领您到到我们的大庙书房，二宝说我们的大庙书房还在呢。

白天，我搀着我妈去了当街。

堡墙还在，只是感觉上没有那么高了。

大庙书房还在。

我好像是听着了刘老师手里的铃声，我也好像看见了一个光头少年，第一个冲出教室，撒开腿，往姥姥家跑。七斤啦，面换啦，都在后边追，紧追着，少年跑得没影儿了。

有伙人在大庙台阶上歇阴凉。有个老汉问说你们是谁们？我说我是张宏锡的外甥，这是我妈。

呀呀呀，是换梅。

是换梅吗？

我说就是。

呀呀呀！十一二的时候，就能扛着一布袋莜麦跟场面回了家。

我说，手里还不误捎半布袋。

老汉说，你也知道这事？

我说是我舅舅跟我说的,是科举姥爷手的事。

他说,谁手的事倒是忘了,可这个事,村人们都知道。

东院二舅舅还精神,还好喝酒,我给他跟小卖部搬了一箱白酒。二舅舅高兴地跟我妈说:"姐姐你看我没白看好这个灰外甥。"老母说:"我记得招娃小时候,让你把他送大同,可你只把他送上了汽车就不管了。娃娃是自个儿坐着车跟应县到了大同。"二舅说:"记着呢。可让你们这个那个,一伙人把我骂了个灰。"老母说:"你做上了那挨骂的事了。娃娃那会才是个四岁,要不的话,就是五岁。"我说:"五岁。"

二宝又信了天主了,他喝酒前说,主啊,我又馋了。

我说你不是信佛,咋就又信了主了?他说我都信,你不看,佛堂里的正面墙上还贴着毛主席。我笑着说,有意思。这时我想起,我妈供慈法菩萨。

那些日,我天天供应大家酒,我跟二宝是啤酒,二舅舅和七舅是白酒,给二宝媳妇和两个孩子是饮料。

我每天的早饭给我妈准备的是牛奶粉,椰味面包,香蕉。这些都在一个皮箱里放着,我也不让别人。

怕我妈端不动碗,我给把三条腿儿的小板凳放在她跟前,当桌子,再给她围着手绢。

二宝媳妇夸我,大孝子。我说二宝才是大孝子。她说,他好个灰,着急了还呛白老汉呢。

七舅把炕修好了，工不大，只是补了两个老鼠洞。我跟我妈也都回了姥姥院，只是在姥姥家睡觉，吃饭还是在二宝家。

躺在姥姥家的炕上，我想起了小时候住在姥姥家的各种各样的事。

家里很冷，姥姥早早起来，先把炕火烧着，姥姥把我的主腰子撑成个圆筒，在灶火上烤。然后让我坐起来，往我头上一套，套在了身上。这时，肚皮和脊背就是热乎乎的，真舒服。

我从街口往家走，半路上，有只公鸡鹐我，我跑，它还追着鹐我。我大声地呼喊，姥姥从大门洞跑出来，打公鸡。公鸡转过身，迈着大步跑了。

听得街外有人喊着卖杏儿，姥姥跟家拿出一颗鸡蛋，换了十个杏儿。

我妈放羊，下雨了，我到大门口喊，妈——回哇——我妈答应着，急急地赶着羊往家走，我瞭着她走到地塄畔下坡的地方时，突然，我看不见我妈了，眼前一下子是一个红的火团，紧接着是一个很响亮的雷声。我妈也看到了，看见红火团把大门洞给罩住了，她吓坏了，以为我让雷给劈了。她大声呼喊着招人，连羊也不管了，放开腿就往过跑。

没有了，红火团没有了，我没让雷劈着。我仍旧是在大门洞里站着。我不懂得刚才眼前的那个红火团会有多厉害，也不知道自己经历了一场多危险的事。

姨姨病了，玉玉跟姨姨住在我姥姥家。

姥姥在耳房的地上拉风箱，做饭。我在院跟玉玉耍，听得家里我妈跟姨姨吵架。我说大人还吵架呢,就跑进家,看红火。

她二人都在炕上站着,面对面,虎瞋着。一会儿,又互相骂。

姥姥在地上骂她俩,看那是灰啥呢,灰性性的,两个没方向货。

她们不听,还相互骂,骂着骂着,我觉出要动手,就赶快跳上炕,钻进她们两个的中间,放声哭。

姥姥又大声骂说,看把孩子吓哭了,她们这才不吵了。二姨坐在炕上,我妈跳下地,走了。

后来,我妈领着姨姨到大同看病。

一年后,我妈雇了小毛驴平板车,把姨姨的尸体拉回来了。

我妈说要去去狼嗥沟的西洼地。二舅舅说,你妈小时候在那里捅死过狼。我说我知道我知道,明儿咱们就去。

我推着二宝的自行车,让我妈坐,可她不坐。我问西洼距离村里有多远?二舅舅说少说有七里地。我说这不行,您咋能走七里路呢,小心走乏了又病呀。人们也打帮,她这才坐后衣架上。出了村,又走了三里多地,已经没有个什么路了,不好推,我妈坚持说不坐了。

眼看着走得快进山呀,才说是到了。我看看,这根本就不是什么地,整个是一大片沙滩。

我妈跟七舅两个人,指指点点地研究分析后,说是找到了当年种瓜时的瓜房的地点了。我看看,只是在好像是处塄畔模样的当中,有一处浅凹的地方。

我说是不是我妈就是在这个看瓜房里捅死过狼?七舅说就是。

我说妈您真厉害。老母说:"谁往上扑也没给他股好的。"

就连地基也看不出,更别说是房的样子了。可我还是想象出一个十三岁的少女,蹲在三角形房里。房顶上,有只灰绿色的狼,在刨房顶,刨着刨着,不刨了。它让房里的女孩从里面捅出的一根铁杵捅穿了肚子。

二舅舅说,那一下子,你妈可出了名。西南乡谁都知道钗锂村的换梅了,一听说换梅,那可是不敢惹。

我跟大同起身时,事先就把单位的"135"相机背来了。我让我妈跟七舅坐在那个低洼的地方,给他们拍了个照。是黑白胶卷,可蓝天白云,清清晰晰,只是阳光有点强,他们都虾米着眼。

七月十五本来是下雨天,可这天却是蓝天白云。北方,能看见三十五里外的应县木塔。

回的时候是顺下坡儿,我说妈您说啥也得坐上车。我妈说,俺娃问问你二舅。二舅说,姐姐,我咋也比你硬强,你快坐哇。

我妈很高兴,中午吃了两个大包子。

8. 丽丽

我六岁时,姨姨去世了。我妈就把她的孩子玉玉带在身边,跟我们到了大同。玉玉跟我同岁,可比我小十个月。在我上小学一年级时,我妈说她还小,再等上一年再念书哇。在我上二年级时,我妈也领着她到我念书的大福字小学去报名,可人家学校说要她的户口。我妈哄学校说,她的户口在应县,正往来办着呢。学校说不行,说那等办来再上。

我妈这就忙着给玉玉往来办户口,心想着一年内就能办来了。

可是要想把她的户口跟村里办来,必须得是也姓曹才行,算是我的妹妹。可姨夫不同意她改姓。这个事情说了一年,也没商量成。我妈只好是在我上小学三年级时,把玉玉送回村里,在大庙书房上了学。

这样,眼看着我要有个妹妹了,可吹了。

姨妹也是妹妹,可不是亲妹妹。在我当时脑子里的看法是,只有改成也姓了曹,这样才算是亲妹妹了。

我上高小时,我爹在怀仁清水河公社工作,我妈要到清水河去开荒种地,就把我放在仓门十号院五舅家。当时五舅家有三个孩子:忠义表弟、秀秀表妹,还有一个也是表妹,叫丽丽,比我小八岁。她生月小,当时她还不到两周岁。五妗妗就说,招人我孩好好给看着丽丽,等她断了奶,我就把她给你呀。我高兴地说,那是不是也要改成姓曹。五妗妗说,那是作准的。我又问我妈知道这个事不知道?五妗妗说,那作准是知道。

这是太好的事情了,就甭提我有多高兴了。

当时五舅在缝纫社上班,妗妗没工作,舅舅就给她揽着零活,在家做。妗妗整天趴在缝纫机上做营生,她恨不得黑夜也不睡觉,赶活儿。买菜买粮担水做饭,洗锅洗衣服打扫家,所有的家务事儿就是五舅来负责了。忠义七八岁,秀秀四五岁。我十岁了,妗妗把看护丽丽的事交给了我,那她是最放心不过的了。

我呢,因为就要有这么一个也要姓曹的亲妹妹了,满心在意全心全意地按五姊姊的吩咐,来好好地看护着丽丽。除了上学不在家外,只要是我回了家,那她就是我的了。把屎把尿喂奶喂饭,都是我的事儿。走哪儿我都带着她,就连出去跟院孩子耍,也要背着她。最初,姊姊给我做了一块专门的兜布,把她兜绑在我背后,前面系着我的腰。后来长大些,用不着兜布了,我就那么背着她。再后来,她能走能蹿的了,也不自己走,就是要叫我背。叫我背我就背,叫我抱我就抱,有钱难买个愿意嘛。我愿意。

一个院儿的武叔教会了我跟他儿子鸿运下象棋。我就常到武叔家,跟鸿运下棋。丽丽也要耍棋砣儿,我们就把吃下来的棋,给她耍。没多长时间,鸿运下不过我了。

我想起了我们圆通寺的慈法师父,他常跟一个白胡子老汉下棋。我也就想跟师父小试小试,看看我能赢了他不。星期日的中午,吃完饭,我跟姊姊打过招呼,就背着丽丽到了圆通寺。

怕丽丽捣乱,我先搂着她,就拍就"噢噢"地哄她,打发她睡觉。睡着了,把她放在炕上。怕把师父的炕毡尿湿,我把我的衣服叠叠,铺在她身底下。我跟师父摆上棋,下开了。来的路上,丽丽在我的背上颠得迷糊了,睡了快一下午。

我们在师父家吃了晚饭,才背着她返回仓门。进门,丽丽跟兜里掏出红枣,给忠义和秀秀一人一个。

师父家永远也有红枣。因为能吃到红枣,丽丽一听说到圆通寺,一下子就跟炕上蹦起来,站在炕沿边等着往我背上趴。路上碰到卖冰棍的,那肯定是要给她买的。我说你要在我背上吃,要把凉水水掉我脖子上,下来吃。她说,噢。也只有她吃冰棍的时候,才下地走那么一小程。

她一手捉冰棍儿,一手牵着我的手。那个样子,我永远都忘不了。

我还忘不了她吃完冰棍儿的那只手,趴在我肩膀上的那种黏黏的感觉。

我背着丽丽最远的地方就是回我们圆通寺。我们也常常回圆通寺,差不多一到星期日的下午就想到到圆通寺。反正是,一个月不回个三回也得回个两回。一个是为下棋,二个也是因为师父给我做好饭。吃好饭不仅是我吃,丽丽也能吃。

我跟慈法师父说这是我的亲妹妹。慈法师父说,以前没听说过。我说,是我妈嫌她是六指儿,就把她给了人了。师父说,六指儿孩子聪明。我说,我妈也后悔了,就跟人家又要回来了。师父端详着丽丽说,倒是真的跟你妈长得一样一样的,那一准是你舅舅的孩子了。我笑着说,您猜对了,是我表妹。

想哄师父,那是哄不了的。

我在仓门待了两年,上初中时,我妈跟怀仁回来了,说不种地了,要好好地拧我学习。这当中我还提醒过我妈,说丽丽断奶了,已经能吃饭了。我妈说,妈跟你舅舅他们正商量往上弄忠孝,办了一件再说一件。

我初二时,忠孝表哥跟村里弄上来了,就在我们家住。我又提醒我妈,您不是说等表哥上来后,就商量丽丽的事?我妈说,妈这还得到村里种地去,等回来再说。

这样,就把丽丽的事又搁下了,慢慢地也就晾凉了。

凉是凉了,这件事也不再提。也或许是,从一开始就没有要把丽丽给我们的这种事,是妗妗在哄我呢。

爱是啥呢,可我见了丽丽,总是跟见了别的表妹不一样。我也能感觉到,丽丽见了我,也跟别的表妹见了我,有不一样的笑容,有不一样的热情。

毕竟是我背过她抱过她,两年时间有过的往事,在童心里已经是埋下了一颗美好的种子。长时不见丽丽,我就想丽丽。丽丽大概也想着我,一见了我,叫一声"表哥"就揽腰把我抱住。后来长大了,长成少女了,才不这么了。

1976年8月丽丽初中毕业后,在城关公社新添堡村,当了插队知青。当时我是在忻州窑派出所当户籍内勤,每天早走晚回地跑家。先是大清早地跟东风里骑车来到圆通寺,把车子放在我妈家的窗台前,看看我妈有啥事没有,然后再步走着到公共车站。晚上跟矿上返回来,再到圆通寺来取自行车。

在我回到圆通寺取自行车时,常常能见到丽丽。她是来给姑姑担水,来跟姑姑做伴的。她还常常是到雁塔服装厂,去接了姑姑回家。

她说,表哥你们警察发的黄挎包真好看。我说,给你去吧。我当下就把里面的东西掏出来,把黄挎包给了她。她说,给我你没了。我说还有,我在红九矿时,不仅发了黄挎包,还发了黄军装,你要不?她说,要要要。我说你穿就是有点大。她说,穿军装就得是大大的肥肥的,才谱儿。

我说,表妹你懂得俏了。

她笑,笑得圪美美的。

有个早晨我来圆通寺放车了,远远地我看见丽丽在街门口站着,往我来的这个方向瞭,看见了我,她笑着下了台阶迎上来。

我说你站在大门口做啥?她说我等你呢。

我说,表妹在大门口热烈地欢迎表哥,表哥真高兴。

她脸有点红,悄悄说,表哥我跟你说个事,说完表情又严肃起来。

我说,啥事?这么严肃。

她说,表哥先保证我说的事你别让任何人知道。

我说,我保证。

她说,表哥向毛主席保证,那我就说。

我举起右拳说,向毛主席保证。

她说,我们插队的那儿,有个小男孩知青跟我说,说他喜欢我,把我气得。

我说,多大个小男孩儿。

她说,比我小三岁。

我说,这个小屁孩,等表哥哪天去揍他一顿。

她说,你先别揍他,你先看看他。

我跟她说"去揍他一顿",也是跟她开玩笑,没想到她不让揍,让先看看。我猜出丽丽是也有点喜欢这个比他小三岁的小男孩了。

我说,行,哪天我去新添堡看看这个小屁孩,他居然敢说喜欢我的表妹。

她说,表哥你别去我们那儿,等我哪天把他领圆通寺姑姑家。

我说行,我星期日中午基本上都在圆通寺。

她说,表哥你可先别跟任何人说,等你看完再说,跟姑姑也不说。

我说,不说,刚才我不是向毛主席保证了嘛。

她帮我把自行车推进大门,搂着我的腰,一起进了院。

那两年,玉玉在阳泉。

就是因为有丽丽常来圆通寺,跟姑姑做伴,我在派出所工作也放心。有时候我到了圆通寺,没看见她,我倒是要问我妈,丽丽没来?我和我妈都已经是把她当成了自己家的一员了。

1978年我调回市局二处,天天的早饭和午饭都在圆通寺跟我妈一起吃。丽丽也常来姑姑家。她也把姑姑家当成是她的家。

我问她你咋不把那个孩子领来,叫表哥见见?她说,我跟他说了,他不敢来。

我问他叫个啥名字?她说叫杨瑞。

1979年,响应国家号召,知青可以进城当工人。大同市二电厂到城关公社招知青。经过考试,三十人报考二电厂,考上十个人,有丽丽跟杨瑞。

到电厂上班后,他俩又上了中专,学习电气专业。毕业后,他们都成了技术员。

丽丽这才把杨瑞给领到圆通寺。

他笑笑的,看我。我没笑,斜着眼看他。他有点紧张。

正好我有急事该走,没有跟丽丽他们多坐,我说你们在吧,就走了。

过了两天,丽丽又来姑姑家。

丽丽问我,咋样?

我说,啥咋样?

她说,那个男孩。

我说,不错。

丽丽说,他说你表哥真威风,真厉害,眼睛忽拉忽拉地看我,把我吓得。

我说,我就是要让他害怕,这样他就不敢欺负我表妹了。其实我还有一种别样的情绪,那就是,在我的心里,还有一点点小吃醋感受。我知道我不该这样,可我就是给这样了。

丽丽笑说,原来他也不敢欺负我;见了你以后,他就更不敢欺负我了,只有我欺负他的份儿。

我妈说,好好儿过光景呢,谁也不能说欺负谁。

我问说他喝酒不?丽丽说,喝呢,可能喝呢,比你能喝。我问他喝啥酒?丽丽说,啥也喝呢,白的啤的都喝。我说表哥不喝白酒,等哪天把他叫来,我跟他比比喝啤酒。

又跟丽丽见面时,我说你没跟杨瑞说,我表哥要跟你比喝啤酒。丽丽说,说了,可他不敢来,说怕你喝醉酒打他。

1983年4月,他们结婚了。

277

结婚的头一天下午,我去仓门看看要我做啥不。五妗妗说,你跟丽丽去去北街新房。我用自行车带着她,她坐在后架上。路上,我们一句话也没说。去了北街的城隍庙前街十二号院。西房,贴着新婚联,我们开门进去。

丽丽拿好东西,说,表哥我明儿就结婚呀。

我说,知道。

丽丽看着我的眼睛说,表哥,你也不说送我个祝福。

我也看着她的眼睛,说,好,表哥给表妹个祝福。

我又说,送你毛笔字,祝福你。

第二天,我给她写来了"春风秋月"四个字,是写在有白点点的虹黄色的那种豹皮纸上的。

他们是双职工,二电厂照顾,1984年12月,他们搬到二电厂家属楼。工人能分到楼房住,那时候是很不简单的一个事。

五妗妗是在1985年春天去世的。当时妗妗才五十四岁,也是个逢九年。五妗妗在大同三医院抢救时,我去医院探望她,一进病房,丽丽拦腰把我抱住,头伏在我胸前,哭着说:"表哥救救我妈。"

五妗妗的两个鼻孔里插着管子,有一根管子是输氧的,有一根是一直插进了胃里。妗妗看见我,跟我说话。因为有管子,我听不清她说什么,可她还是一直说一直说。我趴在她脸跟前,才听着,她是说:"招人我孩给妗妗把管子拔了。妗妗难活得慌。"可我咋敢给拔。我说:"妗妗,大夫抢救您呢,不能拔。"妗妗失望地叹口气,摇摇头。看着妗妗痛苦的样子,我却只能是无奈又无助又伤心地站在那儿。

安葬妗妗时,二宅在墓坑下说,谁是老大,下来安家。"安家",这是二宅要求的一种程序,让长子下到墓坑,用笤帚象征性地扫扫墓底。

忠孝表哥和忠义都在犹豫时,丽丽说忠孝,大哥,叫你下呢。这时,表哥答应了一声,跳下去了。

事后表哥跟我说,还是丽丽承认我是她的大哥。我说,你也甭误会,表弟表妹们,多会儿也是称呼你大哥,叫忠义是二哥。

表哥说,反正是最数丽丽尊重我,认我这个大哥。

我说,再说了,你当时就应该主动地跳下去,我妈不是早就跟你说过吗？让你记住,你永远姓张,你多会儿也是张文彬跟何香莲的儿子。

丽丽专门请我和我妈跟四女儿,说是到她新家认门。

饺子馅大,皮儿薄,吃到嘴里软乎溜溜的。

饭后,杨瑞给我们拍照。他让我们都坐在沙发上,我妈在当中,我和丽丽在两旁。这是我和丽丽第一次合影,也是丽丽和我妈的第一次合影。我把这张相片收放在了湖南文艺出版社出的散文选《你变成狐子我变成狼》里,永久地纪念和珍藏。

表弟表妹们都成家了,他们的孩子们一个比一个好看。一次聚会时,我说忠义的女孩,磊磊可真像是伊左拉。伊左拉这是当时正上演的一部墨西哥电视剧里面的女主角。秀秀的女儿说,表大爷给我取一个。我就给她取了个乔安娜,后来又给丽丽的女孩取的是蒙丽莎,给艳艳的孩子取的是卡秋莎。妙妙是个男孩,叫光光,他说,也给我取一个。我看他晒得黑黑的,就说,那你叫个哈瓦那吧。他高兴地大声叫,哈瓦那吧哈瓦那吧。我说没吧,是哈瓦那。大家都笑。

丽丽的女孩叫媛媛,取了爸爸妈妈的长处,长得像章子怡,但比她还要好。

她警校毕业了,我给联系到了我们政治部实习,后来又联系着上了我们政治部办的公安政法函授大学。

我妈出面跟我说,丽丽的女女是你们警校出来的,你也不说是帮着进进公安局。我妈常是记不住人的名字。她这是叫不来媛媛,叫她女女。

我说,妈,您当是我当警察的那个时候呢,现在进个公安局,那可是难呢。那得往出破东西呢。我妈说,别人破,咱也破,又没说不破。我说,丽丽她又没跟我说这个事。

我妈一听,立马把脸沉下来,生气了。大声说我,丽丽的事你不能当成是自个儿的事?还得娃娃求你?给你说好话?我看是靠墙墙倒了,靠人人跑了。

我妈接着说,自在江边站必有望海心,她的女女为啥要上警校,为啥又要上你们那烂函授,那还不是想进公安局?那还要娃娃咋求你呢?你个哈货帮不了是个帮不了,也甭说丽丽没直接跟你说,你就没有诚心想帮娃娃。

我如果有能力的话,我能不帮吗?我多么多么想帮她把媛媛的工作安排进公安局,可我没关系,可我不会跑不会送。丁丁当时毕业后,莫非不想进进公安局?可我是半点能力也没有。那还是在七舅的帮助下,丁丁才进了个一职高。

我妈大声地数落了我一顿,数落得我真想哭。为我帮不了我喜欢的表妹而哭,也为我妈冤枉了我而想哭。

丽丽她真的是没有跟我直接说过这个话。我知道丽丽知道表哥是帮不了,所以没有直接跟我说。

我知道丽丽她不怪我,可我为这个事,却直觉得是对不住她。

9. 伺母日记(摘抄)

2000年4月1日

这些日老母精神状态很好。我把老母送到了北小巷八号玉玉家。一是这些日她常常读念玉玉,二是丁丁快坐月子呀。

2000年4月16日

丁丁在一医院做了剖腹产,两天了,生下一个漂亮的女孩。丁丁给取的大名,叫安妮,小名,叫滴滴。

滴滴出生的第二天就能睁眼看人。我给拍了照片,当天洗出来,我就拿着到玉玉家让老母看。老母说:"呀呀呀,就像是出了满月的孩子。"还问我叫个啥?我说叫个滴滴。老母说:"好记。笛笛笛。好记。取名字就要取那好记的。"隔了一会儿,玉玉问:"姨姨,您说丁丁的孩子叫个啥?"老母想想说:"叫个啥来?叫个啥来?可好记呢,就是一下蒙住了。"人们都笑。老母一下想起了,说:"笛笛笛。"

2000年5月14日

滴滴过满月呢,我把老母跟玉玉家接回来了。满月就在我们家过的。我把滴滴跟四楼抱下来了,卧在床上。老母趴在滴滴跟前直是个看,看看后说,想抱抱"笛笛笛"。丁丁说:"奶奶别价,您看抱不动给摔了呀。"老母说:"噢,不抱不抱。看把娃娃摔了呀。"

2000年6月22日

老母说:"招娃子,妈想看看笛笛笛。"我说:"我给您抱去。"我跟楼上抱下来,让她看。她又说:"妈也想抱抱笛笛笛。"我说:"您别把人家给摔着。"老母说:"我坐在炕上抱。"老母叫床叫炕。

老母上床坐好,我就让她老人家把滴滴抱在怀里,我还拿出相机给她们拍了一张照片。

2000年6月24日

我把老母抱着"笛笛笛"的相片洗出来了,给老母看。老母笑着看呀看,看不够。看了一会儿又说:"招人,妈还想戴着老花镜看。"我把眼镜帮她戴好,她继续看,笑呀笑的。

我问:"妈,您说滴滴叫您啥?"老母想想,想不出叫啥。

四女儿说:"叫祖祖嘛。"

老母说相片里的滴滴:"笛笛笛,你叫我祖祖嘛。"

2000年8月13日

自七妗妗去世后,是玉玉来给老母亲洗淋浴。洗出来,玉玉跟我说:"姨姨问,你七妗妗回村快有一年了哇?"

老母心里啥也清楚,嘴里不说。

2000年11月15日

四女儿昨天给老母买了个硬质的塑料碗。

老母好吃一种我在积德裕买的面包,那种面包表面上沾有椰子末儿。每天的早点,她都是要吃这种面包,吃完,嘴周围都沾着白色的椰子末儿。我们要是不给她擦,她自己想不起来擦。

2001年3月22日

我一入家,老母跟我说我前晌给打死个蝇子。我说您真行。四女儿回来了,她又说:"四子我前晌打死个蝇子。"四女儿说:"您真不简单,能打死个蝇子。"又跟我说:"咱家这个时候了咋会有蝇子?"老母说:"它就在我眼跟前绕,绕绕绕,绕得我麻烦了,一拍巴掌把它打死了。"

2001年5月1日

表弟一世和表妹妙妙姐弟俩来家探望姑姑,老母说:"楼下有个法轮功。四蛋,你是不是进了法轮功?"

283

表弟说:"姑姑您咋说我是法轮功?"老母说:"姑姑是怕你入了那。那是个一贯道。"妙妙说:"一贯道是做啥呢?"老母说:"一贯道割蛋呢。割小孩子蛋做原子弹呢。"一家人都笑。老母也笑,说:"你们倒是不信?"一世说:"姑姑您放心。我不入那。"老母说:"俺娃多会也要做那仁恭礼法的。"

老母每天看电视,也知道法轮功是坏的。她还记得刚解放时的一贯道。

2001年7月1日

丁丁姨姐青青,把一百二十平米的三屋一厅的房,转让给了她。

今天丁丁搬家。

我跟老母说:"以后咱们住四楼,把二楼让玉玉来住。"老母说:"对着呢。"想想又说:"以后我四楼住两天,二楼住两天。"我说:"我就是这个意思。"老母说:"以后我自己就能开开门上四楼,开开门下二楼。"四女儿说:"还想自己上下楼?您本事可大呢。"我说:"妈,那可做不得。您小心摔倒从楼梯上滚下去。"老母说:"滚下去就灰了,就跌死了,就见不着招人了。"

老母的话提醒了我,我跟四女儿说咱们以后一定得把门锁好,不能让她自己开了门。

2001年7月8日

今天是星期日。我们搬上了四楼。

丁丁往走搬的时候,只搬了行李和锅笼等炊具,还有电视机。家里别的家具都没搬走。我们从二楼往上搬的时候,也只是搬了行李和锅笼等炊具,还有电视机。

都安顿好后,我把老母背上了楼。

换了环境,老母很觉得新鲜,这儿看看,那儿看看,最后分析说:"丁丁这个家跟你们那个家一样是一样,就是反着呢。"

老母分析得对着呢。二楼和四楼这两个房面积一样大,结构也一样,就是进家的门的方向不一样。二楼是门朝西,四楼是门朝东。

2001年7月18日

玉玉跟北小巷八号搬到了二楼。

玉玉往二楼搬,也只搬行李和锅笼等炊具,还有电视。别的什么都是齐备的。

晚上,我们都下到了二楼吃饭。玉玉给炸了油糕。

老母说:"搬家不吃糕,一年搬三遭。"玉玉说:"姨姨您跟草帽巷往圆通寺搬的时候吃糕没?"老母说:"记不得他唻。"我给玉玉使眼色,意思是不叫她再提圆通寺。

2001年7月21日

我们下班回来,老母又说打蝇子的事,说是咋打打不走,就在眼跟前绕。四女儿分析说:"是不是老人的眼睛有了问题,老说是有蝇子在眼前绕。"

2001年7月26日

老母说眼睛睁开跟没睁开一样,啥也看不见。

到五医院分院检查,说是白内障。楼下二楼邻居小葛是分院的,她提供信息说,香港年底前有医疗队来大同,义务给白内障患者做手术。她说先给我们留意着。

我打听了一下,说老年人做这种手术,不一定是能保证百分之百地有效果。

叫来七舅商量,说已经是八十四的老人了,别做手术了。现在是不疼不痒的,万一做手术做不好白挨一刀不说,还受疼痛。

我同意舅舅的看法。最后决定是,白给做也不做。

2001年7月27日

想训练老母自己到厕所,可是不成功。最后我们想了两个办法,一是再给她把纸尿巾衬在裤衩里。二是把楼上的钥匙给玉玉一套,让她估计着时间,勤上楼问着点:"姨姨您尿呀不?想圪蹴呀不?"

我下班进家,听得玉玉在夸老母。她是刚领姨姨到厕所大便完,夸她说:"姨姨真是个好娃娃。"

2001年7月30日

自眼睛看不见,老母自己不敢下地走路,整天躺在床上。本想让她锻炼着走走,可又怕她跌倒摔坏,就不强求她了。只有在我们下班回来后,一个做饭,一个扶着她下地活动活动。另外就是,告诉玉玉,扶她到厕所时,顺便也扶着她在屋子里转上几圈。玉玉说,我每次都扶她转着呢,可姨姨有点懒,走两圈就不给好好儿走了。

我说中午我搀扶她锻炼时,她没有表示说不想走。玉玉说,她跟你不耍赖,跟我耍赖呢。

我笑。

2001年8月5日

夜里我和四女儿下地小便的时候,就叫醒老母问尿不尿。要尿的话,就给她垫上接尿盆,让她尿。可大部分的情况是,她已经在半夜里给尿在床上了。那只好给她换尿褯子换裤衩换秋裤换床单。

床单下,我们早就给铺了一张大的塑料布。

换尿褯子是四女儿的事,洗裤衩、洗尿褯子、洗秋裤、洗尿单,都是我早晨上班前必须做的事。

四女儿跟老母开玩笑说:"您不怕把您儿子累坏您就跟床上尿吧。"老母不回答。我说:"妈,我不怕。我小时候您给我洗尿褯子,您老了我给您洗。"

老母笑。

2001年8月21日

四女儿今天中午回家时,给老母带回个医院里常见的那种给女性使用的塑料接尿器。她说夜里给妈装在裤衩里,咱们就可以安心地

287

睡觉。

2001年8月22日

早晨四女儿说,又给尿床了。我说不是安了接尿器?她说,早就给揪得扔一边儿了。我说看来那种接尿器是给不会动弹的病人发明的。

怕她尿湿秋裤,我们干脆就不给她穿秋裤了,只给她身上盖着薄被。

2001年9月30日

农历八月十四,明天就是八月十五。

忠义给打来电话,说五舅去世了。我半天说不出话。

放下电话,老母问说谁来电话了,你咋不作声?我说是单位让我出差呢。

2001年10月2日

我得跟忠义表弟他们一起安葬五舅。我把老母抱到楼下玉玉家。我跟老母说我出差走几天。

2001年10月9日

我下楼看老母,说妈我出差回来了。老母说:"你五舅也回村养病去了?"我一下子不知道该怎么回答,假装没听着她的问话,走开了。

玉玉悄悄跟我说,姨姨知道五舅去世了。我问说谁给说漏了?玉玉说是人家自己猜着了。玉玉说:"姨姨问我,你五舅过八月十五也不来眊我,莫非也是回村养病去了?"我问:"你咋说?"玉玉说:"我说您养您的病哇,甭管他别人。姨姨说,我知道他就是回村养病去了。"

七姈姈去世,我们跟老母说是回村养病去了。可她已经猜着是怎么回事了,但从来没把这个事说破,两年过去了,她在嘴里一直是没再提七姈姈。

我想,老母以后也一定是不再提到五舅了。

我不知道老母采取这种不表示悲伤,也不表示关心的态度,是不是她真的就不悲伤?不关心?我真的不知道这种"假装不知道"的方法,她在心里是怎么想的。当然了,老母不挑明,我更不会说,万一引起她的病症来,那就麻烦大了。

2001年10月12日

今天我发现,老母眼睛虽然是看不见了,可她在用嘴唇试着手里拿的是什么。是纸?手绢?

2001年10月19日

下着雨。中午赶快回来收拾担在外面的尿褯子,但已经都湿了。外面不能晾东西。只好是在家里到处拉着绳子晾尿褯子。

饭后四女儿翻找出好多估计不穿的内衣,又加工出了好多的尿褯子。

看着这么多的干尿褥子,我先是很高兴。哇,这么多!但马上又苦笑着摇摇头。

2001年11月4日

早晨四女儿把我叫醒,指着老母的屋子,让过去看。

老母夜里乱滚,不知道在啥时候连同被子一块儿滚在了地下,但她还呼呼地睡着。

她以前就掉过两次地,但都没摔着。

但不能这样了,不能再让她掉地了。万一摔坏就麻烦大了。

我们决定给她打地铺。

家里有两张山羊皮褥子两块羊毛毡子,都摞在了一起,上面再加上两张棉褥子。厚厚的一个地铺。

正好丽丽提着香蕉来看姑姑了。看见姑姑躺在这么厚的地铺上,丽丽也跟老母并排躺在了一起,跟姑姑说话。

丽丽跟四女儿说:"表嫂,姑姑一天尿床,身上没有一点尿臊味。"四女儿说:"是你表哥给洗得勤。"

老母有七个亲侄女,也就是说,我有七个表妹。实话实说,也只有丽丽才能跟姑姑这么亲热地躺在一起。别的表妹是不会这样子的。

2002年1月4日

早晨发现,放在老母枕头边儿的少半卷卫生纸,都让老母撕成了碎长条。

四女儿给老母洗脸时发现,老母的袖筒儿里,填了好多的卫生纸的纸团儿。

问她把卫生纸撕碎做什么,她不言语。

我说老母是不是又犯病了。四女儿说千万别再犯成以前的那种胡说乱道的,要犯就犯成这样的,自己瞎玩儿,不影响咱们休息。

2002年1月9日

下班回家,看见老母用牙使劲地咬床单儿,咬衣服。

四女儿说她她不理,不松口,眼睛还痴痴的。

我大声喊着说:"妈,妈,吃饭啦。"她这才回转过神来。我又低声说:"妈,吃饭呀。"

她这才"噢"地答应了一声,好像是恢复正常了。

2002年1月14日

老母的行为正常了几天,今天又不正常了。

早晨四女儿给她洗脸,她说:"你这是跟哪儿端来的水?我锄了一后晌,正还渴的。"

四女儿说:"洗完脸,咱们就喝奶子。"

老母说:"我喝水。我渴得想喝水。"

2002年1月18日

问大夫,说老母这种行为属于老年痴呆。对于一个八十五六岁的

291

老人来说,属于正常现象。

大夫提醒我说,像这样的情况,只要别再受到外界刺激,不会有严重的发展。

2002年1月20日

玉玉给老母喂饭,老母说:"你看,庄稼都熟了。这新玉茭倒撇上了。"

玉玉说:"您吃哇。新玉茭。"

老母说:"新玉茭。"

四女儿说,像这样也很可爱。

2002年2月26日

外边整夜地放爆竹有声响,使得老母受了惊吓。

我给她喂饭时,她一把把我推开说,哎呀!倒了。我问啥倒了,她说,崖头,说着又猛地一推,差点把我推倒,我把她的塑料碗也掉地上了。我说妈你干啥推我?她说不推你你就叫崖头给捂住了。

2002年3月20日

夜里睡梦中,突然听到老母在大声地喊"曹乃谦!曹乃谦!"声音大得吓人,我赶快过去,可她还呼呼地睡着。

她这是梦着啥了。

我这是头一次听到她在梦里喊我的大名。

2002年3月29日

夜里让老母吵得睡不好,中午我们抓紧着休息。

可又让老母的"招人招人"的喊叫声给叫醒。我赶快跟过去说:"妈,您甭叫喊,让我睡会儿。"她听着有人说话,问我:"你是招人?"我说:"妈,您要啥?"她说:"妈寻不着你家了,你往回送送妈。"

2002年4月11日

早晨四女儿开门看见地铺上没有老母,哪去了?

四女儿喊我。

原来老母是在墙拐角,上半个身子在椅子底下钻着,头冲着墙,面朝天。问她干啥呢,她说,妈钻进鸡窝取蛋,贵贱够不着。

地铺距离着椅子有四米远,她咋就给滚到了那里了。

2002年4月14日

老母半夜号叫,拿手拍墙的木裙,那音响楼上楼下都应该是能听着。果然早晨有邻居问说,老人又折腾呢?给她喂点安眠药。

2002年4月15日

听了邻居的,黑夜喂了老母半颗安眠药,可是该吃饭的时候怎么也叫不醒她。以后不能再用这种办法了。

2002年4月17日

玉玉说,把老人送我家。我给看上半个月。

把老母抱下楼。

这下我和四女儿能好好儿地睡个安稳觉了。

2002年5月2日

我每天都下楼看老母,玉玉说姨姨真失笑。

玉玉不上班,她能在老母睡着的时候,她也能睡觉。

下面是玉玉讲的老母在这半个月的故事。

一是,老母说,等等等等,我先跟他下下木头。

二是,老母说,找找锹把子。

三是,老母说,把那厢的小山药蛋擦上丝子烩上,那可不麻。小是小点,不麻。

四是,老母说,你还拿手巾着呢?我见你给我洗脸。

五是,老母说,你后响不出地受去啦?

六是,老母说,四子四子,是不是做饭呢?

七是,老母说,楞了一块糕。"楞"是应县村里的话,吃的意思。但必须是吃了很多才使用这"楞"。

八是,玉玉问老母,您咋把盖窝扔一边了?老母说,我能抱动个盖窝?

2002年5月7日

该大便了,我把她抱到卫生间,抱上马桶让她坐好。怕她迷迷糊糊地跌倒,我就一直扶着她。怕她后背不舒服,给她垫着枕头。

老母说:"小车是咱的,你推过来。"

2002年6月1日

她有时好像也清楚,今天给她喂早点时说,给我围上哈拉,要不会把奶子流脯子上。

"哈拉"是应县土话,怕小孩子流口水流在衣服上,围着的没有袖子的东西。也叫"牌牌"。

2002年6月20日

她老躺着不行,怕她起褥疮,中午我从单位一回家就把她抱起让坐在椅子上,我们做饭。可又怕她从椅子上摔下来,用一根带子从当腰拦住,后边挽在椅背上。

2002年6月22日

老母又是喊叫了一夜,喊得我们睡不着,可第二天还得上班。

我跟四女儿商量,让她躲到丁丁家。我熬不行再让她回来换我,轮着休息。

2002年6月23日

四女儿躲在丁丁家了。

连着三天的半夜里,老母都要喊叫。

295

我脑子里一闪,想自杀。

2002年7月3日

中午我回来,老母说:"招人,妈跟你说个话。"我说:"说吧,您说啥?"

老母说:"你看,净苦菜。看尔这好苦菜,挑!沤上三六斗瓮。"

2002年7月4日

老母说:"乃谦,我才刚去你家,可贵贱寻不着你家。"

2002年7月5日

中午回家找不见老母,是玉玉又上来把老母接走了。

有玉玉的帮助,我和四女儿才能好好地歇缓了歇缓。

2002年7月25日

老母说:"你别往死捂我孩子。我让你来,让你来扑,不摁死你是假的。"

2002年7月27日

老母说:"招人。"

我说:"噢。"

老母说:"来。"

我说:"做啥？妈。"

老母说:"来,你给往醒叫叫妈。"

我说:"妈,你醒醒？"

老母说:"招人,你给捎个话。"

我说:"噢。捎啥话？"

老母说:"你说给招人,叫他来搬搬她妈。"这个"搬"是搬兵的搬。

2002年7月28日

睡觉前,我把尿盆垫好说:"妈,尿哇。"

老母说:"妈尿完了,你就把妈从毛驴放下来。"

我说:"噢。您尿哇。"

老母说:"快！把毛驴给断住。""断"是应县村里的土话,意思是追。

我说:"您先尿哇。尿完再说。"

老母很生气的样子,说:"你就喊'嘚儿嘚儿'它就站住了。"

为了让她安静下来,我不住气地"嘚儿嘚儿"。

四女儿听着了以为干啥,也过来了。她后来也跟着"嘚儿嘚儿"地喊。

2002年7月29日

我实在是瞌睡得不行了,在办公室睡了一下午,晚7点四女儿打电话才把我叫醒。

2002年8月1日

　　四女儿跟中医开了些安神的药。吃饭时,把安神药弄成米粒大小,放在稀粥里,可是老母把米都喝了就是把药留在了碗底。

2002年8月7日

　　换了种安神的药。

　　老母把药的糖衣抿过后,把苦药给偷偷地塞在了床铺底下。刚才整理床铺,才发现底下有好多的没了糖衣的黑色药粒。

2002年8月23日

　　这些时,老母很安静,不乱说了。问话也能正常地回答。

　　我跟四女儿因为老母的正常而高兴。这样,我们也能够正常地作息了。

2002年9月4日

　　七舅说,让姐姐到我家住上些日子哇。

2002年10月4日

　　在七舅家一个月,七舅说老母一个月里没有说瞎话。

　　看来,老母在白天得有个人跟她陪伴着才行。

2002年10月6日

我跟玉玉说,你没事了就上来跟姨姨说话,一个是陪伴她,二个是跟她说话,她就不睡觉。要不的话,她白天睡足了,黑夜里就会大喊大叫。

2002年11月2日

午饭熟了,我推开门大声叫说:"妈,开饭呀。"她不理我,可刚才我见她在动,知道她是在装睡。我冲着门外说:"四女儿,咱们先吃哇,我妈睡着了。"她突然大声地说:"我也要吃呢。"

2002年11月24日

老母有八天没拉了,我们光是喂她菜和香蕉,还是不拉。

高大娘的二虎和小郝来看老母了,正好他们也给买来香蕉。小郝喂老人香蕉。二虎带来高大娘的问候,老人高兴,也问候高大娘。就说话就把一根香蕉吃了了。

老母的脑子里还有我要吃,要喝,要坚决地活下去的欲望。

2002年11月27日

今天老母终于说想圪蹴呀。我们早就给准备好了开塞露,可用不着,我把老母抱到卫生间,放在马桶上,不一会儿就大便了。

我们真高兴。

2002年12月7日

老母早晨流鼻涕,早饭也明显地少了,只把奶子喝了,椰味儿面包吃了几口。

我给喂了感冒药。

这天是星期六,我在家。

午饭熟了,叫她,她不答应。我跟四女儿说,她感冒了,叫醒也不想吃,要不叫她睡吧。一了儿等睡醒,我专门给她做溜鸡蛋拌疙瘩汤。

老母安静地睡了,我们也抓紧时间午休。平时休息不好,这一觉睡醒来,一看,已经是下午四点了。可老母还睡着。

我觉得有点不对,我就大声地叫她,可咋叫都不答应。我着急了,说四女儿,你赶快下楼叫玉玉。

玉玉上来,也姨姨姨姨地叫,也不理。四女儿捉住老母手腕,说摸不住脉,再看胸脯好像也没有起伏。玉玉说,姨哥快换衣裳吧。

玉玉说的换衣裳是换装老寿衣。四女儿赶快给跟衣柜里够出来,她们两个给换的时候,老母仍然是没有半点反应,任由她们摆布。

我就哭就"妈!妈"地大声地呼喊。

穿的当中,屋子一下子黑了。是停电了,赶快又忙着找蜡烛,可一着急又一下子找不到。玉玉赶快下楼,到她家去取。

点着蜡烛,这才把寿衣换好。

我趴在穿着寿衣的老母身上,大声地号哭。

四女儿一把把我推开。

她说她看见老母的嘴唇在微微张合。

四女儿把耳朵贴在老母的嘴上听听说:"快,妈答应你呢。快,再叫。"

我又大声"妈!妈"地叫。

"妈!妈——"我大声喊。

老母睁开了眼。这时,屋子一下子亮了。来电了。

我赶快趴下身叫"妈",老母嘴张了一下,很微弱地"哎"了一声,回答我。

我们高兴得又是笑又是哭。

2002年12月8日

昨晚,老母又活转了过来。我们喂她奶子,还喝了有半碗。玉玉说,看把寿衣弄脏。我们就给她又把装老衣脱掉,换上了平常的衣裤。

今天是星期日。

早晨玉玉早早地上来了,帮着四女儿给老母洗脸洗身,喂面包不吃,又喝了半碗奶子。

老母说话声音很弱,但很清晰。四女儿还问她说:"妈,您昨天梦见阎王爷没?"老母笑。

老母听到四女儿逗她,笑。这说明老母的脑子清醒。

中午又喂她面包,还不吃。我说您不吃东西不行啊妈。

老母摇头。

四女儿说:"咱们把奶粉调进牛奶里,浓浓的。"

中午老母又喝了半碗浓奶子。

晚上八点多,看着老母嘴唇动,我赶快趴下问她说啥。

她用微弱的声音说:"给妈拉一段。"

哇!老母让我拉二胡。她要听我拉二胡。

我赶快把二胡取出来,拉了一段《白毛女》里的"北风吹吹"。

老母想听我拉二胡,我很是感动,就拉就流泪。

反复地拉了几次,看着老母是闭上了眼,老母睡着了。

2002年12月9日

早晨我们又喂了老母半碗浓奶子。她一直是不睁眼,但奶子都咽进去了。

中午十一点,四女儿跟单位回来,先进老母屋,轻轻地冲着老母叫了一声"妈",老母"哎"地,很响亮地答应了一声。

今天是星期一,我没去单位上班,一直守着老母。可我一上午都叫过没数儿回"妈"了,她都是在昏睡着,没回答我。

2002年12月11日

老母一直是昏睡着。

七舅来过,表哥跟表嫂来过,一世来过,都叫老母,可老母一直是没有回答。

我不住地"妈妈"地叫着,想叫醒她喝点水,可咋叫她都不应答。一直是在昏睡,好像还能微微地听到打鼾的声音。

2002年12月12日

老母一直在昏睡。

我回想起,四天了,她只是回答过四女儿的那一声,而且是很响亮地"哎"地应答了一声。

下午,五舅家的丽丽来了,七舅家的妙妙平平改改存存都来了。

丽丽躺在老母身旁,攥着姑姑的手,跟老母说话,她还想像那天,跟姑姑说话。可姑姑不理睬她。一会儿,丽丽说,姑姑身上有臭味,是不是拉出来了。她揭开老母的被子,说真的拉了。

玉玉赶快帮着丽丽给打扫。可是,不一会儿,老母又拉了。每隔那么几分钟就拉一次,总共拉了四次,都是丽丽玉玉打扫的。

妙妙说,这是在清肠呢。她说我妈那会儿也是这样。

下午五点钟,老母脸上带着些笑容,静静地躺在丽丽的怀里,睡着了,永远地睡去,不会再醒来了。

我洗了一夜的东西,就洗就号哭。

我把老母脱下的衣服,把老母的所有的包括袜子、手绢在内,把老母的所有的东西都一件一件地清洗出来。

我就洗就号哭。

我把老母所有的尿褯子一块一块地都清洗了一遍。

我就洗就号哭。

半夜,把家里所有的绳子都担满了老母的东西。

玉玉没下楼回她家。她和四女儿在那个屋睡了。

我左手握着老母的右手,躺在她的身旁。

突然,我听到老母在喊我招人,在"招人招人"地喊我,我"哎哎"地就答应就赶紧爬起身。可是不能够了,再想伺候伺候老母,已经是不能够了。

老母就在我身旁。穿着装老寿衣,面朝着天,在那里躺着。

我摸摸她的手,她的手冰凉冰凉。

我的泪水,冰凉冰凉。

后　记

当《清风三叹》书稿的最后一题收尾后,我长出了一口气。我放心了。最起码,我的散文版的《母亲》是完成了。

这下好了,即使我因了身体的情况不能再写,那也不怕了,因为我总算是有一个完整的散文版《母亲》的版本,可以呈献给我仙逝十五年的母亲了。

散文版的《母亲》,包括去年出的《流水四韵》和《同声四调》,加上刚完成的《清风三叹》,总共三本书。

这三本书,我都不是一气呵成地写成的,而是一题一题地,断断续续地写出来的,总共写了九十九题。再加上早以前就写出的、后来编辑进《伺母日记》书中的前九题,那就是一百零八题。

我这一百零八题,都是从长篇小说《母亲》的素材库中整理出来的。

当《清风三叹》完成后,我发现,这一百零八题仅仅是使用了素材库里的一多半。也就是说,还有几乎五分之二的素材没有用到。比如,关于我母亲与狼"斗争"的事例,"库"里还有好几个,最起码还有三起很是精彩,但我没有用在散文版里。

还有好多我记忆中有趣的事也没写进来,如,我小时候早晨没起床时,见过我母亲偷偷梳辫角,照镜子,怕我醒来看见,又赶快解开。我还记着母亲蹬着凳子刷房,把手里的白浆小瓷盆摔地上打烂了,她气得自己打了自己一个嘴巴,见我笑,她说,你个哈货啥时候能给妈刷房?

记忆中,我的母亲经常是大打出手,打过警察打过老师打过⋯⋯凡是欺负过我的人,她都打,而且还是从来都没有输过,有打必胜。后来我才知道其中的秘密,那就是出手狠,一下就把对手制服,让对手感觉到自己不是对手。再一个是,必须得占着理。但不管是有理没理,她从来是只许她打不许我打。她说,谁打你你跟妈说,你不许跟人打架。我四岁才会站,她知道我软弱,谁也打不过。她怕我吃亏,不让我跟人打架。

我像是一只小鸡,躲藏在母亲张开着的翅膀下。因为有她的苫护、保佑,我在不知不觉中,轻松地就度过了童年、少年,直到成年。

但在我母亲的眼里,我永远是孩子,永远得有人苫护才行。可她也要老,后来又得了幻视幻觉症,她一定是意识到自己没能力来保护孩子了,就把我托付给了慈法师父。照她的说法是,慈法师父去世后就上天了、成佛了,能保佑我。她疯疯癫癫地从野坟地里抱回来一块石头,说是慈法菩萨,供养在家里。烧香磕头,祈求慈法保佑她的儿子。

这一百零八题,每一题都能独立成文,总的连贯起来,也可以说是一个长篇架子。

我为什么不是直接把长篇小说《母亲》一气呵成地写出来,而是用这种方式,一题一题地来写散文,而且还是拖拖拉拉地写了五年多的时间?这个,我在《流水四韵》的后记里说明过,是因为我的身体状况不好,最主要的病症是脑血栓。

可是,就在我写这个后记的时候,没想到我的脑血栓病又给发作了。

3月4日下午四点多,我和老伴正喝茶说着话,突然,我感觉到右脚发麻。紧接着,右手也麻木了。和以前我犯病的时候一样,来势汹汹。我说坏了,要犯病!我老伴说,你说啥?可因为当时我的舌头已经僵硬,说话语音已经不清晰,老伴没听清我在说啥。我急急地向外摆摆手说,快快!医院!

每次发作,我头脑都很清醒。在出租车上,我用左手,从手机里找到了闫莉的号码,给她打电话说:"我又犯了脑血栓,正往你们医院赶。"她听不清我说啥,我赶快把手机给了老伴让她说。闫莉听明白后说,让曹大哥别急,我给联系一下。不一会儿,她来了电话,说联系好了,赶快到急诊找彭大夫。

这个闫莉,就是我在《清风三叹》这本书里写到的闫老师的女儿,她现在是大同市三医院的专家,副院长。平时我一有个头疼脑热不舒服,就向她咨询该怎么办。

这次,从发病开始算起,不到一个钟头,我就住进了大同三医院,躺在了神经内科的病床上,开始输液。

巧的是,晚上九点前,我输液当中,接二连三地接电话、接短信。

我在《清风三叹》这本书里写到了,七舅有六个孩子,四女二男。妙妙是我的大表妹,平平是二表妹,改改是三的,改存是四的。就在我刚躺在病床上输液的时候,妙妙给我打电话,问我在大同吗?我说在。她说那我们四个人明天上午到你家看看表哥去。我不想告诉她我住院,这样她们还得来探视我,还得花钱,破费。可我舌头不好使,一说话她就会听出我不正常。我当下把手机挂断后,给她发短信说,这两天表哥有事顾不得接待你们,咱们以后再联系。妙妙回短信说,噢我明白了。

妙妙很明显是生气了,认为表哥是怕她们到家打扰。

不一会儿,丽丽又发来短信,说星期六想请我到家吃饺子。丽丽是我五舅的孩子,也是我的表妹。这本书里还专门有一章写她。这次我干脆回短信说我在外地,谢谢表妹了。丽丽说那表哥回来就告诉我,我说好的。

我不由地笑起来。自从我母亲和两个舅舅、两个妗妗都去世后,近几年我跟表妹表弟们各忙各的,不多来往,可怎么偏偏是在我住院还不到半天的这段时间里,不住气地接到他们的电话和短信。真是太巧了。

可是,还有比这更巧的。那就是,就在我住了院的第二天早晨八点前,我老伴推开病房门,冲我说,招人你看巧不巧。我一看,她身后跟着我的姨妹玉玉。我心想,玉玉咋一大早就到医院来看视我,可我并没有告诉任何人我住了院。玉玉看到了在病床上坐着的我,一下子哭了,说:"哥呀我脑梗死了。"

医院叫脑血栓病叫脑梗死。

原来是玉玉也得了脑血栓病,比我早半天住的院,而且就住在我隔壁。我是一号病房,她是二号。我老伴说路过二号时往里看了一眼,一下子看到病床上坐着的病人像玉玉,推开门进房里一看,果然是玉玉。

从《清风三叹》里读者能看出,我和姨妹玉玉虽然是亲如兄妹,但却没有血缘关系,更不是有心灵感应的双胞胎。可这次两人几乎是同时住院,而且是得着同一种病。天底下竟然有这么巧的事儿!

看着玉玉哭,我不由地为这个巧而笑了起来,连声说"真有意思,真有意思"。

玉玉的陪伴人当然是妹夫韩仁连了,那半个多月,我在输液当中想小便,都是让老伴把老韩叫过来,他高高地举着输液药袋,陪我去。这让我想到连日来的"巧",难道是母亲在冥冥中庇佑我?

这次我在医院住了二十天后,我感觉头还有点晕,右手还有点抖,右嘴角还有点流口水。大夫说,可以出院了,给我开了好多的药,让吃一个月。并说一个月后,这些症状会有好转。另外还告诉我,有两种药必须是常年吃,这样,以后复发的可能性就小些。

回了家,尽管有点头晕,我还是打开电脑,接着写我的这个后记。

我在这本《清风三叹》里,写到了我在三十七岁时,怎么就想起了写小说。我还写到在写小说之前,我已经在政法机关的内部刊物上发表过了社科论文《浅论逻辑推理在刑事侦查中的运用》,后来我还写过刑事案例《迟了吗》,但投稿没被采用。我还试着写过一篇推理小说《第二者》,可是,让我妻子的二姐毫不客气地给否定了。

现在回想,我的案例和推理小说这两篇文章,即使不算是有意识地为写小说做准备,最起码算是一种积累。

在二姐那里,我才知道文学有纯文学和通俗文学的区别。她说我最喜欢的《红楼梦》,就是纯文学的楷本。她还告诉我说,写自己写生活,就能写出好的作品来。她还说,真实性,是纯文学的灵魂。她的观点对与不对,这是另一回事,可现在应该这样说,二姐是我走向文学道路的导师。如果没有二姐对我的指点,我可能不会跟朋友打赌写小说。

好多年后我才知道,原来二姐也在写小说,她是要写一个《简·爱》式的长篇,已经写了好多好多的稿纸。可惜的是,她在一次犯病(精神分裂症)时全都给烧了。

这个后记我最该说的是《伺母日记(摘抄)》。

这一题里写到了我母亲的离世。这么重要的文章,我却是简单地把日记原文搬抄上去。按原来的计划,我是要把日记里发生的事整理出来重写,可每当要动手的时候,我就今天推明天,明天推后天,一推再推,动了几次笔,都伤心得写不下去。最后,只好还是按日记原文照抄了。

我在《伺母日记(摘抄)》里写到,母亲在神志仍然清楚时,躺在床上跟我说,招人,给妈拉一段。我妈从来没有跟我说过这样的话,我赶快取出二胡,流着眼泪给我妈拉了一首她知道的曲子,"北风那个吹,雪花那个飘",我妈闭着眼,笑笑地听,听着听着睡着了,从此,再没有醒来。她那时候,一定是知道自己就要离去,于是她让儿子的二胡曲子,伴着自己步入到了另一个世界。

为了让老母听我的音乐,我在下马峪我的同胞大哥家里放了一把二胡。一回村,我就拉奏起来。"北风那个吹,雪花那个飘",我的老母虽然是入土为安了,可我相信,我只要是一拉起二胡,我母亲就知道是她的招人回来了。我每次回村都还带着箫,到村外吹,就是为叫母亲听。后来我买了马头琴,新疆乐器热瓦普,我都是要专门带回到村里,坐到村口拉,拿到村外弹,为的是叫我老妈听。老妈,我又买了新的乐器,您认不得,这叫马头琴,这叫热瓦普。老妈,您听。

我写《清风三叹》时,我经常是一天接着一天,连续地在梦中与我的老母亲相会。更准确地说,是生活在一起。给她劈柴,给她担水,给她做饭。有时候去看她,她却锁了家门出去了。我等呀等,等着她回来。有时候等不住,有时候就等住了。我看见她很健康的身影后,真高兴。这一切的一切,就像她还活着一样。

我不知道,是不是在那个时候,老母的灵魂真的回来了。

我相信是真的回来了。于是,每当我早晨醒来,就不再悲伤,我相信在下一个夜里,还能与老母相会。

我在最后一题《伺母日记(摘抄)》里,只写到了老母去世,以后的事,没再往下写。

就是在安葬老母亲的那天,我才知道,我除了有一个姐姐两个哥哥,我还有个妹妹。我是共和国的同龄人,而她是1950年出生的。

天上掉下个好妹妹,这太让我惊喜了。

在我同胞大哥他们的全力帮助下,我把老母安葬好之后,便与大哥、二哥、姐姐、妹妹相认了。我妈活着的时候,我是不敢公开与他们相认的。而现在,我把大哥家当成了我的家,一回了下马峪,就自然而然地住到了大哥家。一年好几次,时长了就想回下马峪。回的时候我还到城里把二哥也约上,弟兄们说呀笑呀,其乐融融。

我是乐在其中的当事人,而我的妻子想到了一个问题,她说,你的老妈真伟大。我说,你才知道我妈妈伟大吗?她说,你知道我指的什么吗?

她说,你想到了没有,小时候你妈把你从人家家给弄走了;可现在,你妈去世后,又把你还回了人家家里。

哇!我可真的是没有这么想。但想想,也真的是这样。

我想起了我妈那次跟我大哥说的那段话。那是在《编辑部九题·钗锂村》写到的:

说的是回钗锂,十五这天,我妈在出了应县城后,却让四蛋把车开到下马峪。

原计划,我自己给我爹上坟,我妈要来就来吧。上完坟,老母又让我引着她到曹甫谦家。

老母跟甫谦大哥说:"五大妈跟你说个事。"大哥说:"您有啥事吩咐哇。"老母说:"五大妈要是死了,你得帮着招人打发五大妈。他啥也不懂的。"大哥说:"看您说的。精精神神的说这话。"老母说:"五大妈跟你说正事呢。"大哥说:"这还用说。有那一日的话,我会尽全力的。"老母说:"有你这句话,那五大妈就放心了。"

想想当时我妈的安排,她分明是已经想到:我死后,就把你兄弟招人还给你曹甫谦。而实际上也是这么回事。

而她更想到的是,"有你这句话,那五大妈就放心了。"把招人还回你家,那我的招人就不会孤单。

实际上就是这么回事:母亲虽然是离我远去,而我一点儿也不感到孤单。

太伟大了！妈妈！

作者　2017年清明节　于槐花书屋